Van dezelfde auteur

All-inclusive
De vlucht
Zomertijd
Après-ski
De suite
Zwarte piste
Bella Italia
Noorderlicht
Bon Bini Beach
Het chalet
Route du soleil
Winterberg
Goudkust

Suzanne Vermeer

Cruise

A.W. Bruna Uitgevers

Omslagbeeld
© airportrait / Getty Images
Omslagontwerp
Wil Immink Design

ISBN 978 94 005 0488 2
NUR 332

‘Verloren illusies zijn gevonden waarheden.’
– Multatuli

Proloog

Zijn hand gleed over het slapende lichaam. Dijbeen, buik, borst. De huid voelde warm aan, ademde nog steeds de intensiteit van hun liefdesspel uit. Een achtergebleven zweetdruppel kleefde aan zijn vinger. Hij proefde het vocht en sloot zijn ogen.

De geur van seks drong in zijn neusgaten, de nasmaak tintelde op zijn lippen en het puntje van zijn tong. Hij haalde diep adem en liet de lucht langzaam en geluidloos ontsnappen. Zijn lichaam en geest kwamen tot rust. De omgeving straalde nu warmte en geborgenheid uit.

Door het open raam gleed een zeebries naar binnen. De geur van koele glooiende heuvels en zilte zee die perfect bij deze omgeving paste. Dit was namelijk het paradijs. Hier kwam alle schoonheid samen.

De vermoeidheid trok uit zijn lichaam en zijn hoofd werd helder. Hij overdacht de complexe situatie waarin hij zich bevond. Om te krijgen wat hij wilde, moest hij bepaalde stappen en risico's nemen. Het was geen zakelijke deal, hoewel het daar wel degelijk iets van weg had. Hij glimlachte. Kijk, zo ingewikkeld zat het dus in elkaar...

Zijn hand gleed nogmaals over het heerlijke lijf naast hem. Drie jaar waren ze nu samen. Meestal te kort en met lange tussenpozen. De buitenwereld wist van niets en dat moest voorlopig zo blijven. Het waren de beste jaren van zijn leven geweest. Hij wilde en kon deze relatie niet opgeven. Daarvoor waren er teveel dingen gebeurd die onmogelijk teruggedraaid konden worden.

In alle rust nam hij de plannen door die in de afgelopen jaren waren bedacht. De voorbereiding was gedaan en nu zou het erop aankomen. Nu moest hij de laatste stap nemen. Hij zag ertegen op, maar er was geen weg meer terug. Zijn taak was immoreel en wreed. Wat hij ging doen wenste je iemands grootste vijand nog niet toe, laat staan een persoon waarmee je jarenlang lief en leed had gedeeld. En toch ging hij het doen. Daarover had hij zelfs niet de geringste twijfel of wroeging. Over het algemeen sliep hij als een roos.

Hij draaide zich op zijn zij en drukte een voorzichtige kus op de schouder van zijn geliefde. Morgen moest hij deze heerlijke plek verlaten om terug te keren naar een stramien waarin hij al veel te lang functioneerde. De wetenschap dat het einde van zijn burgerlijke leventje in zicht kwam, maakte hem al voorzichtig gelukkig.

Deel 1

1

Heleen van Rijnsburg zette de wekker op halfacht. Als ze nog een halfuurtje zou lezen, had ze zeven uur slaap voor de boeg. Dat was precies genoeg; zes uur was te kort en acht uur te lang. Bij een gebrek aan nachtrust had ze de volgende morgen een barstende koppijn, terwijl te lang in bed blijven liggen voor een sloom en duf gevoel zorgde.

Op het nachtkastje lag een roman van haar favoriete auteur. Ze had alle negen boeken van deze Engelse schrijfster verslonden. Het waren romans die zich in Afrika afspeelden. De unieke sfeer die de auteur op wist te roepen, werkte op haar fantasie. In gedachten beleefde ze zelf de avonturen, in plaats van de aantrekkelijke, vrouwelijke hoofdpersoon die elke tegenslag overwon.

Ze legde twee kussens onder haar rug en sloeg het boek open. Terwijl ze las, streek ze met haar linkerhand over het dekbed van het tweepersoonsbed. Een gebaar dat in het verleden was ontstaan en een gewoonte was geworden. Ze hield zielsveel van haar man Frank. Hun relatie duurde al zeventien jaar en tijdens die periode was hun verliefdheid overgegaan in respect, genegenheid en wederzijdse aantrekkingskracht. De pijlers waarop hun huwelijk was gebouwd. Niemand kon tussen hen komen. Frank was de liefde van haar leven.

Over zijn werk had ze altijd een dubbel gevoel gehad. Frank bekleedde een hoge positie bij een touroperator. Met deze verantwoordelijke baan verdiende hij een hoog salaris, maar hij moest ook vaak naar het buitenland. Hij was de schakel tussen de directie van hotels en zijn eigen directie in Nederland. Als hij eruit kwam met de aanbieders, hoefde alleen de directeur nog te tekenen voordat het complex in de vakantie-

gids van hun bedrijf werd opgenomen. Ze hadden zich de luxe van een grote, moderne twee-onder-een-kap-woning in de buurt van Eindhoven kunnen veroorloven. Heleen zat alleen thuis, maar toch vroeg ze zich af of Franks werk wel zo'n aanslag op hun huwelijk was. Hoewel ze gek op hem was, moest ze er niet aan denken om elke avond samen op de bank te hangen. Starend naar een melige quiz of de zoveelste voetbalwedstrijd, bier en chips binnen handbereik. In de weekenden verplicht op bezoek bij familie en vrienden. Dezelfde gezichten en sterke verhalen, buurtroddels en bravourepraat over hoe goed de kinderen het op school of de sportvereniging deden... Kinderen. Ze knipperde een paar keer met haar ogen en haalde diep adem. Die truc werkte altijd. Waarom deed ze dit zichzelf aan? Het was maar goed dat ze haar werk nog had, anders was ze de afgelopen jaren misschien wel gek geworden.
Vier dagen in de week werkte ze van negen tot twee op een accountantskantoor. Een leuke baan waarin ze haar energie kwijt kon. In de uren dat ze op kantoor zat, fungeerde ze meestal als vliegende keep. Nieuwe mensen inwerken, notuleren bij vergaderingen, een praatje maken met klanten die regelmatig langskwamen, met spoed papieren wegbrengen omdat het koeriersbedrijf een flinke wachttijd kende.
Voor het geld hoefde ze niet te werken, maar ze piekerde er niet over om de baan op te geven. Het sociale aspect betekende veel voor haar. De ongedwongen sfeer die op het kantoor hing en de avondjes uit met haar collega's wilde ze niet missen. Die waren goed voor haar gemoedsrust en humeur. Heleen sloeg het boek dicht. Vanavond kwam er niets van lezen. Ze kon de concentratie niet opbrengen, haar gedachten dwaalden om de haverklap af. Ze dacht weer aan Frank. Blijkbaar deed zijn afwezigheid haar deze keer meer dan normaal. Het was beter om te gaan slapen.
Ze legde het boek op het nachtkastje, deed het licht uit en draaide op haar zij. Haar hand gleed nogmaals over de plek waar Frank morgen weer zou liggen. Dan had hij er vier dagen Barcelona en Mallorca opzitten. Wat haar betrof kon morgen niet snel genoeg komen.

2

'Dat was heerlijk, schat,' sprak Frank Eldering oprecht. 'Voor zo'n Hollandse stamppot kun je me 's nachts wakker maken.'

Heleen stond op en wuifde lacherig zijn compliment weg. 'Morgenochtend om een uur of vijf mag jij die zin herhalen. Wedden dat je er dan heel anders over denkt?'

Frank draaide theatraal met zijn ogen.

'Wat ben je toch een nuchtere Hollandse.' Het kwam er met een zucht uit.

'Goh, wat heb jij het slecht,' antwoordde Heleen plagerig. 'Weleens een scheiding overwogen?' Toen ze de tafel wilde afruimen, pakte hij haar hand.

'Je hebt toch geen minnaar? Dan breek je mijn hart, hoor!'

Ze trok een gek gezicht.

'Natuurlijk wel, als jij in het buitenland zit lopen hier hele hordes hitsige kerels rond.'

Frank begon te grinniken. Hij stond op, trok haar naar zich toe en kuste zijn vrouw teder op haar wang. Ze pakte twee pannen van de tafel en liep naar de keuken. Met bord en bestek in zijn handen kwam Frank achter haar aan. Hij schoof de etensresten in de afvalbak en hielp Heleen bij het vullen van de vaatwasser. Dat verbaasde haar. Op het gebied van de huishouding bestonden er duidelijke, stilzwijgende afspraken. Zij deed het werk en hij genoot van zijn vrije tijd. Een ouderwetse invulling van de taken waarbij ze zich prettig voelden.

'Ik wil je iets laten zien waarover ik behoorlijk enthousiast ben,' zei Frank toen ze samen op de bank zaten. Uit zijn attachékoffertje haalde hij een chique, glanzende brochure waarop een cruiseschip op volle zee stond afgebeeld.

'Een Engels bedrijf dat zich specialiseert in Middellandse Zee cruises,' zei Frank. 'Sinds een jaar of twee timmeren ze aardig aan de weg. Hun product is uitstekend en onze marges zijn prima. Komend jaar geven wij ze een prominente plek in ons programma.'

Heleen bladerde door de brochure, een soort magazine voor de consument die beduidend meer te besteden had dan de gemiddelde toerist.

'Ze zijn met name lovend over hun achtdaagse trip die begint en eindigt in Nice.' Hij wees met zijn vinger naar de bijbehorende informatie in de brochure. 'Napels, Palermo, Tunis, Mallorca, Barcelona...'

'Klinkt heel aardig,' antwoordde Heleen gereserveerd. Ze begreep Franks achterliggende gedachte niet. Hij nam zijn werk nooit mee naar huis. Soms vertelde hij erover, maar hij had haar er nog niet eerder echt bij betrokken. Ze wist dat een goede deal met een cruisemaatschappij onderdeel van zijn vak was. De ene dag sprak hij met een hotelketen uit Griekenland, om een paar uur later een telefonische deal te sluiten met een Duits consortium dat bungalowparken beheerde.

'Van 6 tot 13 juni schijnt er nog een Superior Suite vrij te zijn. Op zich is dat vrij ongebruikelijk, want de luxe verblijven zijn als eerste uitverkocht.'

Heleen wierp een blik op de prijslijst.

'Voor dát geld?' vroeg ze ongelovig. 'Daarvoor gaan wij een maand op vakantie. En dan eten we nog elke dag buiten de deur ook!'

Frank grijnsde. 'Dit valt niet onder de reguliere vakantiebestemmingen, schat. De Columbus is een cruiseschip uit de kleinere categorie met de service van een vijf sterrenhotel. Er is bewust gekozen voor een "compact" pakket. Een super-de-luxe vakantie op een betrekkelijk klein oppervlak, dat zorgt voor een sfeervolle ambiance en meer intimiteit dan op grotere schepen.'

Heleen kon haar lachen niet inhouden. 'Je klinkt als een verkoper van tweedehands auto's,' zei ze terwijl ze naar de foto van de Columbus knikte. 'Maar dat ben je in zekere zin ook.' Ze knipoogde. 'Volgens jou is het een betrekkelijk klein oppervlak. Nou, in mijn ogen is het een slagschip waarop je kunt verdwalen.'

'Dat lijkt maar zo. De Columbus is slechts 131 meter lang en heeft vier dekken. De grote schepen gaan dik over de 200 meter en hebben minstens zeven dekken. Dat is dus het echte massatoerisme op de grote plas. Daarmee vergeleken is dit schip een vrijstaande villa in een all-inclusive resort.' Hij grijnsde breeduit en haalde een hand door zijn gitzwarte haren. Zijn bruine ogen lachten mee.

Geïnteresseerd las Heleen over de geboden service en faciliteiten. Die waren inderdaad indrukwekkend te noemen. Toen haar blik over een foto van het casino op de Columbus gleed, schoof Frank wat dichter tegen haar aan.

'De datum,' zei hij. Ze kon zichzelf wel voor haar hoofd slaan.

'Onze trouwdag... Ik ben de enige vrouw op de wereld die haar trouwdatum vergeet.'

Frank lachte.

'Zo, dat fabeltje over mannen is bij dezen dus de wereld uit. En? Wat vind je ervan?'

Ze fronste haar wenkbrauwen.

'Wat bedoel je? Je wilt toch niet zeggen dat...'

'Het is een unieke manier om onze trouwdag te vieren, Heleen. Met een fles champagne onder het maanlicht op de Middellandse Zee. Dat is toch een stuk romantischer dan nippen aan een glas rode wijn tijdens een etentje bij restaurant De Vier Eiken in een buitenwijk van Eindhoven?'

Haar vingertoppen gleden over de foto's die er met de seconde aantrekkelijker uitzagen. Zon, zee, decadentie en een snufje cultuur. Inderdaad aanlokkelijker dan een feestje dicht bij huis waarbij een drankje op het buitenterras net zo makkelijk door een zomerse bui verstoord kon worden. Alleen al wat het weer betrof was zo'n Mediterraan uitje een verademing. Frank pakte haar hand en keek haar aan. Bij zijn ogen verschenen de lachrimpels die zij zo onweerstaanbaar vond. De sensualiteit in zijn blik bezorgde haar een gevoel van lichte opwinding. Losjes legde hij zijn andere hand op haar dijbeen.

'Het lijkt me geweldig,' fluisterde hij, 'om met z'n tweetjes de zon aan de oneindige horizon onder te zien gaan.' Voordat zij de kans kreeg te antwoorden, nam hij haar in zijn armen.

Toen ze na een uitputtende avond hun bed indoken, schoot het door Heleen heen dat ze zich niet meer kon herinneren wanneer ze voor het laatst op de bank hadden gevreeën. Waar de voorpret van een cruise allemaal niet toe kon leiden, dacht ze vlak voordat ze in een diepe slaap viel.

3

Heleen stond op het balkonnetje van hun Superior Suite. Het luxe onderkomen was gesitueerd aan de stuurboordzijde van het schip en voorzien van alle gemakken. Een ruim tweepersoonsbed, twee leren fauteuils, koelkast, badkamer met douche en een flatscreen televisie met een hele rits kanalen. Ook was er rekening gehouden met internetverslaafden en workaholics: op een donkergelakte tafel stond een computer waarmee de gebruiker over het internet kon surfen.

Heleen piekerde er niet over om achter het beeldscherm te kruipen. Ze had op haar werk genoeg achter de computer gezeten en bovendien kon niets op tegen de indrukken die ze hier opdeed. Frank dacht daar min of meer hetzelfde over. Hij lag languit op bed en nipte van het glas champagne dat op het nachtkastje stond. Voor hem was ongegeneerde luiheid een zeldzame luxe. Ze liet hem met rust en genoot van de ondergaande zon, de aangename bries en het uitzicht op de promenade en een stukje van het oude gedeelte van Nice.

De Columbus lag aangemeerd aan de Quai Amiral Infernet. Vanaf de wal was het eerste gedeelte van deze brede kade bestemd voor de scheepvaart. Het tweede gedeelte was beduidend smaller en liep nog 100 meter door. Aan het einde hiervan stond een kleine vuurtoren, om de schepen die op Bassin du Commerce afstevenden te waarschuwen. Waren de schepen deze monding eenmaal gepasseerd, dan konden ze afmeren in Bassin des Amiraux, waar de Columbus lag.

Vanaf het balkon gezien, leende het aanzicht van Nice zich voor een ansichtkaart. De kuststrook met haar statige gebouwen en luxe hotels, en de promenade die werd omringd door palmbomen en keurig verzorgde perkjes, straalden de mondaine sfeer van Zuid-Frankrijk uit. Het is een indrukwekkende stad, dacht Heleen. In elk geval het stuk dat zij had gezien.

Vanmiddag waren ze geland op het vliegveld van Nice, dat net buiten de stad aan het verlengde van de enorme promenade lag. Bij de uitgang van de luchthaven stond een man in een zwart kostuum. Hij hield een bordje omhoog met hun naam erop. Hij bleek de chauffeur te zijn van de limousine waarmee ze naar het cruiseschip werden gebracht. Wat onwennig stapte ze in, maar na een tijdje genoot ze van het comfort en de decadentie. Het was een onderdeel van hun super-de-luxe vakantie. Zoiets doe je niet vaak. Tijdens de gehele rit bleef de zee aan hun rechterzijde. De extreem lange promenade veranderde tussentijds van naam. Promenade des Anglais ging over in Quai des Etats Unis. Op de hoek stond een pand met een historische uitstraling. Op dit stuk werd het beduidend drukker: restaurants en bars volgden elkaar snel op. Heleen kon zien dat het zowel binnen als op de terrassen stampvol zat. De chauffeur zette hen af op de kade, pal voor het schip. Hier werden ze direct verwelkomd door in smetteloos wit geklede pursers. Alle vier de mannen waren van Aziatische afkomst. Toen een van deze pursers hen naar hun suite had begeleid, had Frank haar terloops verteld dat negentig procent van de echt harde werkers op een schip van de Filippijnen kwam.
'Schat?' onderbrak Frank haar gedachten.
'Ja?'
'Wil jij wat champagne?'
Ze aarzelde even. Hoewel het aanbod aanlokkelijk klonk, besloot ze het voorlopig bij mineraalwater te houden. De avond was nog jong. Vanaf tien uur speelde er een jazztrio en daar zou ongetwijfeld flink bij worden geschonken. Tot die tijd leek het haar verstandiger om rustig aan te doen met de alcohol. Wellicht straks een glaasje.
'Nee, dank je. Ik zit helemaal vol van het diner.'
'Oké.' Ze hoorde hoe hij zijn glas bijschonk met bubbels.

‘Bevalt het uitzicht een beetje?’

‘Geweldig, interessante stad, zo op het eerste gezicht een mooie mix van oud geld en nouveau riche.’

‘Helaas is geen van beiden op ons van toepassing,’ grinnikte Frank. ‘Na dit uitstapje moeten we weer hard voor onze centen bikkelen.’

‘Voorlopig zitten wij wel lekker op dit cruiseschip.’

‘Zo is het maar net!’

Hij klopte betekenisvol met zijn hand op het bed. ‘Kom je even bij me liggen, schat?’

‘Ik zou best willen, Frank. Maar ik zit echt nog helemaal vol van het diner.’

Frank bromde begrijpend.

‘Je hebt gelijk. Laat eerst je eten maar zakken. Vanavond zien we wel verder, oké?’

‘Deal,’ antwoordde Heleen. Ze had best wel zin in een vrijpartij. Desnoods een vluggertje. Ze was alleen bang dat ze er met zo’n volle maag niet echt van zou kunnen genieten.

De kade stond loodrecht op de wal. Hierdoor wees het achtersteven van de Columbus naar het zuiden van de stad en de boeg naar de zee. Vanaf hun balkon had ze een perfect uitzicht op de boulevard en een gedeelte van het oude centrum van Nice.

Ze keek naar rechts. Langs de haven liep een tweebaansweg. Ze kneep haar ogen tot spleetjes en las op een straatnaambordje QUAI LUNEL. Vanaf dit hoekhuis kregen de panden ook meer het uiterlijk wat je in de buurt van een haven zou verwachten. Het Indiase restaurant heette Le Bombay Palace en had een sjofele uitstraling, maar had daardoor ook een bepaalde charme. Zowel de gele luifeltjes van het daarnaast gelegen Bistro du Port, als de rode van het aangrenzende restaurant Le Lunel, waren aan vervanging toe. Er zaten talloze scheurtjes in het doek en de zon had in de loop der jaren de frisse kleuren laten vervagen tot tinten die het meest op pastelkleuren leken.

Ondanks de licht vervallen staat van de etablissementen, ademde dit gedeelte van Nice ouderwetse gezelligheid uit. Misschien wel geborgenheid, een soort 'ons kent ons' sfeertje, maar wel op de goede manier. Langs de boulevard was hiervan geen sprake. Daar heersten andere normen en waarden. Althans, dat dacht zij.

Ze nam een slok van haar mineraalwater. Haar maag protesteerde onmiddellijk. Ze was zich tijdens het diner duidelijk te buiten gegaan aan alle heerlijkheden en betaalde daar nu de prijs voor. Niet dat ze zich beroerd voelde, maar het opgeblazen gevoel was verre van comfortabel te noemen.

Het diner was een buffet met vlees- en visgerechten. Ook was er rekening met vegetariërs gehouden. Volgens het programma werd er tweemaal een buffet geserveerd: bij aankomst en bij terugkeer in de haven van Nice. Gedurende de reis was er 's middags en 's avonds een à la carte menu.

Omdat ze flink trek hadden, waren ze betrekkelijk vroeg naar de eetzaal gegaan. Ondanks dat het een buffet was, werd er wel van hen verwacht dat ze de gemaakte tafelschikking volgden. Tijdens de trip hielden ze dezelfde tafel die ze met een ander stel deelden. Ook Nederlanders. Ze hadden kort kennisgemaakt toen ze net op het punt stonden om de zaal te verlaten en het andere tweetal binnenkwam.

Heleen draaide haar hoofd naar de Middellandse Zee. Die lag er kalm bij. Een briesje gleed over het dek en liet de vlaggetjes, die ter verwelkoming van de nieuwe gasten aan de reling waren geknoopt, dansen. Vanaf de scheepskiel kabbelende golfjes strekten zich uit tot de oneindige horizon waarachter de zon langzaam maar zeker verdween. Ze zoog de zilte lucht in haar longen en verheugde zich op de heerlijke vakantie die in het verschiet lag.

4

Heleen glimlachte zo vriendelijk mogelijk naar de vrouw die schuin tegenover haar zat. Angela Roof kauwde op een stukje gefileerde tong. Haar gezichtsuitdrukking liet niets te raden over. Ze vond het overduidelijk 'voortreffelijk' en 'goddelijk'. Mochten er nog grootsere varianten voor deze woorden bestaan, dan zou Angela die ongetwijfeld ook getoond hebben. Er was geen diepgaand gesprek voor nodig om te kunnen concluderen dat ze een vrouw van uitersten was. Je hoefde alleen maar naar haar te kijken.

'Zalig,' zuchtte ze met half geopende ogen en nam een slokje van haar witte wijn.

'De biefstuk is ook erg goed,' zei Heleen uit beleefdheid. De culinaire belevingen van haar tafelgenoot interesseerden haar nauwelijks, maar ze wilde geen afbreuk doen aan de goede sfeer die er heerste. Tijdens het diner speelde ze mooi weer, net als Frank. Hij ergerde zich ook aan het echtpaar.

'Deze cruise is een toppertje,' bralde Johnny Roof vol overtuiging. Elke keer als hij iets zei, lachte hij overdreven zijn spierwitte tanden bloot. Hij keek Frank nadrukkelijk aan, wachtend op een reactie.

'Tot nu toe vinden wij het geweldig,' antwoordde Frank naar waarheid. 'Maar dit is wel onze eerste keer op een cruiseschip.' Hij haalde zijn schouders op.

'Dan hebben jullie de eerste keer meteen raak geschoten. Geloof me, wij hebben tientallen van dit soort tripjes ondernomen en geen enkele kan tippen aan de klasse van dit bootje.' Johnny maakte een weids gebaar. 'Caraïbisch gebied, de Rode Zee, rond de fjorden, je kunt het zo gek niet opnoemen of wij zijn er wel geweest. Leuke tochtjes met mooie

plekken, maar op het gebied van luxe steekt deze reis er ver bovenuit.' Hij vond zichzelf een echte connaisseur.
'Maar wat doe jij eigenlijk voor werk, Frank?'
'Iets bij een reisorganisatie.'
'Toch geen inspecteur? Want dan krijg jij een harde dobber om hier negatieve punten te vinden. Die zijn er namelijk niet.' Johnny lachte om zijn eigen spitsvondigheid.
Terwijl ze uit beleefdheid glimlachte, zag Heleen vanuit haar ooghoeken dat Angela het gesprek nauwelijks volgde. Terwijl ze at, schoten haar ogen heen en weer. Als van een roofdier dat uit een kudde rendieren haar prooi selecteert. Heleen kreeg echter niet de tijd om dit merkwaardige gedrag verder te observeren.
'En jij, Heleen?' wilde Johnny weten. 'Werk jij ook?'
'Op kantoor. Parttime.'
De irritatie in haar stem was hoorbaar.
'Wij runnen een beautyresort op de Veluwe,' ging Johnny onverstoorbaar verder. 'Sauna, bubbel- en modderbaden, massage, gezichtsverzorging... Ach, je kent het wel. Wij leveren de hele rambam voor iedereen die eens heerlijk wil onthaasten.'
'Op de Veluwe. Ik dacht...'
'Daar is het bedrijf, schat,' antwoordde Angela scherp. 'Je denkt toch niet dat wij buiten Amsterdam willen wonen? Amstelveen zou nog gaan. Maar de Veluwe...' Ze draaide met haar ogen om haar woorden kracht bij te zetten.
Heleen beet op haar onderlip zodat ze er niets onaardigs uit zou flappen. De hoogblonde Angela droeg een diep uitgesneden jurk waarmee ze haar afgetrainde lijf en vrouwelijke vormen accentueerde. Een sexy vrouw die zich terdege bewust was van haar uitstraling en daar moeiteloos mee koketteerde. Met haar sensuele oogopslag en glimlach en haar uitdagende kleding balanceerde ze op het randje van 'goed fatsoen'. Ze had een natuurlijke flair. Een flirt, ja. Goedkoop, nee. Wellicht dat sommige mannen haar zagen als een vrouw met klasse.

Haar man Johnny was eveneens blond en had een afgetraind lichaam. In tegenstelling tot Frank, die van zichzelf brede schouders had, waren zijn spieren overduidelijk gekweekt in de sportschool. Hoewel Johnny zijn best deed om als een macho over te komen, was het voor Heleen volkomen helder wiens wil wet was in het gezin Roof.

'Wat vonden jullie van Napels?' was het eerste fatsoenlijke wat in Heleen opkwam. Vanuit Nice was de Columbus rechtstreeks naar deze Zuid-Italiaanse stad gevaren. 'En de overgebleven ruïnes na de uitbarsting van de Vesuvius?'

Angela schonk haar een verveelde blik.

'Als ik een citytrip wil doen, boek ik wel bij Ryan Air. Dat stinkende Napels en het toeristische geneuzel is wel het laatste waaraan ik behoefte heb. In een ligstoel op het zonnedek van een drankje en het uitzicht genieten is meer mijn ding.'

Hierna gaf ze een vette knipoog waarvan de betekenis niet tot Heleen doordrong.

'Wij zijn meer het type zonaanbidders,' verduidelijkte Johnny ten overvloede. 'Al dat gedoe met die uitstapjes hoeft voor ons niet zo.'

Terwijl Johnny hun vakantievisie kenbaar maakte, zag Heleen dat Angela weer die loerende oogopslag kreeg. Haar blik bleef ineens rusten op een stelletje dat links van hen zat. Het tweetal was minstens tien jaar jonger – Heleen schatte Angela en Johnny begin veertig – en leek zo op het eerste gezicht verdiept in een intieme conversatie. Tot haar verbazing zag ze hoe de man een slok van zijn wijn nam en langs zijn vrouw heen keek. Opeens was er oogcontact tussen Angela en de onbekende man. Hoewel het niet langer duurde dan een aantal seconden, schrok Heleen van de intensiteit die in hun blikken lag.

Angela verbrak het contact, waarna de man het gesprek met zijn vrouw oppikte alsof er nooit intiem oogcontact met een ander was geweest.

'Wil jij nog een wijntje, schat?' hoorde ze Johnny aan Angela vragen. Zelf nipte ze van haar rode wijn en probeerde een verklaring te verzinnen voor wat ze zojuist had gezien.

De kennismaking met dit echtpaar had toch wel indruk op haar gemaakt. Met name het uiterlijk van Angela werkte als een spiegel die haar gedwongen werd voorgehouden. Naast het contact met de jongere man, zag ze vanuit haar ooghoeken hoe er verscheidene begerige blikken op Angela werden geworpen. Was dit uiteindelijk wat mannen wilden? Slank, blond, uitdagend en, naar haar mening, een tikkeltje ordinair?

Spraken dit soort vrouwen tot de verbeelding? Brachten zij het beroemde oergevoel bij de man naar boven? En waar stond zijzelf in deze hiërarchie van seksuele aantrekkingskracht? Ergens onderaan? Bruin, rossig haar dat over haar schouders viel, doorsnee postuur, normaal gewicht, gemiddelde lengte... gewoontjes eigenlijk.

Terwijl ze zich afvroeg wat de definitie van normaal eigenlijk inhield, zag ze hoe Frank met een stoïcijns gezicht naar een verhaal van Johnny luisterde. De korte aanvullingen van Angela deed hij met een begrijpende knik af. In de sporadische momenten dat hij naar haar keek, was er geen spoortje van diepgaande interesse, laat staan lust in zijn blik te bekennen. Hij behandelde haar met vriendelijke reserve. Stiekem was Heleen hierdoor opgelucht. Daarna vroeg ze zichzelf af waar ze zich eigenlijk druk over maakte. Dit was Frank toch ten voeten uit? Nou dan! Hou eens op met die onzin over je uiterlijk en uitstraling. Je lijkt wel een bakvis van zestien die net twee weken verkering heeft, in plaats van een volwassen vrouw die al zeventien jaar lang lief en leed met dezelfde man deelt.

Na het dessert wisselden ze kort een aantal nietszeggende beleefdheden uit met Angela en Johnny en verlieten de eetzaal. Wat hen betrof had het diner lang genoeg geduurd. Ze hadden allebei behoefte aan frisse lucht. Ver bij het echtpaar Roof vandaan.

5

'*Rien ne va plus*,' zei Heleen met ingehouden lach. Frank speelde het spel mee en schudde meewarig met zijn hoofd.

'Ongelofelijk,' stamelde hij. 'De hele avond op winst gestaan en toch nog het schip in.'

'Daar zitten we al op.'

'Jezus, wat een flauwe. Heb je die helemaal zelf bedacht?'

'Goed hè?'

Hij trok Heleen tegen zich aan en kuste haar teder. Het verlies aan de speeltafel kon hem niets meer schelen.

'Dit is een ontzettend leuke trouwdag.'

'Zeker weten,' beaamde Heleen.

Nagenietend van deze bijzondere dag, liepen ze over het promenadedek van de Columbus. Na het ontbijt hadden ze de ochtend doorgebracht op een medina. Deze overdekte Tunesische markt herbergde een grote variëteit aan verse groente, fruit en toeristische prullaria. Na het verplichte spelletje van eindeloos afdingen, kochten ze uiteindelijk een houten olifant. Voordat het tot een definitieve aankoop kwam, maakte de handelaar met veel poespas duidelijk dat het hier om een handgemaakt beeldje uit de binnenlanden van Afrika ging. Ze knikten gedwee, betaalden de man en slenterden verder.

Daarna maakten ze een wandeling door Sidi Bou Saïd. Een gids begeleidde hen door de karakteristieke straatjes met wit en blauw gekalkte huisjes. Overal waar ze langsliepen, werden ze met een welgemeende glimlach ontvangen. Vermoeid en bezweet keerden ze terug naar de Columbus. Nadat ze een douche hadden genomen, kwam Frank ineens

op het idee om naar het casino te gaan. Eerst eten en dan gokken. Het was tenslotte hun trouwdag en voor hetzelfde geld was het geluk op deze bijzondere dag aan hun zijde. Ze besloten om vroeg te dineren. Dan hadden ze de hele avond nog voor zich en konden ze hun tafelgenoten ontlopen. Want met Johnny en Angela hadden ze het wel gehad. Die moesten maar lekker met hun tweetjes mooi, bijdehand en lichtelijk ordinair zijn.
Hun laatste bezoek aan een casino was minstens tien jaar geleden, na een avondje stappen in Amsterdam met zakenrelaties van Frank. Ze waren geen gokkers. Ze genoten vooral van de sfeer van opwinding en nervositeit. De teleurgestelde gezichten als het rouletteballetje op een ander nummer viel, of de totale euforie nadat een juiste kaart werd getrokken waarmee de bank werd verslagen. Het was een wereldje op zich waarin het voor een aantal uren prettig toeven was. Hier op het schip was de sfeer weer anders dan in een regulier casino. Er was meer intimiteit. De bezoekers waren ontspannen en nipten in alle rust van hun champagneglazen die door obers vanaf grote dienbladen werden geserveerd. De croupiers hadden een professionele houding van beschaafde hartelijkheid. Zo bleef de stemming de hele avond aangenaam.
Het eerste uur hadden ze voornamelijk gekeken hoe een Duitser op leeftijd duizenden euro's aan de roulettetafel verspeelde zonder dat zijn humeur hier zichtbaar onder leed. De man bleef lachen en zijn veel jongere vrouw met knipogen en complimenten overladen. Dat zij minstens evenveel als haar man verloor, scheen de pret niet te kunnen drukken.
Aan de blackjacktafel won een Engelsman stapels fiches. In tegenstelling tot het merendeel van de gasten, kon er bij de corpulente man geen lachje vanaf. Waarschijnlijk een beroepsspeler, volgens Frank. Iemand die met het tellen van kaarten zijn geld verdiende. Waarom hij dat op een cruiseschip deed was Heleen een raadsel, maar het interesseerde haar niet echt.
Uiteindelijk besloot Frank te gaan spelen. Twee stoelen verder dan de

Engelsman stond een vrouw op. Hij nam haar plaats in. Hij wisselde voor tweehonderd euro aan fiches en wreef in zijn handen. Het plezier vooraf was leuk, maar het echte spel kon nu beginnen!
Hij had geluk. Hij won het regelmatig van de bank, zodat zijn stapeltje fiches hoger werd. Heleen keek toe en liet zich meeslepen in het spel. Toen de man naast Frank het voor gezien hield, nam zij zonder aarzelen zijn plek in. Frank schoof haar lachend een stapel fiches toe. Tot haar eigen verwondering won ze het eerste spelletje en incasseerde trots haar winst.
Onder het genot van champagne speelden ze anderhalf uur lang blackjack. Aan het eind hadden ze een winst van honderd euro.
Terwijl ze door het casino slenterden, pakte Heleen nog een glas champagne van een dienblad. Ze wilde hun winst en haar bescheiden bijdrage vieren met een paar stevige slokken bubbels. Frank sloeg het glas echter af. Met een vastberaden gezichtsuitdrukking liep hij naar de roulettetafel. Vlak voordat de croupier 'Rien ne va plus' riep, zette hij een handvol fiches in op rood.
'De kleur van de liefde.'
Het balletje viel op zwart.
Frank klapte teleurgesteld in zijn handen. Hij zette weer in op rood. Het balletje viel weer op zwart, waarna de croupier Franks fiches naar zich toe harkte. Dit tafereel herhaalde zich maar liefst vier keer. Frank werd er zichtbaar humeurig van. Toen hij nogmaals zijn portefeuille tevoorschijn wilde halen, greep Heleen in. Zij legde haar hand op zijn arm en keek hem strak aan.
'Dat lijkt me niet echt verstandig,' fluisterde ze in zijn oor.
Heel even dacht ze oplaaiende woede in zijn ogen te zien. Maar ze moest het zich verbeeld hebben, want Frank knikte gedwee. 'Je hebt gelijk.' Ze liepen nog even rond en hielden het toen voor gezien.

De zee was kalm en pikzwart. Het ruisen van de wind en het kabbelen van de golven waren de enige geluiden. Een stralende sterrenhemel leek

een oneindig plafond. Ergens aan de duistere horizon lag Mallorca, de volgende bestemming waar ze twee dagen zouden verblijven.
'God, wat is dit mooi,' zei Frank. 'Hier zou ik...'
'Gewoon doorlopen,' siste ze.
Hij keek haar verbaasd aan. 'Wat...'
'Angela,' antwoordde ze kortaf. Ze trok Frank nu met zich mee. 'Ze zit rechts van ons in een ligstoel.'
'Nou en? Het is haar goed recht om...'
'Met een andere vent. En het lijkt alsof ze hem fouilleert.'
Frank kon met moeite zijn lachen onderdrukken. Heleen keek hem verwijtend aan.
'Wat zit je nou stom te lachen? Dit is toch ongelofelijk? Tijdens een romantische cruise zit ze hier ongegeneerd met een andere kerel te rotzooien!'
Hoewel ze de tortelduifjes al waren gepasseerd, bleven ze tijdens hun niet alledaagse conversatie geforceerd rechtuit kijken.
'Dan is het dus toch waar,' zei Frank ineens. De 'gevarenzone' lag inmiddels twintig stappen achter hen.
'Wat is waar?'
'Dat cruises populair zijn bij mensen die aan partnerruil doen.'
'Hoe weet je dat?'
'Van een collega. Ik dacht dat hij me in de maling nam, maar denk daar nu toch anders over.'
Heleen keek naar de immense sterrenhemel. Een deel van Angela's gedrag werd hierdoor wel verklaard.
'Ach, iedereen moet lekker doen wat hij of zij zelf wil,' zei Frank. 'Wie zijn wij om een ander om zijn of haar gedrag te veroordelen?' Hij keek er niet zo ontspannen bij als zijn woorden deden vermoeden.
Heleen dacht eerst dat hij een geintje maakte. Frank Eldering, de rasconservatief die zich in het openbaar altijd van politiek getinte uitspraken onthield, maar diep in zijn hart homohuwelijken, mildere straffen, linkse politiek en alles wat hiernaar neigde helemaal niets vond. Die-

zelfde Frank kwam nu zo tolerant over. Ze keek hem recht aan. Wat ze zag, kon ze niet onder woorden brengen. Verwarring, daar leek het nog het meeste op. Dat hij ergens mee worstelde. Maar Frank was een daadkrachtig persoon die bijna nooit twijfelde. Als er een probleem ontstond, dan loste hij dit op. Ach, misschien kwam het omdat ze zelf een beetje uit haar doen was, dat ze hier iets achter zocht. Zonder verder op het voorval in te gaan, liepen ze door.

6

'Bye, bye, Mallorca,' fluisterde Heleen. Ze legde haar hoofd tegen Franks schouder.
'Het was leuk,' antwoordde hij een beetje oppervlakkig. Hoewel ze iets meer enthousiasme had verwacht, kon ze zijn reactie ook wel weer begrijpen. Hij kwam voor zijn werk immers al zo vaak op Mallorca. Ooit was het massatoerisme in Spanje hier ontstaan en nog steeds was het voor veel toonaangevende hotelketens de thuisbasis. 'Heel apart,' mijmerde Heleen. 'Het leek net een déjà vu.'
Vanaf hun balkonnetje zagen ze de skyline van Palma de Mallorca langzaam vervagen. Het was net na middernacht en de Columbus zette koers richting Barcelona. Ze zouden aankomen vlak voordat de zon op zou komen. Na het ontbijt konden de passagiers genieten van de bezienswaardigheden die deze metropool kende.
'Je gloeit helemaal.' Frank zei het alsof hij een diagnose stelde. Hij klonk vermoeid.
'Ik voel me net een kreeft,' zei ze lachend. 'Als je vanavond een hapje neemt, schreeuw ik echt moord en brand.'
De grap scheen aan Frank voorbij te gaan. Hij keek recht voor zich uit. 'Ik heb je wel honderd keer gezegd dat je uit moet kijken voor die zon. Rond deze tijd van het jaar is hij op z'n gevaarlijkst. Het windje camoufleert de werkelijke kracht.'
Heleen draaide met haar ogen.
'Ja, pa.'
'Ben benieuwd of je vannacht ook nog zoveel praatjes hebt.'
Verbaasd door zijn reactie en de serieuze toon, liep ze naar binnen.

'Ik smeer er nog wat aftersun op.' Ze wachtte even op een antwoord dat niet kwam.

'Of anders leg ik schijfjes komkommer op de zere plekken. Volgens oma was dat het beste middel om de brand eruit te halen.'

Het bleef stil op het balkon. Het leek niet uit te maken wat ze uitkraamde. Ze zou geen reactie meer krijgen.

Ze haalde haar schouders op en pakte de aftersun. Terwijl ze zich insmeerde, dacht ze aan de twee heerlijke dagen die ze op Mallorca hadden beleefd. Omdat ze hier tien jaar eerder al een keer waren geweest, leek deze stop de minst interessante van de trip. Maar ze hadden zich juist heel erg vermaakt.

Bepakt, bezakt en doodop keerden ze terug op de Columbus. Daar wachtte hen nog een aangename verrassing. Hun tafelgenoten waren bij het diner afwezig. Na het akkefietje van afgelopen nacht, hadden ze best wel tegen het diner opgezien. Je wist uiteindelijk nooit hoe een conversatie zou verlopen. Dat kon alle kanten op, ook de verkeerde. Voor zichzelf hadden ze vooraf uitgemaakt om nergens over te beginnen. Mocht iemand het toch ter sprake brengen, dan hadden zij tijdens hun wandeling op het dek Angela niet gezien.

Ze maakten nog wat geintjes over het dynamische duo dat vast op een van de afgelegen plekjes van Mallorca de avond zou doorbrengen. Ieder met een andere partner. Dat bracht Frank op het idee om de volgende ochtend een auto te huren en de hele dag weg te blijven. Hij zou Heleen, net als tien jaar geleden, de rustieke plekjes van het eiland laten zien. Eten konden ze doen waar en wanneer zij dit wilden. Het was een relaxte en leuke dag geworden.

De aftersun zorgde voor verlichting. Heleens schrijnende vel was een souvenir van een van de leukste dagen die ze in tijden had meegemaakt.

Ze geeuwde. 'Ik ben doodop, schat. Tanden poetsen en naar bed.'

Vanaf het balkon klonk een instemmend gebrom. Frank bleef echter met zijn rug naar haar toe staan en maakte geen aanstalten om zich om te draaien. Ze stond op. De vermoeidheid sloop door haar hele lichaam.

Elke spier leek te protesteren tegen weer een inspanning.
Ze liep naar de badkamer. Haar spiegelbeeld toonde de waarheid. Ze werd er niet jonger op. De rimpels rond haar ogen en in haar voorhoofd kregen iets definitiefs. Op deze leeftijd kun je blijkbaar niet een hele dag ongestraft van de omgeving en het weer genieten, dacht ze. Met een huurauto waren ze langs de kust getrokken. Frank had haar naar baaitjes gebracht die door het toerisme nog niet waren gevonden. De tijd stond hier stil. Ze hadden het rijk alleen gehad.
Tijdens de tocht had hij haar meerdere malen gewezen op vakantievilla's van een filmster, sporter of politicus. Tien jaar geleden had hij hetzelfde verteld en ook nu genoot ze van zijn verhalen.
Ze lunchten in een klein vissersdorpje. De tapas waren vers en verrukkelijk. Het uitzicht liefelijk en rustgevend. Geen toerisme. Toch lagen nauwelijks tien kilometer verderop de stranden volgepakt met zwetende, drinkende en slapende vakantiegangers.
's Avonds hadden ze gedineerd op een groot dakterras in het centrum van Palma de Mallorca. De overige gasten waren zonder uitzondering mensen van het eiland. Sommigen groetten Frank in het voorbijgaan of vanachter hun tafeltjes die meestal vol stonden met schalen vlees en vis. Na elke herkenning draaide Frank zijn hoofd naar haar toe en mompelde een Spaanse naam en de hotelketen of reisorganisatie waar de desbetreffende persoon voor werkte.
Na het overheerlijke diner slenterden ze langs de grote haven van Palma waar indrukwekkende schepen lagen afgemeerd. Het was opvallend dat over de dekken van de immense jachten slechts een paar mensen liepen. Volgens Frank was dat alleen personeel. De eigenaren, voornamelijk Arabieren, bezochten zelden hun speeltjes. Desalniettemin moesten de kolossale jachten er piekfijn bijliggen. Vandaar dat er altijd personeel aan boord was voor het dagelijkse onderhoud en de schoonmaakwerkzaamheden. Napratend over de waanzin van de extreme luxe rondom hen, waren ze naar het cruiseschip gewandeld.
Toen Heleen het dekbed terugsloeg, keek ze nog steeds tegen Franks

rug aan. Ze begreep niet waarom hij nog op het balkonnetje stond. Langdurig wegdromen was meestal niet aan hem besteed. Aan de andere kant was het wel een bijzondere dag geweest. Wellicht verwerkte hij de indrukken van vandaag nog.
'Mijn ogen vallen zo dicht, Frank,' probeerde ze. 'Ik ben echt gebroken.'
Ze zag hem langzaam knikken. Alsof haar woorden niet echt tot hem doordrongen. Toch draaide hij zich om.
'Weet je, Heleen. Ik... ik moet je iets vertellen.'
Van het ene op het andere moment had Frank een gedeprimeerde, bijna schuldige uitstraling. Hij moest dus echt ergens over inzitten.
'Wat is er dan?'
Haar vraag scheen hem uit zijn vreemde roes te halen. Onbewust rechtte hij zijn rug en kreeg hij zijn zelfverzekerde uitstraling weer terug. Hij maakte een wegwerpgebaar waaruit zelfspot sprak. Lachte er lichtelijk beschaamd bij. Zijn ogen lachten voorzichtig mee.
'Niets aan de hand, joh. Ik realiseerde me daarnet dat ik na deze topvakantie weer aan het werk moet. Toen kreeg ik opeens een week momentje. Deze trip zou eeuwig moeten duren.'
Heleen glimlachte opgelucht. 'Wat lief van je.'
Haar ogen begonnen weer te prikken en haar oogleden werden zwaar.
'Kom lekker naast me liggen,' fluisterde ze. Met haar hand klopte ze zacht op het dekbed.
'Straks,' antwoordde hij. 'Hoe het mogelijk is weet ik niet, maar ik zit nog vol energie.'
Hij liep naar de deur. 'Ik ga nog even mijn benen strekken en kom dan naar bed. Ga maar vast slapen, je ziet er afgepeigerd uit.'
'Zo voel ik me ook.'
Hij gaf haar een knipoog. 'Hou mijn plekje maar warm.' Zonder haar reactie af te wachten verliet hij de kamer.
Heleen besloot nog een kwartier wakker te blijven. Vijf minuten later sliep ze.

Wat hij niet voor mogelijk had gehouden, gebeurde toch. Bij elke stap leek het alsof zijn voeten zwaarder werden. Op zijn rug leek hij een enorme ballast te dragen, die hem naar de grond drukte en het lopen bijna onmogelijk maakte. Hij hield even zijn pas in om zijn ademhaling te reguleren en de onzichtbare last van zich af te schudden. Hij had verwacht zich meteen licht en vrij te voelen.

Verman je, sprak hij zichzelf streng toe. Dit is niet het moment voor week gedrag. Wat er daarnet in de hut gebeurde, sloeg echt nergens op. Belachelijk emotioneel gedoe.

Maar waarom voel ik me dan zo slecht?

Beelden uit het verleden versterkten de plotselinge aanval op zijn geweten. Trouwen, vakanties en het gezapige, berustende leven thuis. Hij sloot zijn ogen. Zijn mond kreeg een verbeten trek.

'Dat wás mijn leven,' gromde hij binnensmonds. Hij rechtte zijn rug en liep zijn nieuwe leven tegemoet.

7

Heleen was in een schemerzone. Een heerlijke sluimertoestand waarin ze balanceerde tussen onderbewustzijn en realiteit. Ze bevond zich afwisselend op een verlaten strand aan de kust van Mallorca, slenterend langs de haven en in haar bed op het cruiseschip. De vreemde combinatie van dag- en kunstlicht die zich steeds nadrukkelijker aan haar opdrong, zorgde er uiteindelijk voor dat ze traag haar ogen opende.
Uit automatisme gleed ze met haar hand over het dekbed. Even later drong het tot haar door dat Frank niet naast haar lag. Ze draaide zich meteen om. Het bed was leeg en onbeslapen.
De kamer en het balkonnetje waren leeg. Het schemerlampje naast haar bed brandde nog. Er was niets veranderd nadat ze gisteravond in slaap was gevallen. Behalve dat de nacht ongemerkt was overgegaan in een stralende ochtend en dat Frank er niet was.
Ze stond op en liep naar de badkamer. Leeg. De eerste onaangename kriebels trokken door haar maag. Waar kon Frank zijn? Dit was absoluut niets voor hem! En dan het onbeslapen bed. Dat betekende toch dat hij de hele nacht was weggebleven?
Onbegrip.
Irritatie.
Ze schoot in haar kleren van gisteren en haalde snel een hand door haar haren. Uiterlijke verzorging was nu niet belangrijk. Ze moest Frank vinden. Voordat ze de deur bereikte, won haar verstand het van de eerste impuls die ze had gehad. Check zijn spullen. Ze draaide zich om. Haar ogen speurden de kamer af. Zijn mobiele telefoon lag op de tafel in het midden van de kamer. Op precies dezelfde plek als gisteravond. Ook

vond ze zijn portefeuille met daarin zijn creditcards, paspoort en contant geld. Hij was dus vertrokken op sportschoenen, in een korte broek en een poloshirt.

Terwijl Heleen door de gang liep, probeerde ze logisch na te denken. Dat viel niet mee. Ze voelde paniek opkomen. Rustig blijven. Het zou vast op een misverstand berusten. Zo'n hilarisch vakantieverhaal waar je thuis hartelijk om kon lachen. Een anekdote om op feestjes te vertellen. Maar dan moest ze Frank wel eerst zien te vinden...

Ze koos een plek in de ontbijtzaal waar ze een goed overzicht had. Systematisch gleed haar blik langs de gasten. Het was even over halfacht en druk. Blijkbaar wilden de meeste gasten van een lange dag genieten. Hier aan boord of in Barcelona.

Toen ze er zeker van was dat Frank zich niet tussen de menigte bevond, ging ze meteen naar het promenadedek. De eerste zonaanbidders hadden zich al in de ligstoelen genesteld. Hoewel het haar onwaarschijnlijk leek, checkte ze zorgvuldig of Frank een plekje had gevonden tussen de Angela's en Johnny's van deze wereld. Er bestond natuurlijk altijd een mogelijkheid dat Frank gisternacht in slaap was gevallen terwijl hij vanuit een ligstoel naar de sterren lag te kijken. Toen dit niet het geval bleek, hield ze haar pas in. Suite, ontbijtzaal, dek. Nu de drie meest waarschijnlijke plekken waar hij zich kon bevinden waren afgevallen, begon ze de sluimerende angst weer duidelijker te voelen. Blijf rustig. Overal is een verklaring voor. Blijf vooral rustig. Ga niet als een kip zonder kop over het schip rennen. Denk logisch na. Ze sloot beide ogen, haalde diep adem en overdacht haar opties. Na wat wikken en wegen besloot ze contact op te nemen met Karin. Bij deze hostess konden de Nederlandse gasten terecht met vragen en klachten. Ongetwijfeld stond Karin in direct contact met de scheepsleiding. Zij zou er bijvoorbeeld voor kunnen zorgen dat Franks naam werd omgeroepen. Hem kennende zou hij dit niet waarderen, maar daar had ze nu lak aan.

Terwijl ze zichzelf vastklampte aan het idee dat haar man ergens op het schip in gedachten rondzwierf, meldde Heleen zich bij de hostess.

Na een reeks van oproepen die door en over het schip galmden, besloot de kapitein tot een uitgebreide zoekactie aan boord. Geheel volgens de reglementen werden de reddingsboten nagekeken, de reddingsvesten en boeien geteld, elke hut onderzocht en alle hoeken en gaten uitgekamd, waarbij zelfs de machinekamer werd geïnspecteerd. Toen alles echter tevergeefs bleek, zocht de kapitein contact met de autoriteiten aan wal.

8

De lucht boven Barcelona was grijs. Boven zee was hij nog donkerder, waardoor het uitzicht naargeestig was. Paste bij haar stemming, dacht Heleen schamper. Het uitzicht kon haar gestolen worden. Er was eigenlijk maar weinig wat haar nu nog interesseerde.
Vanuit haar hotelkamer op de vierde verdieping staarde ze over de enorme plas water. De haven met daarachter krachtige golven en witte koppen vormde al uren het beeld op haar netvlies. Chaos heerste in haar hoofd.
De afgelopen uren waren de meest hectische en angstige uit haar leven geweest. Ze was overvallen en beroofd. Haar man, haar leven. Weg. Naast haar persoonlijke bezittingen, was haar waardigheid het enige wat ze nog bezat. Hoewel ze daarover ook begon te twijfelen.

Hoe langer de zoektocht op het schip duurde en resultaat uitbleef, des te meer hadden haar zenuwen de overhand gekregen. Ze was over haar hele lichaam oncontroleerbaar gaan trillen. Toen de kapitein haar vertelde dat ze Frank niet hadden gevonden, ging het licht uit. Ze was in een hysterische huilbui uitgebarsten.
De crew had haar uitstekend opgevangen. Continu was er iemand in haar buurt. Ze brachten eten en drinken en spraken haar voortdurend moed in. Men zou Frank heus wel vinden.
De kapitein kwam poolshoogte nemen en vertelde haar dat er een reddingsoperatie op zee was gestart. De Spaanse marine was met groot materieel uitgerukt. Met helikopters en snelle boten kamden ze het gebied uit waar Frank zich kon bevinden. De mededeling bezorgde

haar kippenvel en ze kreeg moeite met ademen. De steward moest zijn uiterste best doen om haar weer enigszins te kalmeren.
Terwijl de avondzon traag in de zee zakte, volgde nog meer slecht nieuws. De Columbus kende een strak schema. De trossen zouden om 23.00 uur losgaan. De volgende stop was Zuid-Frankrijk. Hoezeer de kapitein het ook betreurde, van dit schema mocht hij niet afwijken. Er restten haar twee keuzes: aan boord blijven of een hotelkamer in Barcelona zoeken. Een afgevaardigde van het consulaat-generaal kon dit laatste met één telefoontje regelen. Ze bleef in Barcelona.
Tijdens de langste nacht van haar leven had ze constant in de verte gestaard. Naar dansende minuscule lichtjes in de lucht en op zee. Zoeklichtjes, die zochten naar Frank. Tenminste, dat maakte zij ervan. Op zo'n grote afstand was het nauwelijks met het blote oog waarneembaar. Wat was er in godsnaam gebeurd? Waarom moest hij zo nodig een luchtje scheppen? Wat wilde hij haar vertellen? De vragen bleven maar komen, de antwoorden bleven uit.
De beltoon van haar mobiele telefoon onderbrak haar gedachten.
'Hallo?'
'Dag mevrouw Van Rijnsburg, u spreekt met Edwin Merksem van het Nederlandse consulaat.'
Heleen voelde hoe de adrenaline de vermoeidheid uit haar lichaam verdreef.
'Is er nieuws?' Haar tong struikelde bijna over de woorden.
'Er is nieuws,' sprak de man op een ingehouden toon. 'De zoekoperatie is zojuist beëindigd. Uw man is niet gevonden.'
Ze hoorde hoe hij zijn adem inhield om naar de juiste formulering te zoeken.
'Het spijt me u dit te moeten mededelen, mevrouw Van Rijnsburg.' Hij haperde even. 'Uw man is nu officieel vermist.'

Deel 2

9

'Hou je haaks, lieverd.'
'Ik doe mijn best, mam.'
Trudy van Rijnsburg omhelsde haar dochter innig.
'Geef de hoop nooit op,' fluisterde ze in Heleens oor. 'Wonderen bestaan.'
Heleen maakte zich voorzichtig los uit de omhelzing en knikte plichtmatig.
'Ik heb nog nooit zo om een wonder zitten springen.' Hoewel het niet haar bedoeling was om een cynische opmerking te maken, klonk het wel zo. Het venijn dat uit de laatste zin sprak leek volledig langs haar moeder heen te gaan. Of die liet het voor wat het was.
Ze opende de voordeur. Een windvlaag gierde door de hal. Deze aankondiging van de herfst bezorgde Heleen een koude rilling. Haar moeder deed twee stappen, draaide zich om en keek Heleen doordringend aan. Haar blik was een mengeling van liefde, hoop en standvastigheid.
'Als de nood het hoogst is…' In plaats van de zin af te maken, sloot ze even haar ogen en knikte haar dochter bemoedigend toe.
'Ik weet het mam. Ik… hoop het.'
'Vertrouwen, schat. Alles draait om vertrouwen.' Hierna draaide ze zich om en liep naar haar auto die recht voor het huis stond geparkeerd. Voordat ze instapte zwaaide ze en riep: 'Ik bel je deze week nog.'
'Bedankt voor het bezoek,' antwoordde Heleen. Ze sloot snel de deur en zwaaide haar moeder uit vanachter het raam van de woonkamer. Toen de achterlichten uit het zicht verdwenen, sloot ze de gordijnen. Ze liep naar de keuken om koffie te zetten. Ze had behoefte aan de vertrouwde handeling en de geur van vers gezette koffie. Dat het al na tienen was

maakte niet uit. Sinds Franks verdwijning deed ze 's nachts toch nauwelijks een oog dicht. Terwijl ze voor zichzelf inschonk, dacht ze terug aan het gesprek met haar moeder.

Met de hete mok in haar hand liep ze terug naar de woonkamer. De stoel waarop haar moeder daarnet nog had gezeten was leeg. De plotselinge confrontatie met een leeg huis benauwde haar. Ze nam plaats op de bank en haalde diep adem. Na die helse nacht in het hotel in Barcelona had ze langzaam maar zeker een soort verlatingsangst ontwikkeld. Nadat familie of vrienden waren opgestapt, vloog de eenzaamheid haar regelmatig naar de keel. Het kon ook zomaar gebeuren wanneer een hond in haar voortuin pieste en ervandoor ging, dan bleef ze weleens in tranen achter. Het sloeg helemaal nergens op, wist ze. En toch gebeurde het. Keer op keer.

Na Franks verdwijning was de toch al hechte band met haar moeder sterker geworden. Vroeger zagen ze elkaar hooguit eenmaal in de twee weken, nu was dat tweemaal per week. Meestal kwam haar moeder naar haar toe. Met haar 67 jaar was ze nog een kwieke vrouw, die midden in het leven stond en haar hand niet omdraaide voor een ritje naar Eindhoven.

Heleen glimlachte meewarig. Ze was het vaak met haar moeder oneens, maar had heel veel respect voor haar. Na de dood van haar vader, vijf jaar geleden, had ze een kortstondige periode van rouw achter zich gelaten en was een nieuw leven begonnen. Ze stortte zich op vrijwilligerswerk en was vaker buitenshuis te vinden dan de jaren daarvoor het geval was geweest. Naast de talloze comités waar ze in zat, nam ook het katholieke geloof veel van haar tijd in beslag. Tijdens haar huwelijk had de kerk en alle activiteiten die daarmee samenhingen op een laag pitje gestaan. Heleens vader was verre van rooms, herinnerde ze zich. Om de harmonie in hun huwelijk te bewaren, was haar moeder bereid geweest om op dit punt water bij de wijn te doen. Iets waar ze tegenover haar twee kinderen nooit moeilijk over had gedaan. Om een huwelijk goed te houden moest je tenslotte geven en nemen.

Blijkbaar had het toch anders gelegen, realiseerde Heleen zich na haar vaders dood. Het leek haar tamelijk onmogelijk om ineens volop in de Heer te zijn als je er jarenlang weinig tot geen interesse voor had getoond.
'Zogenaamd, dan,' mompelde ze. Hierna haalde ze haar schouders op. Het zal wel, dacht ze. Als haar moeder zich hierbij lekker voelde, moest ze het vooral doen. Halfelf. Ze zette de televisie aan en zapte doelloos. Film, documentaire, quiz. Geluid en beelden gingen langs haar heen. Het was niet meer of minder dan mechanisch gezelschap dat ze elk gewenst moment kon lozen. Ze legde de afstandsbediening neer en sloot haar ogen.
Om middernacht ging ze naar boven. Ze poetste haar tanden, kleedde zich om, stapte in het tweepersoonsbed en sloeg de roman open. Tot halftwee ondernam ze pogingen om de dansende woorden tot zinnen om te smelten en ook nog iets van een verhaallijn te begrijpen. Toen dit een onmogelijke opgave bleek, legde ze het boek weer op het nachtkastje.
Het ging niet. Lezen niet, slapen niet, leven... Talloze vragen en zorgen maalden door haar hoofd. Pas tegen de ochtend viel ze in slaap.

10

Alex Beringer liep op een drafje de voortuin uit. Toen hij het trottoir bereikte, zwaaide hij enthousiast. Zijn 'Tot morgen' werd door de wind gegrepen en door de straat weggevoerd. Hij trok de kraag van zijn jack omhoog en sprintte zonder het te beseffen achter zijn eigen woorden aan. Alex Beringer was negen jaar oud en haar favoriete buurjongetje, hoewel dit strikt gezien niet klopte omdat hij acht huizen verderop woonde. Sinds kort had ze contact met het blonde ventje dat zonder blikken of blozen in een kwartier tijd tien koekjes naar binnen werkte en tussentijds onbedaarlijk lachte om zijn eigen grapjes. Een schat van een jongen die de afgelopen weken deel van haar leven uitmaakte. Een klein deel, dat wel, maar kwaliteit ging boven kwantiteit. Ze genoot van zijn oprechtheid, zijn aandoenlijke, kinderlijke wijsheid die haar van binnen deed smelten. Dertig minuten per dag was ze moeder.

Van de ene op de andere dag had Alex voor haar deur gestaan.

'Dag mevrouw,' begon hij. 'Is uw man weg?' Ze had hem verbouwereerd aangekeken.

'Mijn vader ook,' ging hij verder op een toon alsof het om een doodnormaal gespreksonderwerp ging, zoiets als de weersvoorspellingen of een spraakmakend televisieprogramma. 'Alleen weten wij wel waar hij is. Hij zit bij zijn nieuwe vriendin in Helmond.'

Nog verbaasd over dit onverwachte bezoek had ze hem binnengelaten. Alex was doorgelopen naar de woonkamer en nam meteen plaats op de bank. 'Dit zit goed,' oordeelde hij. Met de kennersblik van een man op leeftijd schatte hij de omgeving in. Het oordeel hield hij voor zich.

Hun eerste kennismaking duurde ongeveer een halfuur. Alex dronk limonade, at koekjes en praatte honderduit. De meest uiteenlopende zaken als school, ruimtevaart en voetbal kwamen ter sprake. Over zijn vader repte hij met geen woord meer.

Nadat hij was vertrokken had ze natuurlijk contact met zijn moeder opgenomen. In tegenstelling tot haar zoon, was deze vrouw geen flapuit. Heleen moest elk woord uit haar trekken. In het kort kwam het erop neer dat Alex in de buurt had opgevangen dat Frank werd vermist. Hij vond dit zowel zielig als spannend en had besloten de stoute schoenen aan te trekken. Zijn bezoek was voor zijn moeder even verrassend als het voor haar was geweest.

Ze sloten het gesprek af met de afspraak elkaar, als daar aanleiding voor was, op de hoogte te houden. Heleen benadrukte dat Alex altijd welkom was. Het ventje had tijdens hun eerste gesprek een onuitwisbare indruk op haar gemaakt. Tot haar genoegen stemde zijn moeder hiermee in. Al kreeg ze de indruk dat het de vrouw eigenlijk niet zoveel kon schelen. Ach, wat een idiote gedachte. Iedere moeder was toch gek op haar kind en wilde weten waar hij of zij uithing?

Heleen stond op. Koffie. Het zoveelste bakje van vandaag. Weken geleden was ze gestopt met tellen. Vroeger dronk ze hooguit vier kopjes per dag. Maar ja, dat was vroeger…

Terwijl ze terug naar de kamer liep, voelde Heleen zich betrekkelijk goed. De onrust die ze constant had, was nu een licht geklop achter haar slapen. Niets bijzonders, eigenlijk.

Alex maakte deel uit van 'de cirkel van medeleven', zoals zij haar familie, vrienden en kennissen in stilte noemde. Een bijnaam die spontaan bij haar was opgekomen en allerminst spottend was bedoeld. Daarvoor had ze veel te veel respect voor de mensen die het zo goed met haar meenden. Het was fantastisch hoe ze haar in die hele moeilijke periode vlak na Franks verdwijning hadden opgevangen. Hiervoor zou ze hen eeuwig dankbaar blijven.

Ondanks haar geestelijke toestand, probeerde ze wel realistisch te blijven. Het was logisch dat de frequentie van telefoontjes en bezoekjes van collega's, vrienden en verre familieleden afnam. Het was op zich al geweldig dat deze mensen toch met een zekere regelmaat aan haar dachten. Als hun belangstelling na een langere periode geheel zou verflauwen, had ze daar ook vrede mee.

Haar directe familie stelde haar nooit teleur. Haar moeder kwam dus twee keer per week langs en haar broer belde ook regelmatig. Hij woonde met zijn gezin net onder Groningen, wat een hele rit naar Eindhoven was. Toch waren hij, zijn vrouw en hun twee kinderen al een paar keer langs geweest. Met de trein, aangezien haar broer een uitgesproken hekel had aan autorijden. Ondanks de nare omstandigheden waren het heerlijke middagen. Zij was gek op haar neefjes en vond het geweldig om hen te bemoederen. Het leidde haar tevens af van haar zorgen en de somberheid van haar broer Jurgen. Hij was van nature al redelijk zwaarmoedig en de verdwijning van Frank had hem nog somberder gemaakt dan hij al was. Zijn vrouw Nelleke was altijd meer op de achtergrond. Zij adoreerde haar man en was het altijd met hem eens. Nelleke was ook erg lief voor de kinderen. Jurgen had met haar een winnend lot uit de loterij getrokken.

Franks zus Monique was de laatste in de 'binnencirkel'. Zij werkte sinds twee jaar in New York bij een bank en was vier jaar jonger dan Frank. Ondanks de enorme afstand en het tijdsverschil was er altijd contact gebleven. Zij was gek op haar 'grote' broer en haar wereld stortte in toen zij het nieuws over zijn verdwijning vernam. Na de dood van hun ouders, nu drie jaar geleden, was hij haar enige familie. Ze belde regelmatig en was sinds Franks vermissing al tweemaal de oceaan overgestoken om een paar dagen bij haar te kunnen logeren.

Heleen staarde voor zich uit. Vermissing, dacht ze. Leven tussen hoop en vrees. De vrees was een gezwel dat je van binnenuit langzaam opvrat. Hoop hield slechts stand als hij werd gevoed. En hoe langer de vermissing duurde, des te meer brokkelde hij af. Net zolang tot je brak en de moed verloor.

De afgelopen maanden had ze veel achter de computer gezeten. Op internet surften honderden, misschien wel duizenden lotgenoten. Elke dag doken er nieuwe mensen op die hun tragedie met anderen wilden delen. De verhalen waren schrijnend, onvoorstelbaar en hartverscheurend. Na enkele discussies op speciale fora was ze er van de ene op de andere dag mee gestopt. Voor haar bleek steun ontvangen en betuigen gewoon niet te werken. Wildvreemden werden in korte tijd gelijkgezinden. In sommige gevallen zelfs vrienden, wier miserie ze zich danig aantrok. De problemen van anderen werden onderdeel van haar eigen sores. Een slechte ontwikkeling die ze snel een halt moest toeroepen om niet verder weg te zakken. Ze kon het er gewoon niet bij hebben.

Ze schrok van de rinkelende telefoon. Goed nieuws, slecht nieuws... gewoon een kennis die belde? De onzekerheid was een spook dat constant om haar heen zweefde. Nadat de telefoon driemaal was overgegaan nam ze op.

'Met Heleen van Rijnsburg.'

'Goedemiddag, mevrouw,' zei een beleefde mannenstem. 'Mijn naam is Hugo Steugels. Zou ik Frank Eldering even kunnen spreken?'

Heleen reageerde geïrriteerd. De laatste weken was ze tegen het eind van de middag meerdere malen lastiggevallen door telefonische verkopers. Nu zou ze deze praatjesmaker meteen de mond snoeren.

'Luister eens, meneer,' het laatste woord liet ze bewust neerbuigend klinken, 'ik wil dat u mij met rust laat. Ik ben in geen enkel abonnement of artikel geïnteresseerd!'

Toen ze vastberaden de hoorn erop wilde leggen, hoorde ze de man heel snel zeggen: 'Ik ben geen telefonische verkoper.'

'Wie bent u dan wel?' vroeg ze bits. Het gaf wel aan hoe de tragiek van de laatste maanden haar persoonlijkheid van scherpe kantjes had voorzien.

'Ik werk voor Fortuna,' antwoordde Steugels. 'Onze kantoren bevinden zich in Rotterdam,' voegde hij eraan toe.

Heleen trok beide wenkbrauwen op. Onze kantoren bevinden zich in

Rotterdam? Wat was dat nu voor een onzinnig antwoord? Ze kon maar net de neiging onderdrukken om alsnog de hoorn op de haak te smijten.
'Waar belt u eigenlijk voor?' vroeg ze ijzig.
'Dat wil ik graag met de heer Eldering bespreken.'
Heleen voelde hoe er in haar achterhoofd iets knapte.
'Dat zal niet lukken,' siste ze tussen haar tanden. 'Mijn man is al geruime tijd vermist.'
De stilte op de lijn was oorverdovend. Toen Steugels zich hersteld had, zei hij met een stem waaruit de zelfverzekerdheid was verdwenen: 'Juist... Dat schept in elk geval enige duidelijkheid.'
Heleen kreeg nu het idee dat ze te maken had met een idioot of iemand die een heel slechte grap uithaalde.
'Ik ga ophangen,' sprak ze emotieloos.
'Hang alstublieft niet op, mevrouw.' In Steugels stem klonk beginnende paniek door. 'Ik werk voor Fortuna in Rotterdam. Wij zijn een kredietverstrekker die zich richt op cliënten met een bovengemiddeld inkomen.'
'Nou en?' snauwde Heleen. 'Ik hoef geen lening.'
'Er loopt al een lening bij ons,' reageerde hij alert. 'Die heeft uw man twee jaar geleden bij ons afgesloten.'
Heleen verstijfde. Ze wilde een vraag stellen, maar de woorden bleven achter in haar keel steken.
'Weet u daar iets van?' probeerde Steugels aarzelend.
'Nee,' stamelde Heleen. 'Ik weet helemaal niets over een lening.'
Ze haalde diep adem. Haar handen begonnen licht te beven, waardoor de hoorn hinderlijk tegen haar oor tikte. Heel even sloot ze haar ogen. Hou je kalm. Dit gaat over geld. Slechts over geld. Je hebt de afgelopen maanden ergere dingen meegemaakt.
'Mijn man heeft twee jaar geleden dus een lening bij u afgesloten?' Gelukkig trilde haar stem minder dan ze had verwacht.
'Inderdaad. Een lening met een looptijd van ten hoogste tien jaar.'
'En over hoeveel geld gaat het?'

'Het geleende bedrag was 200.000 euro. Het openstaande bedrag bedraagt nu nog 162.420 euro.'
Heleen schrok van het bedrag. 'Dat is veel geld.'
'Inderdaad,' beaamde Steugels. 'Aangezien de aflossingen inmiddels een kwartaal achterlopen, ben ik gedwongen contact met de cliënt op te nemen.' Op een verontschuldigende toon voegde hij eraan toe: 'Eén van de voorwaarden in het contract.'
Frank had buiten haar weten om een lening van twee ton afgesloten. 200.000 euro! Een klein vermogen. Waarom had hij dat in hemelsnaam gedaan? Materialistisch gezien hadden ze toch alles wat hun hartje begeerde? Dat leek onwaarschijnlijk. Had ze toch met een idioot te maken die overtuigend overkwam en daarvan genoot? Dat kon best, je hoorde tenslotte zoveel rare verhalen…
'Wanneer heeft mijn man die lening afgesloten?' Als deze man werkelijk voor een kredietverstrekker werkte, moest hij haar overtuigen. En dan bleef het nog steeds telefonisch contact, enkel een stem, geen gezicht. Als ze hem werkelijk geloofde, zou ze het sowieso checken bij het kantoor in Rotterdam.
Ze hoorde hoe Steugels door papieren bladerde. 'Ongeveer twee jaar geleden. Ah, hier heb ik het.' Hij noemde de exacte datum.
'Waarom hoor ik nu pas van die lening?' Frank mocht dan al hun bankzaken regelen, een lening van twee ton had ze echt niet over het hoofd gezien. Aangezien ze een hypotheek van ongeveer hetzelfde bedrag hadden, wist ze wat de maandelijkse aflossing bedroeg.
'Uw man heeft uitdrukkelijk kenbaar gemaakt dat het om een privélening ging. Zijn inkomen voldeed, er was geen sprake van een onderpand.'
Terwijl ze ingespannen luisterde, schoot haar een vraag te binnen.
'Via welke bank werden die aflossingen betaald?'
Het antwoord van Steugels verbaasde haar. Het was een bank waar Frank zich regelmatig laatdunkend over had uitgelaten.
'Als het zo'n privéaangelegenheid betrof, waarom neemt u dan nu contact met mij op?'

'Dat was ook niet de bedoeling. Daarom vroeg ik nadrukkelijk naar uw man. Nadat u mij vertelde dat hij al maanden wordt vermist, moest ik een keuze maken. Begrijpt u me alstublieft goed, wij respecteren de wensen van onze cliënten. Als een overeenkomst echter niet wordt nageleefd en er op herhaalde oproepen van onze kant niet wordt gereageerd, zijn wij genoodzaakt andere maatregelen te nemen.'

'Op welke manier stond u dan in contact?'

Steugels gaf haar een e-mailadres en een mobiel nummer. Geen van beide kwam haar bekend voor.

'Maar nu heb ik een vraag,' zei de kredietverstrekker. 'Uw man is dus geruime tijd verdwenen. Kunt u mij daar iets meer over vertellen?'

Heleen dacht even na over haar antwoord.

'Bent u nu op kantoor?'

'Jazeker.'

'Mag ik uw nummer? Dan bel ik over vijf minuten terug.'

Steugels noemde zonder haperen zijn nummer en verbrak na enkele beleefdheden de verbinding. Heleen checkte meteen het nummer via internet. Het bleek te kloppen. Het begon er inderdaad op te lijken dat Frank een lening had lopen bij Fortuna in Rotterdam. Na wat wikken en wegen besloot ze om Steugels te bellen en het verhaal te vertellen. Tenslotte had zij niets te verliezen.

11

De horizon was een langgerekte streep. De lucht lichtblauw en wolkeloos. Omdat de zon ontbrak, had ze geen idee waar het heldere licht vandaan kwam.

Ze dreef op een schilderachtige versie van de zee.

Het was een oneindige plas van iets wat op water leek. De dikke vloeistof was lichtblauw, rimpelloos en reukloos. Het voelde aan als dunne gelei, die tussen haar vingers door gleed. Toch hoefde ze niet te zwemmen. De heldere substantie zorgde ervoor dat ze bleef drijven. Het was bizar, maar voelde goed aan. Ze was in elk geval ontspannen, voor het eerst sinds maanden. Het was doodstil. Vogels en vissen ontbraken. Aan de horizon verscheen een kleine oneffenheid. De vlek werd zienderogen groter. Voordat ze met haar ogen kon knipperen was het al een bal. Dichterbij gekomen bleek het ronde voorwerp ovaal te zijn. Opeens lag het recht voor haar. Het was een opblaasbaar vlot, in het midden ervan stond Leon Wolfsperger. De arts die haar en Frank tijdens de ki-behandelingen zo fantastisch had begeleid, was in al die jaren geen spat veranderd. Zijn gezicht stond somber. Hoewel zijn lippen bewogen, kon ze hem niet verstaan. Hij keek langs haar heen, alsof er iemand tegenover hem stond tegen wie hij sprak. Ze probeerde hem te begroeten, maar hoorde haar eigen woorden niet. De stilte regeerde.

'Het spijt me, Frank,' hoorde zij hem opeens luid en duidelijk zeggen. 'Heleens zuurgraad is te hoog. Het slaat niet aan.' Hij schudde weemoedig met zijn hoofd.

'Toch moeten jullie de moed niet opgeven. Ik heb vreemdere dingen meegemaakt. Wonderen bestaan. Er zijn genoeg voorbeelden van vrouwen die tegen alle medische logica in toch zwanger raakten en een gezond kind kregen.'

Met een onvoorstelbare snelheid verdween het opblaasvlot uit haar zicht. Het werd gelanceerd alsof er een ventiel werd uitgetrokken. Binnen korte tijd was het opgeslokt door de horizon.

Voordat ze de kans kreeg zich hierover te verwonderen, lag het volgende vlot al voor haar neus. Haar vier collega's keken allemaal serieus en voerden een geluidloos gesprek. Opeens kon zij hen echter woordelijk verstaan, alsof het volume omhoog was gedraaid.

'Wat denk jij?' vroeg Karin. 'Komt ze ooit nog terug op kantoor?'

'Die kans is klein,' antwoordde Esther. 'Maar moet de vraag niet zijn: komt híj ooit nog terug?'

'Dat is geen vraag, maar een weet,' sprak Peter. 'Niemand kan maandenlang op zee overleven.'

'Toch moet ze blijven geloven in zijn terugkeer,' zei Lisette. 'Dat houdt haar op de been.'

Even snel als het was verschenen, verdween het vlot uit haar zicht, waarvoor een ander net zo snel in de plaats kwam. Haar broer Jurgen keek triest voor zich uit.

'Iemand moet haar de waarheid vertellen,' zei hij somber. 'Frank is dood.'

Nelleke knikte. 'Dat kan bijna niet anders.'

'Zal ik het aan tante Heleen vertellen?' zei Mark, de oudste van hun twee zoons.

'Of ik?' vroeg zijn broer Pieter.

'Geen denken aan,' antwoordde Jurgen streng.

Nelleke schudde beslist met haar hoofd en keek haar zoons doordringend aan. 'Dat is geen goed idee, lieverds.'

Het vlot met het gezin loste op en daarvoor in de plaats verschenen haar ouders. Vanaf hun bootje keken ze haar recht aan. 'Hoop en geloof, lieverd,' sprak haar moeder bemoedigend. 'Het zijn de fundamenten waarop het leven is gebouwd en steunt. Hou de hoop levend en

verlies nooit het geloof. Uiteindelijk zul je hier als mens, als christen, alleen maar sterker van worden.'
Haar vader knikte spottend in de richting van zijn vrouw.
'Schei toch uit, mens. Die hoop en dat geloof van jou hebben mijn kanker ook niet verholpen, hoor. Binnen vijf maanden was ik weg, weet je nog?' Zonder haar reactie af te wachten, wendde hij zich rechtstreeks tot zijn dochter.
'Ik realiseer me hoe moeilijk het is, maar je moet de realiteit onder ogen durven zien, Heleen. Frank is dood, basta. Accepteer dat en pak je leven weer op. Het is een cliché, maar het leven is kort. En als iemand dat weet, dan ben ik het wel.'
Het vlot loste op. Het kostte haar nu moeite om haar emoties onder controle te houden. Ze had zoveel van haar vader gehouden. Zijn woorden dreunden nog na in haar geest, waar verwarring inmiddels heerste.
De samenstelling van het volgende vlot was opmerkelijk.
'Zijn wij hier eigenlijk voor verzekerd?' De kredietverstrekker Hugo Steugels droeg een donker pak. Ze herkende hem aan zijn stem, want zijn gezicht ontbrak.
'Tegen dat soort calamiteiten bent u verzekerd,' sprak Franks zus Monique overtuigend in de mobiele telefoon. Of ze het tegen een klant of haar buurman had, bleef onduidelijk. 'Onze bank neemt die polis namelijk standaard op in de contracten.'
'Mijn vader heeft een hekel aan verzekeringen,' zei haar buurjongen Alex. 'Die zijn duur en daarom komt hij soms geld tekort om de alimentatie te betalen.' Hij wees naar de horizon.
'Hij woont nu bij zijn vriendin in Helmond. Dat ligt ongeveer daar.'
Drie mannen op leeftijd namen hun plaats in. Ook hier ontbrak bij één van hen het hoofd. Aan zijn stem te horen was het Geert Ondereem, de politieman die voor Bureau Vermiste Personen Noordzee werkte, een onderdeel van de KLPD-dienst Waterpolitie. Tijdens haar zoektocht op internet was ze op deze afdeling gestuit. In de hoop op wat gespecificeerde informatie had ze hem gebeld. Ondereem bleek een vriendelijke,

rustige man die de tijd voor haar had genomen.
'De overlevingskans op de Noordzee is nul komma nul. Gemiddeld hou je het vijf uurtjes vol, als je sterk bent en geluk hebt ietsje langer, daarna raak je onderkoeld en zink je. In de Middellandse Zee zal het zes tot acht uur langer duren. Daar blijft iemand met een zeer goede lichamelijke conditie hooguit veertien uur drijven. Een kansloze missie, dus.'
'Dat laatste kan ik bevestigen,' zei zijn buurman. Hij was officier bij de Spaanse marine en had de zoekactie naar Frank geleid. Een gedrongen man met borstelige wenkbrauwen. Zijn naam wilde haar zo snel niet te binnen schieten.
'De kans dat je een drenkeling zonder drijfmiddelen op volle zee terugvindt is miniem,' bromde de kapitein van de Columbus. 'Wij leven allemaal met u mee, mevrouw.'
Hierna verdwenen de drie mannen razendsnel uit haar zicht. Uit het niets dook opeens een enorme wand op. De boeg van een kolossaal schip scheerde langs haar heen. In plaats van te verdwijnen, nam de snelheid van het reusachtige gevaarte af. Toen het schip helemaal stillag, zag ze dat het de Columbus was. Vanaf het dek werd een reddingsbootje overboord gegooid. Het reddingsmiddel fladderde door de lucht. Tegen de imposante achtergrond van onverzoenlijk staal oogde het bootje fragiel en gammel. De Columbus stoomde met een onvoorstelbare snelheid naar de horizon.
In tegenstelling tot de vlotten, bleef dit bootje exact op de plek drijven waar het was neergekomen. Zou haar hoop dan niet voor niets zijn geweest?
'Frank,' hoorde ze zichzelf fluisteren.
Zo op het eerste gezicht was het bootje verlaten. Hierdoor liet ze zich niet ontmoedigen. De kans was groot dat hij dodelijk vermoeid op de bodem lag. Ze zag zijn uitgeputte gezicht al voor zich. Een wanhopige blik zou op slag veranderen als hij zich realiseerde dat zijn eigen vrouw hem kwam redden als de nood het hoogst was…
Ze pakte de rand vast en hees zich omhoog. Het bootje was leeg. De

bodem bestond uit een zwart gat. Ze schrok en verloor haar evenwicht. Het grote niets slokte haar op. Ze maakte een duizelingwekkende val in het zwarte gat.

'Nee!' Met wijd opengesperde ogen kwam Heleen overeind. Het duurde even voordat het tot haar doordrong dat ze zich in haar eigen bed bevond. Met de rug van haar hand veegde ze de zweetdruppels van haar voorhoofd.

Een nachtmerrie. De zoveelste. Ze stapte uit bed. Haar ogen meden bewust de tijdsaanduiding op de wekkerradio. Het deed er niet toe hoe laat het was. Straks, na een kop thee zou ze de beslissing nemen die ze de laatste maanden zo vaak had moeten nemen, opblijven of terug naar bed?

Ze liep de trap af en voelde zich de eenzaamste vrouw op de wereld.

12

Heleen opende de deur en liet Peter Redderswaal binnen. Ze sloot de deur onmiddellijk om het gure decemberweer buiten te houden. Hij knikte haar kort en vriendelijk toe.

'Goedemorgen, Heleen.'

'Hallo, Peter.'

Hij hing zijn jas aan de kapstok en liep door naar de woonkamer. Dit was pas hun tweede ontmoeting en Heleen merkte dat de jonge jurist gespannen was. Hij voelde zich duidelijk niet op zijn gemak. Hij was onzeker en nerveus, als een bode die er tegenop ziet om slecht nieuws te brengen.

'Hoe is het ermee?'

'Het gaat wel,' antwoordde ze. 'Koffie?'

'Graag.'

Ze liep naar de keuken en vroeg zichzelf af waarmee hij worstelde. Een financiële kwestie? Kon het soms zijn dat bepaalde toezeggingen van hogerhand waren teruggedraaid? Was hij tegenover haar wellicht te optimistisch geweest en stond hij nu op het punt het voor zijn bedrijf weer recht te breien? En vreesde hij daarom de confrontatie met een vrouw die het al zwaar had en door zijn woorden in elkaar zou kunnen storten?

Ze glimlachte flauwtjes. Geld deed haar weinig tot niets. Als Redderswaal van zijn bazen de opdracht had gekregen een andere, voor haar minder gunstige, regeling te treffen, zou ze hem onverstoorbaar aanhoren. Natuurlijk was ze er niet blij mee, maar om er zich nou druk over te maken. Nee... niet echt. We hebben genoeg geld op de bankrekening. Ze merkte opeens dat ze nog altijd over 'we' dacht en sprak. Ze zat nu in de ziektewet, maar kon altijd terugkeren naar het kantoor en Frank was via zijn bedrijf goed verzekerd. In verhouding tot haar andere kopzorgen, zou ze een financiële tegenslag niet eens opmerken...

'Lekker, bedankt,' zei Redderswaal overdreven enthousiast toen hij het kopje koffie aanpakte. Hij vond het lastig haar recht aan te kijken. Dit schichtige gedrag paste niet bij de jurist die ongeveer een halfjaar geleden op dezelfde plek tegenover haar had gezeten. Toen had hij voornamelijk kalmte en medeleven uitgestraald. Ruim twee uur hadden ze zitten praten over Frank en de gevolgen van zijn verdwijning. Als jurist van het bedrijf waar Frank werkte, had Redderswaal de taak om haar op de hoogte te stellen van de financiële consequenties. Niet dat deze slecht waren, maar het was lastig om zoiets te bespreken als het meest dierbare van iemand was afgenomen. 'Heleen... ik weet niet waar ik... euh... moet beginnen.' Hij trok zijn attachékoffertje op schoot en friemelde met zijn vingers aan het slot totdat het na enkele pogingen opensprong.

'Neem je tijd,' antwoordde Heleen. 'Daar heb ik genoeg van. Veel te veel eigenlijk.'

Hij lachte geforceerd. Alsof hij niet durfde te lachen om de ironie in haar woorden. Hij haalde een bundeltje papieren uit zijn koffertje en legde dit op tafel.

'Dit zijn kopieën van een uitspraak van het gerechtshof van Nice.' De jurist kneep zijn oogleden wat samen waarmee hij de indruk wekte op een doolhof aan kleine lettertjes te zijn gestuit.

'Gedateerd op 3 december. Vier dagen geleden, dus.'

Heleen knikte kalm. 'Het gaat om een zaak waarin een zekere Vincent Gautier, 54 jaar oud en woonachtig te Nice, de rechtbank vraagt om een zogenaamd "bewijs van vermissing" voor Frank. Zijn advocaat stelt dat de omstandigheden waarin de vermiste persoon verkeerde – open zee, nacht, geen drijfmiddelen –, rechtvaardigen dat er niet langer gespeculeerd mag worden over de definitieve status van de vermiste.'

Redderswaal hief zijn hand op om duidelijk te maken dat hij verder wilde met zijn verhaal, voordat ze hem kon onderbreken.
'Deze rechtszaak draait uitsluitend om de juridische positie van zowel de vermiste persoon als de eiser. In normaal Nederlands: pas op het moment dat een rechter een "bewijs van vermissing" heeft afgegeven, kunnen er stappen worden ondernomen. Het klinkt heel vervelend wat ik nu zeg, maar zo'n uitspraak verandert een misschien nog levende persoon in een dode. Op papier, natuurlijk,' voegde hij er haastig aan toe.
Heleen begreep ongeveer wat hij bedoelde, maar wat had die Fransman in hemelsnaam met haar echtgenoot te maken? Wat was dit voor een onzinnig verhaal?
'Om meer duidelijkheid te scheppen,' ging Redderswaal verder, 'zoals bij elk groot bedrijf het geval is, zijn onze medewerkers verzekerd. Frank had ook nog zijn levensverzekering via ons. De maatschappij waarmee wij werken kreeg de informatie van het gerechtshof uit Nice binnen en speelde het weer aan ons door.'
Hij sloot zijn ogen. Zijn vingertoppen gleden van zijn voorhoofd naar zijn kin. Op dat moment overviel Heleen een angstig voorgevoel. Het ergste moest nog komen.
'Juridisch gezien is vermissing een uiterst lastig onderwerp,' ging Redderswaal verder. 'Naast het droevige gegeven dat een vermist persoon ontredderde familieleden achterlaat, komt er een behoorlijke papierwinkel bij kijken. De afgesloten levensverzekeringspolis is daarvan de meest opvallende.'
Hij maakte een verontschuldigend gebaar. 'Sorry dat ik me nu afstandelijk uitdruk, maar ik zit hier als bedrijfsjurist.'
Heleen knikte. 'Dat begrijp ik, Peter. Vertel gewoon je verhaal, ik kan wel tegen een stootje.'
Ze haalde diep adem en zette zich schrap.
'Waar was ik gebleven? O ja, het tijdsbestek waarbij een vermissing juridisch gezien van vermoedelijk naar definitief wordt omgezet.' Zijn blik vond een vast punt op de muur.

'Omdat hiervoor geen vastomlijnde wetten gelden, elk geval is tenslotte weer anders, gaan de verschillende instanties over het algemeen uit van een tijdsduur van een jaar. Een periode waarin de vermiste persoon eventueel nog terug zou kunnen keren. Een soort van tijdsbuffer, dus. Verandert er niets aan de situatie, dan kunnen juridische procedures worden opgestart. Als hier geen spoed achter wordt gezet, wat meestal het geval is, dan kan het nog jaren duren voordat er definitieve stappen worden ondernomen.' Zijn blik zocht even contact met die van haar.
'Hier hebben wij het uitgebreid over gehad, weet je nog?'
'Ja,' antwoordde Heleen kortaf. In hun vorige gesprek had hij uitvoerig uit de doeken gedaan hoe de strategie van het bedrijf werkte. Hij had haar verzekerd dat het salaris van Frank gewoon zou worden doorbetaald. Mocht onverhoopt het moment aanbreken dat alle hoop was vervlogen op Franks terugkomst, dan zou men een procedure opstarten die uiteindelijk moest leiden tot het uitbetalen van zijn levensverzekering.
'De uitspraak van het Franse gerechtshof heeft een nieuwe procedure in gang gezet. Omdat Frankrijk tot de EU behoort, kan deze procedure ervoor zorgen dat Franks levensverzekering, waarvan jij de enige begunstigde bent, versneld uitgekeerd kan worden.'
Hij legde de papieren terug in zijn koffertje en maakte aanstalten om op te staan.
'Wacht even, Peter.' Ze sloot even haar ogen en probeerde een helder beeld van alle informatie te krijgen.
'Ik zie de connectie tussen die Fransman en Frank niet. Wat is zijn belang hierin?'
Redderswaal probeerde zo laconiek mogelijk over te komen, maar het zweet stond hem in de handen. 'Doordat het gerechtshof de eiser in het gelijk stelde, kan deze nu aanspraak maken op een levensverzekering die hij bij ACM, dit is een maatschappij in Marseille, heeft afgesloten. Mocht ACM tegen dit besluit in beroep willen gaan, dan hebben zij hiervoor twee weken de tijd. Onze verzekeringsmaatschappij heeft echter uit betrouwbare bron vernomen dat dit niet het geval is. ACM gaat dus

uitkeren. Datzelfde geldt voor onze maatschappij. In dit geval hangt het ene nauw samen met het andere. Frank heeft bij ons bedrijf al jarenlang een levensverzekering lopen. Vanwege de onduidelijke situatie van zijn huidige status, sorry als ik me wat onbeholpen uitdruk, konden wij deze polis nog niet aan jou uitkeren. De uitspraak van het Franse gerechtshof brengt hierin echter verandering.'

Heleen vreesde het antwoord op haar volgende vraag, maar moest deze toch stellen.

'Die Fransman, Vincent…'

'Gautier. Vincent Gautier.'

'Als ik het goed begrijp, heeft die man een levensverzekering op Frank afgesloten.' Ze aarzelde een seconde. 'Toch?'

Redderswaal blies krachtig uit.

'Luister, Heleen.' Hij zuchtte. 'Er zijn sommige dingen… bepaalde zaken die je soms beter kunt laten rusten. Ik bedoel… dit is nu jouw leven. Ga daarmee verder. Koester het verleden zoals jij het hebt beleefd.'

'Vertel me alles over die Vincent Gautier, Peter,' zei ze kil. 'En met alles bedoel ik letterlijk alles.'

De jurist knikte gedwee. 'Ik wist dat het zover zou komen. Oké, Heleen, ik zal je alles vertellen wat wij weten over Vincent Gautier.' Hij zette het koffertje weer naast zich neer en keek haar nu recht aan. Dit was de onvermijdelijke confrontatie waarvoor hij zo bang was geweest.

'Vincent Gautier heeft ongeveer twee jaar geleden een levensverzekering op Frank afgesloten. Het bedrag bij Franks overlijden zou drie miljoen euro bedragen. De premie, een hoge maandelijkse last, dat kan ik je verzekeren, is tot op de dag van vandaag keurig voldaan. Na deze gerechtelijke uitspraak wijzen alle tekenen erop dat het geld binnen afzienbare tijd naar Gautier wordt overgemaakt.'

Heleen keek hem verbaasd aan. 'Maar waarom Frank? Ik heb hem nooit met een woord over die man horen spreken.'

Redderswaal zuchtte diep.

'In principe hoeft niemand een reden te geven waarom hij of zij een levensverzekering op een bepaald persoon af wil sluiten. In de praktijk ligt dat anders. Om rare toestanden te voorkomen, verzekeren gerenommeerde maatschappijen uitsluitend cliënten die aan vastgestelde normen voldoen. Zo moet de verzekerde bijvoorbeeld medisch worden gekeurd. Tegenwoordig komt het zelfs voor dat er wordt gevraagd naar een specifieke reden of bestaande band tussen degene die de polis afsluit en de verzekerde. Een politiek die ACM overigens ook voert...'
Het lukte hem niet langer haar recht aan te kijken.
'In het geval van Frank en Vincent Gautier werd vooraf een samenlevingscontract getoond. Naast het medische gedeelte was dit voor de maatschappij voldoende om een zakelijke overeenkomst met Gautier aan te gaan.'
Heleen voelde hoe haar mond openviel. Ze sperde haar ogen wijd open.
'Een wát?'
Redderswaal begroef zijn gezicht in zijn handen. Heel langzaam gleden zijn vingers naar beneden.
'Jezus, Heleen. Het spijt me zo dat ik je dit moet vertellen... Frank en Gautier hadden een samenlevingscontract. Ze waren een homostel.'
Het werd licht in haar hoofd. Ze stond op en deed twee stappen.
'Het kwam voor ons ook als een volslagen verrassing,' hoorde ze Redderswaal ergens in de verte zeggen. 'Blijkbaar heeft hij jarenlang een dubbelleven geleid.'
De kamer tolde. Alle kleuren verbleekten tot een grijze waas.
'Dat is onmogelijk,' wist ze nog uit te brengen. Toen zakte ze in elkaar.

13

Heleen zat op de bank. Ze verdeelde haar aandacht tussen het televisiescherm en het vreemde mozaïek op het raam. Kleurrijke poppetjes en een grauw samenspel van regendruppels. ‘Vier-nul,’ juichte Alex. ‘En de uitslag wordt nog veel beter.’

Hij draaide zijn hoofd naar haar toe. Ze zag nu dat zijn gezicht gloeide van enthousiasme.

‘Dat Chelsea moeten we nog steeds terugpakken. Die gasten denken dat alles voor geld te koop is.’

Hoewel ze zich belabberd voelde, moest ze glimlachen. Deze volwassen woorden pasten niet bij een basisschoolknulletje met een PSV-shirt om zijn schouders. Hoogstwaarschijnlijk had hij deze wijsheid ergens op straat opgevangen. Of op de voetbalclub waar hij trainde en speelde. Of zoals hij het noemde ‘waar ik aan mijn carrière werk’. Om je rot te lachen…

Er steeg weer gejuich op.

‘Vijf-nul!’

Heleen stond snel op. Omdat ze niet wilde dat hij het gevoel kreeg dat ze hem uitlachte, zei ze snel: ‘Wil je limonade?’

‘Lekker!’

In de keuken gleed de glimlach van haar gezicht. Ze opende de koelkast en schonk limonade in. Een van de weinige handelingen waarin ze nog gevoel kon leggen. Ze wist hoe Alex het naar binnen ging gieten en haar tegelijkertijd een dankbare blik kon geven. Zuiver, zonder bijbedoelingen, eerlijk… Ze sloot haar ogen en slikte een brok in haar keel weg. Hoe kon je een partner na vijftien jaar huwelijk op deze manier verra-

den en vernederen? Om over de gevolgen van zo'n schoftenstreek nog maar te zwijgen.
Ze had de meest afgrijselijke kerstdagen en oud en nieuw van haar leven achter de rug. Tegenover haar familie had ze gezwegen. Een weloverwogen beslissing die haar niet makkelijk viel. Meerdere malen had ze tijdens deze verplichte familiedagen op haar tong moeten bijten. Als Monique herinneringen uit het verleden ophaalde waarin haar broer altijd voor haar klaarstond, of haar eigen moeder hoog opgaf over zijn opgewekte en zorgzame karakter, had zij het liefst willen opstaan om hen met de akelige waarheid te confronteren. Ze had hun willen vertellen dat die geweldige Frank al jarenlang een affaire had met een Fransman. Een seksuele verhouding, ja! Voor de Franse wet waren ze zelfs een homostel. En als ze haar niet geloofden wilde ze met alle liefde een kopie van hun samenlevingscontract laten zien. Met handtekeningen van de tortelduifjes Vincent Gautier en Frank Eldering. Blijkbaar had die fijne Frank het zo druk met zijn vriendje, dat hij aan de instanties het bestaan van een Nederlandse vrouw vergat te melden! In plaats van deze uitbarsting had ze instemmend geknikt als Franks capaciteiten uitvoerig werden geroemd. Tenslotte was zij de treurende weduwe in het gezelschap. Zonder het expliciet te zeggen, wist men dat Frank dood was. De kans dat iemand zo lang op zee kon overleven, was nihil.
Ze liep terug naar de kamer met het glas limonade en gaf het aan Alex terwijl ze naast hem ging zitten. Wat was ze moe.
Haar nachten werden nog steeds gekenmerkt door slapeloosheid en de dagen bleven zich voortslepen. Ze had gefaald, was bedrogen, had geen kinderen en haar enige verzetje bestond uit limonade inschenken voor de buurjongen. Wat had het leven dan nog voor zin? Op de een of andere manier wist ze zichzelf toch te motiveren om door te zetten. Ze vroeg zich continu af waarom hij was vreemdgegaan. Was ze dan zo'n slechte vrouw voor hem geweest, was ze beroerd in bed, hoe kon het dat hij op haar was uitgekeken zonder dat ze hiervan ooit signalen had opgevangen?

Hoe kon een uitgesproken hetero toch een homoseksueel blijken te zijn? Iedereen die hem maar een beetje kende wist dat hij 'een gezonde heterovent' was, die zijn ogen de kost gaf als een mooie vrouw zijn pad kruiste. Daarom leek het zo onvoorstelbaar dat juist Frank het had aangelegd met een man, de officiële papieren ten spijt. Homoseksualiteit was een geaardheid. Op den duur kon je dat niet meer verbergen. Toch?

Ze was leeg, wist het niet meer. Zonder een levenloos lichaam als bewijs, werd niemand dood verklaard. Behalve als een rechter in Frankrijk anders besloot.

De 'Acht-nul!' van Alex bracht haar weer terug.

'Leuk hoor,' zei ze nog wat afwezig.

'Leuk? Het is keigoed! Het liefst zou ik er de hele dag mee spelen.'

Hij keek op de klok en stond op. De teleurstelling droop van zijn gezicht.

'Maar dat kan niet, hè?' Uiterlijk kwart voor zes moest hij naar huis. Het eten stond om zes uur op tafel.

'Dag, Heleen.' Hij drukte een kus op haar wang. Ze omhelsde hem en hield hem langer vast dan normaal het geval was.

'Ik zou best langer bij je willen blijven,' zuchtte hij. 'Jij bent zo lief voor me.'

Ze beet op haar lip. Straks, als Alex thuis aan de eettafel zat, mocht ze janken. Om Frank, om zichzelf en vanwege de ongecompliceerdheid van haar buurjongen die zoveel emoties bij haar naar boven bracht.

'Ga maar gauw.' Ze duwde hem zachtjes in de richting van de gang.

Hij stak zijn hand op en zei achteloos terwijl hij de kamer verliet: 'Tot morgen.'

'Tot morgen,' fluisterde ze terwijl het geluid van de dichtgeslagen voordeur door de kamer resoneerde. Ze pakte de afstandsbediening en zette de televisie uit. Hierna borg ze de spelcomputer op.

Haar kerstcadeautje was een succes geweest. Zijn gezicht had gestraald toen hij het had uitgepakt. Hij joelde van plezier en knuffelde haar bijna

dood. De liefde die ze had gevoeld was overweldigend geweest.
In de aan kerst voorafgaande weken had ze zo onopvallend mogelijk gepeild naar welk cadeau zijn voorkeur uitging. Een rijtje van wensen sloot hij steeds af met de spelcomputer om daar meteen aan toe te voegen dat het veel te duur was natuurlijk. Met deze opmerking in haar achterhoofd besloot ze voor de aanschaf eerst contact met Alex' moeder op te nemen. Ze wilde niet dat zijn moeder zich opgelaten of bezwaard zou voelen. Dat leidde op den duur tot wrevel en dat was het niet waard. Ze was in de afgelopen maanden erg op Alex gesteld geraakt en wilde hun band niet in gevaar brengen.
Tot haar opluchting reageerde zijn moeder enthousiast op haar aarzelend uitgesproken verzoek. Ook bedankte de vrouw haar voor de geweldige opvang van Alex. Ze zat na haar scheiding in een lastige periode en was hard op zoek naar passend werk. Sinds enige weken had ze een nieuwe vriend. Alex had het daar erg moeilijk mee, wat niet bepaald bevorderlijk was voor de sfeer in huis. Na het uitwisselen van beleefdheden – 'kom een keer langs, we moeten eens gezellig babbelen, gek dat we elkaar nooit eerder hebben ontmoet' – legde ze de hoorn op de haak.
Heleen liet haar blik door de kamer gaan en dacht aan de komende uren. Eerst zou ze een sandwich klaarmaken. Om acht uur zou ze naar het journaal kijken en daarna de rest van de avond op internet doorbrengen. Rond middernacht de boel opruimen en naar bed.
Eenmaal in bed die avond kon ze weer aan niets anders denken dan aan Frank en die Vincent. Als ze van dit gepieker af wilde en antwoorden op haar vragen wilde, moest ze iets doen. Zover was ze na al die maanden wel. Maar waar moest ze beginnen?

14

De piloot zette het toestel rustig neer. Heleen voelde twee zachte tikken toen de wielen de grond raakten, waarna het vliegtuig drastisch vaart minderde. Ze ontspande. Vliegen was nooit haar hobby geweest en zou het ook nooit worden. Ze voelde zich opgesloten en machteloos. Als er in de lucht iets gebeurde, was je kansloos. Alle statistieken in de wereld die aantoonden dat de luchtvaart de meest veilige transportsector was, konden haar niet van het idee afbrengen dat je in het geval van een defect met de auto een betere kans had het er levend vanaf te brengen.
Het vliegtuig taxiede naar de terminal. Door het raampje rechts van haar zag ze de Middellandse Zee. Het water was donker, bijna bruin. Roestige schuimkoppen verzwolgen elkaar. Wolken joegen langs, de één nog grauwer en dikker dan de ander. Enkel in omvang leek het op de plas waarop ze verleden jaar hadden gevaren. Toen was die nog azuurblauw geweest.
Nice lag nu recht voor haar, wist ze nog van de vorige keer. Op het moment dat de piloot een scherpe draai inzette, kreeg ze even zicht op de stad. Het eerste wat ze zag waren de hoge palmen die aan beide zijden van de boulevard groeiden. In een flits vroeg ze zich af of deze bomen tijdens de winter hun natuurlijke kleur groen hadden behouden. Tot haar genoegen bleek dat de palmbomen nog niets van hun zonnige uiterlijk hadden verloren. Ze waren eigenlijk het enige vrolijke in de omgeving. Onder een donker wolkendek waaruit het miezerde, lag de stad er triest bij. De herinnering aan die verschrikkelijke nacht die ze in Barcelona had doorgebracht na die heerlijke dagen in Nice, kwam meteen naar boven.

Ze voegde zich in de rij van passagiers die het toestel verlieten. Op een handtas na had ze geen bagage, dus ze kon meteen naar de uitgang van de terminal lopen. Eenmaal buiten, stapte ze in de voorste taxi en las van een papiertje het huisadres waar ze naartoe wilde. De chauffeur herhaalde haar woorden, knikte en reed weg.

Toen ze de boulevard opdraaiden, veranderde de druilerige regen in een heuse stortbui. Enorme druppels kletterden op het dak. De ruitenwissers van de taxi gingen op hoge snelheid heen en weer. Het gezoem van de blower op de hoogste stand, overstemde het geroffel op het dak. Doordat de zijruiten langzaam maar zeker besloegen, kon ze steeds minder zien.

De chauffeur sloeg links af. Hoewel ze de straatnaam nauwelijks kon lezen, vermoedde ze dat de wazige letters de woorden Avenue de Fabron vormden. Nadat ze gestopt waren voor een verkeerslicht, schoot de chauffeur naar links, reed vijftig meter door, en nam een scherpe bocht naar rechts. Hij stopte abrupt, murmelde het adres en knikte vaag naar een straat links van hem, waarvoor een inrijdverbod vanuit deze richting gold.

Heleen betaalde het bedrag dat op de meter stond en gaf twee euro fooi. De man groette haar verveeld en reed weg. Met haar kraag hoog opgetrokken rende ze naar het dichtstbijzijnde flatportiek om te schuilen voor de regen die met bakken uit de hemel viel. Het was niet in haar opgekomen om een paraplu mee te nemen. Tot aan het moment van landen, had Nice in haar belevingswereld alle kenmerken van een subtropisch paradijs gehad. Zonder de zon en palmbomen kon dit gedeelte van Zuid-Frankrijk moeiteloos doorgaan voor een middelgrote stad in Nederland in het vroege voorjaar.

Ze rilde. Het was hooguit tien graden. Een rok die net over haar knie viel, een bijpassende blouse, zwarte schoenen met een klein hakje en een kort jasje hadden vooraf de juiste keuze geleken. Stom dat ze niet naar het weerbericht had gekeken.

Voor haar lag de straat waar Vincent Gautier woonde. Het maakte deel uit van een buurt die uit de vijftiger jaren stamde, schatte ze zo in. Aan weerszijden van de eenrichtingsweg stonden appartementenblokken. Zes woningen op de begane grond en drie hoog. Zelfs in dit hondenweer maakten de appartementen een verzorgde indruk. Het geheel kwam over als een keurige, doorsnee buurt waar de oudere laag van de bevolking een vast stekje had.

Het contrast met de entree van de flat waarin ze nu stond was opvallend. De hele entourage hier deed armoedig aan. Het verschil in onderhoud met de straat waar Gautier woonde was opvallend.

Heleen stapte uit de portiek om een beter zicht op het verderop gelegen appartement van Gautier te krijgen. De striemende regen dreef haar meteen weer terug in de sjofele schuilplaats. Uit de naamplaatjes achter de nummers kon ze concluderen dat dit gebouw acht verdiepingen had. Franse en Arabische namen. Achter de gesloten deur zag ze een gedrongen man met een Arabisch uiterlijk uit de lift stappen. Hij opende de deur en trok deze meteen achter zich dicht. Hij keek haar even met een lege blik aan en liep naar buiten.

Ze keek de man na. Met zijn afzakkende schouders en zijn blik op de grond gericht werd hij min of meer één met de directe omgeving, dacht Heleen. Zijn lichaamstaal symboliseerde het uitzichtloze perspectief van een achterstandswijk. Omdat ze de kriebels van deze man kreeg, draaide ze zich om. Alles was beter dan het kijken naar iemand die de hele wereld op zijn schouders leek mee te dragen.

Haar gezicht reflecteerde in het glas van de deur. Ze werd niet vrolijk van wat ze zag. Er was weinig over van haar kapsel. Het lag plat op haar hoofd, hing levenloos naar beneden.

'Jezus, ik lijk wel een verzopen kat, maar er zijn ergere dingen,' fluisterde ze.

Ze haalde diep adem door haar neus en blies stevig door haar mond uit. De zucht werd door een windvlaag meegevoerd. Ze nam snel een besluit.

Na enkele stappen vond de regen de openingen in haar opgetrokken kraag. Het water sijpelde in haar blouse. Omdat ze zich focuste op het appartement waar Vincent Gautier woonde, stapte ze vol in een plas. Het water gutste over haar schoenen. Ze voelde hoe het water langs haar tenen liep. Bij elke stap sopten haar voeten in haar schoenen. Ze zag dat de huisnummers van hoog naar laag liepen en moest nog even doorlopen voor ze bij nummer 49 zou aankomen.
Ter hoogte van nummer 81 begon de onzekerheid aan haar vastbeslotenheid te knagen. Ze was hier om met Vincent Gautier te praten. Ze wilde vragen stellen waarop alleen Gautier het antwoord wist. Het zou pijnlijk worden, maar als ze het verwerkt zou hebben kon ze eindelijk verder. Dan was het hoofdstuk afgesloten. Ze moest die Vincent zien.
Bij nummer 63 hield ze haar pas in. De twijfel groeide, maar toch liep ze door. Ze had het zich thuis allemaal heel anders voorgesteld. *Dressed to kill*, met een onverzoenlijke gezichtsuitdrukking en een zelfverzekerdheid die antwoorden zou afdwingen. Ze zag er niet uit. Verwilderd bijna. Helemaal niet zelfverzekerd.

Het appartement van Gautier werd van binnen verlicht door een vaag schijnsel, waarschijnlijk een schemerlamp in de hoek van de kamer. Hoewel ze vanaf de straat slechts contouren kon waarnemen, was Heleens eerste indruk positief. De woonruimte straalde warmte en gezelligheid uit. Dat was opmerkelijk, want de overige appartementen misten die huiselijkheid. Het zou wel aan Vincents aard liggen…
Het leek zo'n andere wereld dan de trieste omgeving waarin zij nu stond. Angst voor een afwijzing, om voor gek te staan kroop door haar lijf. Als ze nu wegliep, bespaarde ze zichzelf een afgang, maar dan zou ze het misschien ook niet kunnen afsluiten… Wie zegt dat ze dat beter zou kunnen als ze wel zijn verhaal aan zou horen? Het kon de zaak ook alleen maar erger maken.
Resoluut draaide ze zich om. Het voelde als een bevrijding. Alsof ze wegwandelde van een ramp.

Terwijl ze plompverloren door de plassen stapte, maakte Heleen zichzelf wijs dat ze niet wilde weten wat zich in het appartement had afgespeeld. Ze moest het verleden laten rusten. Een streep eronder en verder gaan met haar eigen leven.
Verderop was een kruispunt waar het krioelde van verkeer. Een taxi vinden zou daar geen probleem zijn. Als ze haar in deze verzopen toestand tenminste mee wilden nemen. In een hoog tempo liep ze naar het kruispunt toe. Het was over en uit. Ze zou haar oude leven proberen op te pakken.

Deel 3

15

Heleen liep langs het bureau van Matthijs Lievens. Ze griste de enveloppe uit zijn vakje voor uitgaande post.

'Regel ik voor je. Ik moet toch die kant op.'

Vanachter zijn beeldscherm schonk Lievens haar een warme glimlach.

'Je bent een engel.'

'Weet ik,' antwoordde ze en liep door. Even later maakte ze een tussenstop bij Marianne, een collega die de in- en uitgaande post regelde. Daarna wandelde ze op haar gemakje naar de koffieautomaat en nam een cappuccino. Met haar vingers om de rand van het bekertje, stapte ze de kantine binnen. Zoals ze al verwachtte, was ze de enige die even een pauze nam. De volgende btw-aangifte naderde, waardoor het personeel met handenvol werk zat opgescheept. Tijd voor uitgebreide pauzes was er nauwelijks. Men at tussen het werk door en af en toe haastte iemand zich naar de kantine voor een snel kopje koffie of enkele minuten van afzondering. In de maand juni werd hier keihard gewerkt.

Heleen nam plaats op een plastic klapstoeltje dat naast een langwerpige tafel stond. Ze dronk van de koffie en realiseerde zich dat ze het met haar werk goed had getroffen. Ze had een eigen bureau en vaste werktijden, maar behoorde niet tot een bepaalde afdeling. Haar functie als vliegende keep beviel haar prima en in de moeilijke maanden na Franks vermissing hadden haar collega's regelmatig hun gezicht laten zien of gebeld. Zelfs toen bleek dat het op zijn minst een langdurige kwestie zou worden voordat ze weer aan het werk ging, of zelfs helemaal niet meer terug zou komen, bleef de onderlinge band in stand. Nu ze weer een aantal weken terug was op kantoor, drong het pas goed tot haar door

hoe bijzonder haar collega's waren. Ze hadden zich echt ingespannen om haar altijd het gevoel te geven er nog steeds bij te horen.
Na haar korte verblijf in Nice had ze geprobeerd om het thuis voor eens en altijd op een rijtje te zetten. In Nice leek haar beslissing om er een streep onder te zetten en haar leven weer op te pakken de enige juiste. Terug in Nederland lag het ineens genuanceerder. De tweestrijd tussen het laten rusten van het verleden en juist openheid van zaken te krijgen, hielden haar dagenlang bezig. Het was moeilijk om zomaar haar werk op te pakken en te doen alsof ze echt alles achter zich had gelaten. Slechts de aanwezigheid van Alex zorgde voor afleiding. Peter Redderswaal had voor de grote ommekeer gezorgd.
Hij had haar nogmaals opgezocht naar aanleiding van de uitbetaling door de Franse verzekeringsmaatschappij aan Vincent Gautier. Deze keer was hij minder gespannen geweest, wat weer een positieve invloed op haar had. Hij vertelde haar zonder omwegen dat het bedrijf in navolging van de Fransen, Franks levensverzekering aan haar ging uitkeren. Het aanzienlijke bedrag zou binnen twee weken op haar rekening staan. In plaats van de verwachte opluchting, bleef ze hem met een lege blik aankijken. Hij begreep dat ze moest praten en bleef zitten.
Hij stelde enkele onschuldige vragen waarop ze oppervlakkig antwoordde. Terwijl ze op de automatische piloot sprak, kwam het besef boven dat de man tegenover haar eigenlijk de enige was die van de hoed en de rand wist. Hij had haar verteld over Franks verhouding met de Fransman, een geheim dat ze tot op de dag met niemand anders had gedeeld. Toen dit goed en wel tot haar doordrong, besloot ze open kaart te spelen.
Ze vertelde hem over het nutteloze, lege gevoel dat ze constant met zich meedroeg. Het was een opeenvolging van ademhalen, eten en drinken. Geluk stond ze zichzelf gewoonweg niet toe, als ze nog wist hoe dat voelde. Alsof ze boete deed voor datgene wat haar was overkomen.
Ook vertelde ze over haar trip naar Nice. Hoe kansloos het was geweest. Van haar voornemen om het achter haar te laten en min of meer opnieuw te beginnen was ten slotte niets terecht gekomen. Ze bevond

zich nog steeds in een isolement. De kracht om stappen te ondernemen ontbrak. Peter onderbrak haar niet. Hij luisterde alleen maar.
Toen zij was uitgesproken liet hij eerst een stilte vallen. Daarna had hij haar vragen gesteld en haar moed ingesproken die ze zichzelf niet had kunnen geven. Ze zag het veel minder somber in toen hij haar vertelde hoe haar werk voor regelmaat, rust en afleiding kon zorgen. Ze wist het wel, had het vaak tegen zichzelf gezegd, maar ook steeds de beren op de weg gezien. Een uitvlucht gezocht. Zoals hij het haar voorstelde, bleek dit allemaal niet nodig.

Heleen dronk haar cappuccino op. In stilte bedankte ze Peter. Het was zo anders, zo bevrijdend geweest om te kunnen praten over haar echte problemen zonder dat ze op haar woorden hoefde te letten.
Toen hij afscheid had genomen, had ze geweten dat ze ditmaal zou doorzetten.
Ze begon weer vijf dagen van negen tot twee te werken. De eerste dagen waren wat onwennig, maar daarna voelde het als vanouds. Ze genoot van haar werk, deed 's middags de noodzakelijke dingen in huis en ontving Alex met nog meer plezier.
Ze sliep stukken beter, soms bleven zelfs de nachtmerries weg. Dan werd ze bijna uitgerust wakker; een onwerkelijk gevoel. Ook ging ze weer met haar collega's een avondje uit. De bioscoop, het theater of de kroeg in.
'Hoi, Heleen. Was je toe aan een cafeïneshot?' Esther Fijten trok een stoel bij en plofte neer.
'Zo te zien kan jij ook wel wat gebruiken.' Heleen stond op, gooide haar lege bekertje in de prullenbak en liep naar de automaat. 'Ik trakteer.'
Esther lachte. De koffie was gratis. 'Melk en suiker, alsjeblieft. Eigenlijk ben jij veel te goed voor deze wereld.'
Heleen grijnsde en zette het volle bekertje voor haar neer.
'En? Hoeveel sms'jes heb je vandaag ontvangen? Meer of minder dan vijftig?'

Met haar knappe gezicht, lange blonde haren en vrouwelijke vormen was de vrijgezelle Esther Fijten buitengewoon aantrekkelijk. Het gebeurde regelmatig dat mannen haar bombardeerden met verzoekjes voor een date.

'Een stuk of tien,' antwoordde Esther. 'Eentje was echt de moeite waard.'

Heleen keek haar aan. Op kantoor was het bekend dat Esther deze romantisch getinte berichten direct in de digitale prullenbak dumpte.

'Van mijn broer Niels,' verduidelijkte ze. 'Hij is sinds kort een eigen bedrijf begonnen en heeft vanmorgen een vet contract binnengesleept.'

'Wat goed, zeg,' reageerde Heleen spontaan. 'In welke branche zit hij?'

Esther haalde haar schouders op.

'Hij is een computerexpert, gespecialiseerd in beveiliging. Vraag me niet wat hij precies doet, want dat is mij nog steeds niet duidelijk. Het komt erop neer dat hij bedrijven wijst op de lekken in hun systemen. Om hen te overtuigen van zijn gelijk breekt hij soms in, waardoor de gebreken worden blootgelegd.'

Ze giechelde. 'Hij breekt echt overal doorheen. Als hij z'n best doet heeft hij binnen een paar minuten de geheime nummers van Brad Pitt en George Clooney.'

'Ik hou me aanbevolen.'

Esther wuifde het lachend weg en schakelde meteen over op een ander onderwerp.

'Even over vanavond. Niet vergeten dat we om negen uur in de kroeg hebben afgesproken, oké?'

Ze dronk haar koffie op en kwam overeind. 'Zo, de plicht roept weer. Joepie.'

Heleen stond ook op. Gezien de stapels werk die op haar lagen te wachten, had deze pauze te lang geduurd.

'Natuurlijk vergeet ik dat niet. Hoezo? Is er iets bijzonders gepland, of zo?'

'Nee hoor, gewoon een gezellig avondje uit met de vaste groep.'

16

Zijn naam was Ronald Heesterman. Hij was vijfenveertig jaar oud en gescheiden. Hij had donkerblond haar, blauwe ogen, een slank figuur en brede schouders. Vanaf het moment dat zij aan elkaar werden voorgesteld, was ze als een blok voor hem gevallen.

'Zal ik een cd opzetten?' Hij hield zijn ogen op het verkeer gericht.

'Het bevalt me prima zo,' antwoordde ze. 'Mijn oren suizen nog van al die meezingers.'

Ronald grinnikte. 'Hartstikke leuke kroeg, alleen jammer van dat Nederlandse uurtje. Wat een gebral, zeg! Je kon elkaar nauwelijks verstaan.'

Terwijl ze knikte, realiseerde ze zich ineens dat ze dit zo'n beetje de hele avond had gedaan. Telkens als Ronald aan het woord was had ze beamend zitten knikken. Ze vroeg zich even af of dit voortkwam uit de wens om bij hem in de smaak te vallen of dat ze het de hele avond met hem eens was geweest. In beide zat waarschijnlijk een kern van waarheid. Ze wilde inderdaad dat hij haar leuk vond. Hij kon boeiend vertellen over hysterische momenten op zijn werk tot aan idyllische plekjes in afgelegen tropische oorden. Over maatschappelijke problemen die sporadisch aan de orde kwamen, bleef hij oppervlakkig. Hij was geen wereldverbeteraar die iemand zijn mening wilde opdringen, wat ze prettig vond. Al met al had ze als een verliefd schoolmeisje aan zijn lippen gehangen. En als ze eerlijk tegenover zichzelf was, had ze daar geen seconde spijt van. Sterker nog, de vlinders in haar buik gaven haar een gevoel dat ze lang niet had gehad.

Ronald remde af voor een oranje verkeerslicht.
'Heb je een leuke avond gehad, Heleen?'
'Keileuk, zou mijn buurjongetje zeggen.'
Hij keek haar aan en glimlachte charmant. 'Alex, is het toch?'
Geamuseerd en lichtelijk verbaasd zei ze: 'Dat heb je goed onthouden!'
Heleen zag in de verte hoe de contouren van haar wijk zichtbaar werden. Over enkele minuten zouden ze voor de deur van haar huis staan. Een lichte paniek overviel haar. De afsluiting van de heerlijke avond leek haar nu opeens lastiger dan een halfuur geleden.
Toen ze de kroeg binnen was gekomen, zaten haar collega's al op haar te wachten. Na het eerste drankje ging Matthijs naar het toilet. Even later kwam hij terug met Ronald aan zijn zijde en introduceerde hem als 'een goede vriend die hij net tegen het lijf was gelopen'. Ronald stelde zich voor en de vonk sloeg direct over. Tot haar genoegen bleek dit wederzijds. Haar collega's hadden dit ook door en excuseerden zich stuk voor stuk met smoesjes die zij vrolijk aanvaardde. Ronald nam haar mee naar een hoektafeltje, waar ze helemaal in elkaar op waren gegaan.
Hij stopte recht voor haar oprit. Wat hij zag, beviel hem. 'Mooi huis, leuke tuin.'
Heleen raapte haar moed bijeen en nam het heft in handen.
'Kopje koffie?' In haar oren klonk de vraag als een verzoek van een wanhopige vrouw, of als een treurig cliché. Ze schaamde zich. Het bloed steeg naar haar hoofd.
'Lekker,' antwoordde Ronald neutraal. Hij stapte uit, liep snel rond de auto en hield het portier voor haar open. Heleen deed haar best zich zo ontspannen mogelijk te gedragen. Ze liet Ronald binnen en ging hem voor naar de woonkamer. Terwijl hij plaats nam op de bank, liep ze rechtstreeks door naar de keuken. Ze was opgelucht toen ze in het voorbijgaan een blik in de spiegel wierp en constateerde dat het wel meeviel met haar rode hoofd. Het had zelfs wat charmants, dat blosje.

Ze zette de kopjes op de salontafel en ging naast hem zitten. Hij boog langzaam opzij en kuste haar teder op haar mond. Heleen voelde hoe haar lichaam reageerde. De tintelingen van genot waren overweldigend. Ze werd meegezogen in een wereld waarvan ze het bestaan was vergeten.

Terwijl zijn tong de hare vond, masseerden haar vingertoppen zijn nek en gespierde schouders. Zijn hand gleed van haar nek naar haar borsten. Ze kreunde zachtjes, waarna zijn vingers via haar buik verder naar beneden daalden. Hij verschoof haar slipje en duwde met beheerste traagheid een vinger in haar.

Het leek alsof er een elektrische schok door haar lichaam ging. Maar in plaats van te genieten, verkrampte ze. Ze begon te trillen. Ronald schrok zich wezenloos. Hij liet haar meteen los en schoof een stuk naar achteren. Weg van de vrouw die een toeval leek te krijgen. Toen het tot hem doordrong dat Heleen gewoon doorademde en zichzelf weer onder controle had, slaakte hij een diepe zucht.

'Jezus,' fluisterde hij. 'Wat was dat nou?'

'Ik weet het niet,' antwoordde ze met een stem die op breken stond. 'Het spijt me.'

Ronald maakte direct een sussend gebaar. 'Ben je gek, joh. Je hoeft je nergens voor te verontschuldigen. Ik ben blij dat je weer in orde bent.'

Heleen glimlachte flauwtjes. Het begon langzaam maar zeker tot haar door te dringen wat haar zojuist was overkomen. En hierover wilde ze niet met Ronald spreken. Eigenlijk wilde ze over dit specifieke onderwerp met niemand spreken. Ze kon het niet. Niet zolang ze geen afscheid van Frank had kunnen nemen.

Ronald zuchtte nogmaals. 'Ik ben me echt helemaal kapot geschrokken.' Nog enigszins verdwaasd stond hij op.

'Ik heb opeens behoefte aan een borrel. Kan ik wat voor jou inschenken?' Zijn gang naar de keuken duurde welgeteld drie stappen.

'Ronald?' Hij stond meteen stil en draaide zich om.

'Ja?'

'Zou jij mij een plezier willen doen?'
'Altijd.'
'Loop dan door naar de gang, pak je jas en ga naar huis.'
Hij keek haar verbaasd aan.
'Kom op, Heleen. Dat kun je niet menen. Laat me dan in elk geval nog een tijdje…'
'Alsjeblieft, Ronald. Dit heeft niets met jou te maken. Hier moet ik alleen uit zien te komen.'
Hij aarzelde. Een korte blik op Heleen bracht hem echter van het voornemen af om verder aan te dringen. De vrouw die hem aankeek had in een oogwenk een metamorfose ondergaan. Van de vriendelijke, zachte, sympathieke en meegaande houding was weinig tot niets meer over. In plaats daarvan, zag hij een getergde vrouw, die zich staande probeerde te houden. Geforceerde zelfverzekerdheid. 'Wat jij wilt,' gaf hij zogenaamd schoorvoetend toe. Hij liep naar de gang. Met zijn jas in zijn hand zei hij: 'Sterkte, ik hoop je nog eens te zien.' Dat laatste was een leugen.
Heleen hoorde hoe hij zijn auto startte en wegreed. Ze bleef zitten en luisterde met gesloten ogen naar de geluiden die altijd een weg door het huis wisten te vinden: het gefluister van de wind langs een tochtstrip, gebrom van de apparaten in huis en het ritmische getik van de klok. Na een tijdje opende ze haar ogen en stond op. Ze liep naar de keuken. Achter in het muurkastje naast de koelkast stond een fles whisky. Op het etiket stond 'Haig'. Spottend las ze hardop: 'Openen bij speciale gelegenheden.' Terug op de bank zette ze de fles aan haar mond en nam een paar flinke slokken. De whisky brandde in haar keel. De hitte verdoofde de stress.
Ze dronk opeens gulzig, veegde haar mond af met een rauw gebaar en zette de fles op tafel. Haar blik boorde zich nu in de trouwfoto. Ze focuste op de linkerhelft van het gelukzalige plaatje. Vanaf de muur keek Frank haar lachend aan. Haar linkermondhoek trilde.
'Dus jij regeert vanuit je graf? Dan dwing je me ook om de onderste steen boven te halen.'

Ze schroefde de dop weer op de fles. Haar blik bleef gericht op haar vermiste echtgenoot.

'En niets of niemand houdt mij nog tegen. Ook onze mooie herinneringen niet.'

17

Heleen hield zich aan de voorgeschreven maximum snelheid, de waarschuwingsborden voor overstekend wild stonden er tenslotte niet voor niets. Ze reed richting Apeldoorn, precies 80 kilometer per uur en vond dat voor deze tweebaansweg aan de snelle kant. Blijkbaar was zij zo'n beetje de enige die er zo over dacht, want ze werd met de regelmaat van de klok ingehaald door automobilisten die minstens 120 reden. Het gebeurde zelfs dat ze haar toeterend inhaalden en hun middelvinger opstaken.

De mensen waren hardleers, dacht ze toen een motorrijder haar voorbij scheurde. Hoe vaak las je niet in het regionale dagblad dat er iemand was verongelukt vanwege een plotseling overstekend dier? Hier op de Veluwe was de kans nog vele malen groter dat er een hert of zwijn voor haar auto sprong. Met deze snelheid leek het onmogelijk om het dier tijdig te ontwijken.

Op het moment dat ze serieus overwoog vaart te minderen, zag ze het bord HOOG-SOEREN. Ze nam de afslag en keek in haar achteruitkijkspiegel. Tot haar opluchting reed er niemand achter haar. De verharde weg waarop ze zich nu bevond was smal, hooguit vijf meter breed. Ze reed 50 en moest er niet aan denken dat een ongeduldige bestuurder op dit veredelde bospad aan haar bumper kleefde. Van achter de glazen van haar zonnebril zocht ze naar gaten in het wegdek en andere obstakels.

Vier kilometer later volgde een kruising. Ze hield zich aan haar aantekeningen, die tot nu toe klopten, en sloeg rechts af. De provinciale weg slingerde door het pittoreske Hoog Soeren heen. Een boerderij met daarvoor een stalen hek en een opvallend roze melkbus die als brievenbus dienstdeed, was haar volgende herkenningspunt. Tweehonderd meter verderop zag ze het bord van het wellness resort en draaide het hobbelige pad op.

Ze parkeerde haar auto tussen die van de gasten, sloot haar ogen en probeerde haar ademhaling weer onder controle te krijgen. Ze keek even in de spiegel om haar uiterlijk te inspecteren en sprak zichzelf moed in. Als ze nu doorzette, was er misschien geen weg meer terug. Wel een nieuwe weg. Durfde ze die te nemen? Ze moest wel.

Na de afgang met Ronald was alles zo duidelijk geworden. Alle stukjes leken precies op de juiste plek te vallen. Al die tijd had ze zichzelf voor de gek gehouden. Frank had een dubbelleven geleid, was verdronken en zij moest verder. Alles sleet, ook herinneringen aan vreselijke gebeurtenissen. Schouders eronder en doorgaan met je leven, toch?

Niet dus. Na een flinke slok whisky had ze de andere kant van het verhaal gezien. Haar belachelijke reactie op Ronalds intieme toenaderingen maakte het haar pas echt duidelijk. Ze had de confrontatie met de waarheid alsmaar niet aangedurfd en had steeds weer een afwachtende houding aangenomen. Het had haar nergens gebracht. Ze moest iets ondernemen om erachter te komen wat er nu precies met Frank was gebeurd. Zondagmiddag had ze haar eerste afspraak gemaakt.

Ze trok de sleutel uit het contact en stapte uit haar auto. Met zelfverzekerde tred liep ze naar de ingang van het wellness center waar ze Angela Roof achter de balie zag staan.

'Hoi, Heleen. Kon je het vinden?' Angela liep om de balie heen en kuste haar op haar wang. Voor een buitenstaander leek het op een begroeting tussen vriendinnen die elkaar een tijdje uit het oog waren verloren.

'Even iets regelen,' zei Angela. Ze liep terug naar de balie en sprak snel in een telefoon. Binnen een minuut nam een jonge vrouw in een wit joggingpak haar plaats bij de receptie in. Angela knikte kort in de richting van een gesloten deur met een wit bordje erop, waarop in zwarte letters DIRECTIE stond. Terwijl ze Heleen voorging, klikten haar hoge hakken op de marmeren tegels.

‘Koffie?’
‘Met melk en suiker, alsjeblieft.’
‘Je zult het met mij moeten doen,’ zei Angela terwijl ze het eerste volle bekertje uit het fancy koffiezetapparaat haalde.
‘Johnny heeft vandaag een afspraak in Den Haag bij een importeur van fitnesstoestellen. Een demonstratiedag van nieuwe apparaten.’ Ze pakte het tweede bekertje en ging tegenover Heleen zitten.
‘Jezus, meid. Wat moet jij een vreselijke tijd achter de rug hebben.’ Ze zuchtte en schudde met haar hoofd.
‘Hoe is het in godsnaam mogelijk dat iemand in het holst van de nacht overboord slaat? Tenminste, dat is wat wij hebben gehoord. Daar kun je met je volle verstand toch niet bij?’
Heleen knikte. ‘Het is ongelofelijk, maar hoogstwaarschijnlijk wel waar. Ik zou in elk geval niets anders kunnen bedenken.’
‘Wat een drama,’ antwoordde Angela. ‘Echt onvoorstelbaar dat jou zoiets moet overkomen. Op een cruise tijdens je huwelijksfeestje. Ik kan het nog steeds niet bevatten.’
Heleen voelde hoe de opgebouwde spanning langzaam uit haar lichaam wegtrok. Toen ze Angela via een aantal collega’s van haar eindelijk telefonisch had opgespoord, klonk ze stukken vriendelijker dan tijdens de cruise. In haar stem klonk medeleven door en ze stemde direct in met een gesprek. Aangezien het voor haar onmogelijk was om op zo’n korte termijn een vervanger te vinden, moest Heleen dus naar de Veluwe komen.
De Angela die nu tegenover haar zat, zag er heel anders uit dan tijdens de cruise. Ze droeg een zwart mantelpakje en had haar blonde haren opgestoken. Het ging om details. Haar make-up en sieraden had ze tot een minimum beperkt en haar kleding verhulde meer dan ze onthulde. Ze zag er… beschaafder uit. Het grootste verschil met de laatste keer dat zij elkaar hadden gezien, was haar oogopslag. In plaats van uitdagend, bijna wulps, keek ze bezorgd en meelevend. Ze trok zich het verhaal van Heleen duidelijk aan.

'Wat is er na die cruise allemaal gebeurd?' wilde Angela weten. 'Je moet begrijpen dat wij er verder niets meer van hebben gehoord. Jij stapte van boord in Barcelona en wij voeren terug naar Nice. Tijdens het laatste stukje van de reis hebben wij nog wel geprobeerd om via het personeel wat informatie los te krijgen, maar dat werd dus een grote mislukking. Het leek alsof die gasten een spreekverbod hadden. Iedereen hield zijn mond dicht.'

Ze maakte een verontschuldigend gebaar. 'Tot het moment dat we weer thuis waren, spraken we regelmatig over Franks verdwijning. Toen we aan het werk gingen, verwaterde het. Daar moet ik gewoon heel eerlijk over zijn. Daarentegen moet ik wel zeggen dat na jouw belletje het hele gebeuren constant door mijn hoofd speelt.'

Heleen haalde diep adem en vertelde het hele verhaal. Toen ze was uitgesproken, nam ze een slok van haar koffie. Angela keek haar vol ongeloof aan. Het duurde even voordat de zakenvrouw reageerde.

'Ongelooflijk. Je neemt me toch niet in de maling, Heleen?'

'Was dat maar waar.'

'Vreselijk.'

Angela liet de informatie op zich inwerken en Heleen overdacht hoe ze het volgende nu moest zeggen.

'De reden dat ik hier ben,' begon ze aarzelend, 'is dat jullie eigenlijk de enigen op het schip waren met wie we contact hadden. Ik kan niet meer verder met de informatie die ik nu heb. Dus heb ik besloten om zelf op onderzoek uit te gaan.'

Angela knikte. 'Dat is me duidelijk, maar denk je dat wij daarbij kunnen helpen?'

Heleen maakte bij voorbaat een verontschuldigend gebaar. 'Dit is moeilijk voor me,' hakkelde ze. 'Ik bedoel, ik weet wel wat ik wil vragen, maar kan het niet echt onder woorden brengen.'

Angela tikte bemoedigend op de rug van haar hand.

'Probeer het gewoon, meid. Zo vreselijk kan het toch niet zijn?'

In een flits zag Heleen een glimp van irritatie over Angela's gezicht glijden. Ze runde een bedrijf dus haar tijd was beperkt. Ze moest nu tot de kern komen, anders zou Angela haar geduld verliezen en zou ze nog steeds niet de antwoorden krijgen die ze wilde.

'Frank en ik maakten 's avond een wandelingetje over het dek,' begon ze aarzelend. 'Vanuit mijn ooghoeken zag ik jou in een stoel zitten...'

Angela onderbrak haar met een hese lach.

'Zijn naam was Melvin. Een leuke vent uit Rotterdam. Dat bedoelde je toch?'

Heleen maakte direct een verontschuldigend gebaar.

'Luister, Angela. Jullie levenswijze gaat mij helemaal niets aan. Wij zijn volwassenen en...' Ze viel stil.

'En wat?'

'Nou ja... wat ik wil zeggen... met zo'n vrije instelling...'

Angela's blik werd indringender. Om haar mondhoeken speelde een meewarige glimlach.

'Ik weet waar jij naartoe wilt, Heleen. Omdat je maar om de hete brij heen blijft draaien, zal ik het wel voor je doen.'

Heleen reageerde niet. Angela had namelijk groot gelijk.

'Wij zijn zogenaamde swingers. Mensen die regelmatig parenclubs bezoeken en aan partnerruil doen. Dit gebeurt overigens met instemming van alle partijen, niemand doet iets tegen zijn of haar wil. Toen ik met Melvin op het dek was, was Johnny in de hut van Melvin. Met diens vrouw Janneke.'

Heleen voelde zich met de seconde meer opgelaten. Was zij nou echt zo'n burgerlijke trut? Ze probeerde er open voor te staan, maar helaas ging het onaangename gevoel hierdoor niet weg.

'Tijdens de cruise is het contact beperkt gebleven tot Melvin en Janneke. Ik heb niets met Frank gehad en Johnny evenmin.' Haar dunne grijns trok het spanningsveld wat tussen hen hing enigszins open.

'Dat wilde je toch weten?'

'Ja,' antwoordde Heleen recht uit haar hart. 'Daarvoor ben ik hierheen gekomen. Sorry dat ik het niet rechtstreeks durfde te vragen.'

Angela aanvaardde haar verontschuldigingen met een kort knikje. Heleen maakte aanstalten om op te staan. Weer legde Angela haar hand op de hare. Ditmaal voelde ze daadwerkelijk druk, waardoor het gebaar iets dwingends kreeg.

'Vanaf mijn veertiende ben ik gek op mannen. Sindsdien heb ik er honderden versleten. Ons huwelijk lijdt er niet onder, omdat we precies weten wat we aan elkaar hebben. Een van de afspraken is dat we nooit seks hebben met koppeltjes die het onderling oneens zijn. Het laatste wat we namelijk willen is een bedrogen partner aan onze deur die ons verwijt dat we zijn vrouw of haar man hebben verleid.'

'Dat begrijp ik,' zei Heleen.

'Mooi, want ik wil dat je het volgende ook heel goed gaat begrijpen,' antwoordde Angela vol overtuiging.

'Ik ben een ervaringsdeskundige op het gebied van mannen. Ik slaap, praat en lach met ze. Dat laatste geldt voornamelijk voor onze homoseksuele klanten die hier met bosjes tegelijk rondlopen. In de loop der jaren heb ik geleerd om met één enkele blik een homo van een hetero te onderscheiden.'

Ze zette haar woorden kracht bij door nog eens licht op Heleens hand te drukken.

'Ik weet niet wat men jou precies heeft verteld over Franks zogenaamde homoseksualiteit. Ook weet ik niet welk bewijs je hiervan onder ogen hebt gekregen. Wel weet ik dat je al deze verhalen, documenten of wat dan ook, zonder enige aarzeling als onzin kunt afdoen. Frank was geen homoseksueel of biseksueel. Daar durf ik mijn hand voor in het vuur te steken. En geloof me, op dat soort krasse uitspraken zul je mij weinig betrappen. In dit geval ben ik echt honderd procent zeker van mijn zaak. Frank was *straight*, volkomen hetero.'

18

Heleen gaf het afgepaste geld aan de vrouw in het tolhokje, waarna de slagboom omhoog ging. Ze gaf gas en liet de *péage* achter zich. Er zouden nog veel van deze tolpunten op de autoroute naar Zuid-Frankrijk komen. Tot nu toe verliep haar reis voorspoedig. Ze schoot lekker op. Dat viel haar mee aangezien het de eerste keer was dat ze in haar eentje met de auto naar het buitenland ging. Het was nu halverwege de middag en Dijon lag een kleine honderd kilometer van haar verwijderd. Vanaf Dijon zou ze rechtstreeks doorrijden naar Lyon.

Tijdens de trip had ze geen muziek opgezet. Dan kon ze zich niet concentreren op het verkeer. Bovendien wilde ze nadenken. Gistermiddag had ze Alex verteld over haar reis. Toen hij hoorde dat ze alleen naar Frankrijk ging, droop de teleurstelling van zijn gezicht. Hij had graag mee gewild en vond het jammer dat hij haar een tijdje niet zou zien. En geen computerspelletjes kon spelen, dacht Heleen geamuseerd. Onbevangen stelde hij haar een vraag die ze niet had verwacht en die haar hard trof.

'Is Frank soms aangespoeld?'

Ze had haar kalmte weten te bewaren en had hem wijsgemaakt dat ze in Frankrijk nog wat administratieve zaken had af te handelen. Hij had aarzelend geknikt en vroeg hoe lang ze wegbleef. Nadat ze hem had verzekerd dat ze binnen enkele dagen weer terug zou zijn, had hij nog wat door de kamer gedrenteld en uiteindelijk zijn schouders opgehaald.

Toen ze opeens de remlichten van de vrachtwagen voor haar zag, drong het tot haar door dat ze met haar gedachten niet meer bij het verkeer was. Ze schrok, remde af, keek in haar spiegels en haalde de vrachtwagen in.

Toen ze die voorbij was, hield ze dezelfde snelheid als de auto voor haar aan. Al snel dwaalden haar gedachten weer af. Ze dacht terug aan het gesprek dat ze met Angela had gehad. Die vrouw was in bijna alles haar tegenpool, met een totaal andere levenswijze. In haar hart walgde ze van de levensstijl van het echtpaar Roof.

Toch had ze de woorden van Angela heel serieus genomen. Zij was ontegenzeglijk een ervaringsdeskundige op het gebied van mannen. En als buitenstaander kon ze de situatie beter overzien dan de mensen die er middenin zaten. Hoe vaak hoorde je bijvoorbeeld niet dat een jongere tegenover zijn ouders uit de kast kwam? Niet alle ouders hadden tot op dat moment een vermoeden over een andere seksuele geaardheid. Mensen die achttien jaar lang hun kind hadden zien opgroeien...

Daarom was ze ook zo aan zichzelf gaan twijfelen. Frank was haar grote liefde en ze waren lang bij elkaar geweest. Eigenlijk had ze niet eens vergelijkingsmateriaal. Zeventien jaar had ze in een beschermde omgeving geleefd. Hun huwelijk kabbelde op een prettige manier voort. Seksuele escapades kwamen in hun wereldje niet voor. Dat was iets wat andere mensen deden.

Dacht ze. En voor Angela was een enkele blik genoeg geweest om de seksuele geaardheid van een man vast te stellen. Frank was geen homo of biseksueel. Heleen had de bevestiging van Angela bemoedigend gevonden. Frank die samenwoonde met een Franse nicht, Frank die jarenlang een dubbelleven had geleid. Dat bestond gewoon niet. Maar wat hadden die twee dan met die levensverzekering te maken? Fraude? Maar dat leek weer een stuk minder voor de hand te liggen omdat Frank vermist was. Waarschijnlijk dood... En zelfs als hij fraude had willen plegen, dan had hij dat toch niet zo gedaan? Tenzij... Frank nog leefde. Het hele gedoe rond zijn vermissing moest een opgezet spelletje zijn. Ergens onderweg was hij ongezien van boord gegaan. De verzekeringspremie werd gedeeld en alle betrokkenen leefden nog lang en gelukkig. Iedereen, behalve zij.

Heleen realiseerde zich dat ze deze veronderstelling niet of nauwelijks kon onderbouwen. Het wierp meer vragen op dan zij tot nu toe had kunnen bedenken. Ondanks alles hoopte zij toch dat hij nog in leven was.

Het antwoord lag bij Vincent Gautier. Terug van haar gesprek met Angela had ze hem gebeld. Het nummer was niet in gebruik. Maar ze liet zich niet ontmoedigen. Ze zette de mogelijkheden op een rij en concludeerde dat ze het erop moest wagen. Ze kon beter met de auto gaan, want Gautier kon overal zitten, was misschien zelfs verhuisd. Zo had ze tenminste eigen vervoer. Dan was ze mobiel en kon ze anticiperen op onverwachte situaties.

Heleen remde af voor de volgende péage. Voorbij Lyon wilde ze een hotel nemen, maar voor het zover was had ze nog een paar uur asfalt voor de boeg. Het kon haar niet schelen. Ze was onderweg. Ze zou hem ontmoeten. Hij kende de waarheid en die ging hij op zeer korte termijn met haar delen.

19

Heleen parkeerde haar auto voor de flats die schuin tegenover de straat stonden waar Vincent Gautier woonde. Het was inmiddels halfzes in de middag en de zon scheen nog volop. Ze stapte uit en voelde een vlaag van de warme, droge valwind langs haar glijden. Temperaturen van veertig graden of meer waren dan normaal. Vandaag was zo'n dag. Ze verlangde meteen weer naar de airco van de auto.

De rit van haar hotel net buiten Lyon tot aan Nice was niet bepaald voorspoedig verlopen. Ze had drie uur vertraging opgelopen door een groot ongeluk tussen Valence en Nice. De hulpdiensten hadden ruim twee uur nodig gehad om de ravage op te ruimen. Toen ze eenmaal weer reed en de naargeestige brokstukken van het ongeval langs de weg zag liggen, was er een rilling langs haar ruggengraat gekropen. Een ongeluk zat in een klein hoekje, als ze vanmorgen een paar minuten eerder was vertrokken...

Vannacht had ze zich suf gepiekerd over hoe ze de ontmoeting en het gesprek met Gautier het best kon aanpakken. Zo was de nacht voorbij gekropen. Fluisterend in een buitenwijk van Lyon, op zoek naar antwoorden die de volgende dag pas aan de orde zouden komen.

Op vijftig meter afstand van Gautiers appartement gingen de haartjes op haar armen overeind staan. Er zat een bordje op de ramen. Het huis stond te huur of te koop. Onbewust versnelde ze haar pas.

Het appartement stond inderdaad te koop. Het huis was leeg. Het gedeelte van de woonkamer waar zij zicht op had was kaal, op een draadje waaraan een lamp aan het plafond had gehangen na. Afgelopen

voordat het goed en wel is begonnen. Verdomme. Ze had dit hele eind voor niets gereden. Maar deze keer zou ze niet zomaar weer omdraaien en naar huis gaan. Ze liep naar de ingang van het appartementencomplex. Naast de centrale deur hing een stevig bellenbord. Het lege naamvakje achter nummer 49 bevestigde dat Gautier verhuisd was.
Desondanks drukte Heleen op de bel. Geluk moest je afdwingen. Misschien zat Gautier midden in een verhuizing en haalde hij toevallig net zijn laatste spulletjes op. Of keek hij op zijn gemak de post na. Of... nou ja, het maakte niet uit waarom hij hier nog was. Als ze passief bleef, veranderde er sowieso niets aan de huidige situatie.
In totaal drukte ze vijf maal op de bel. Er volgde geen reactie. Toen ze overwoog om desnoods andere bewoners lastig te vallen, hoorde ze iemand roepen.
'*Allô?*'
Heleen deed drie stappen achteruit en zag dat een raam op de begane grond verder werd geopend. Een jonge vrouw keek haar aan. Ze kon alleen haar gezicht zien en schatte haar midden twintig. In rap Frans werd een zin op haar afgevuurd. Ze had geen flauw benul wat de vrouw bedoelde en probeerde dat met handgebaren aan haar duidelijk te maken.
'English?' probeerde ze.
Tot haar opluchting schakelde de vrouw na een lichte aarzeling over op Engels.
'Er is niemand. U moet een afspraak maken met de makelaar. Het nummer staat op het bordje.'
Heleen knikte overdreven begrijpend. Hierna legde ze in haar beste middelbare school Engels uit waarom ze hier was.
'Ik wil dit appartement niet kopen. Ik kom voor Vincent Gautier, de man die op nummer 49 woont of woonde.'
De vrouw keek haar nu taxerend aan.
'U komt voor Vincent Gautier?'
'Ik ben er speciaal voor uit Nederland gekomen,' beaamde Heleen. 'Ik

moet de heer Gautier dringend spreken. Kunt u mij misschien vertellen waar ik hem kan vinden?'

De Française keek haar meewarig aan en schudde langzaam met haar hoofd. 'Dat gaat niet lukken, madame. Vincent Gautier is vorige maand overleden.'

20

Het appartement was slordig ingericht. Zitkussens zwierven rond, lege koffiekoppen stonden op de tafel en naast de bank, de reproducties aan de muur waren allesbehalve stofvrij en op de vloer lagen bundeltjes kranten en tijdschriften. Hoewel het verschil met haar eigen woning nauwelijks groter kon zijn, was Heleen allang blij dat de Française, die zich voorgesteld had als Bernadette Chabol, haar zo gastvrij had binnengelaten.

De mededeling dat Vincent Gautier was overleden, was een schok voor Heleen geweest. Het was het enige scenario waaraan ze niet had gedacht. Wat ze niet had kunnen bedenken. Blijkbaar was de verslagenheid van haar gezicht af te lezen, want Bernadette had meteen gevraagd of ze binnen wilde komen. Ze had verdwaasd geknikt.

'Dus je bent helemaal met de auto vanuit Holland gekomen om met Gautier te spreken?'

Bernadette klakte met haar tong. 'Telefoon, e-mail, vrienden? Dat had je een hele trip bespaard!'

Heleen haalde haar schouders op.

'Ik had alleen zijn telefoonnummer. Dat werkte niet. Daarom besloot ik met de auto te gaan en hem direct te confronteren. Nu realiseer ik me dat ik misschien iets te voortvarend heb gehandeld.'

Bernadette glimlachte. 'Iets?' Ze keek Heleen aan. Uit haar blik kon Heleen opmaken dat Bernadette het goed bedoelde en begreep dat ze nu eenmaal in deze situatie zat en daar dan maar het beste van moest zien te maken.

'Dus jij wilde Gautier dringend spreken?'

'Inderdaad.'
'Oké, ik heb geen flauw idee waarover het gaat. Dat is ook mijn zaak niet. Voor jou is het belangrijk, dus als ik je ergens mee kan helpen...'
Heleen zuchtte diep. Ze sloot haar ogen en dacht snel na wat haar volgende stap moest zijn. Ze kon wel wat loslaten, of iets verzinnen, maar uiteindelijk besloot ze om het hele verhaal te vertellen. Naar alle waarschijnlijkheid bleef het bij dit ene gesprek. Eén enkele kans om te scoren dus. En het bezoek aan Angela had haar wel degelijk iets opgeleverd.
'Afgelopen zomer gingen mijn man Frank en ik op vakantie,' begon ze. 'Ter gelegenheid van ons vijftienjarige huwelijk had hij een cruise op de Middellandse Zee geboekt.'
Bernadette luisterde naar het onvoorstelbare relaas. Toen Heleen bij het hoofdstuk Vincent Gautier kwam, fronste ze haar voorhoofd en kneep ze haar oogleden samen. Uiteindelijk eindigde het verhaal letterlijk bij haar voordeur.
'En nu zit ik hier,' besloot Heleen. 'Wederom op een dood spoor.' Ze glimlachte geforceerd. '*The story of my life.*'
Bernadette keek haar even aan. Haar blik gleed opzij. Ze dacht na.
'Op dit moment heb ik niets zinnigs te melden. Er schiet me gewoon niets te binnen waarmee jij iets kan.'
'Vertel jouw verhaal,' reageerde Heleen. 'Hoe ben jij hier gekomen? Wie weet stuiten we onderweg op een aanwijzing.'
'Mijn verhaal,' mompelde Bernadette. 'Dat is weinig spectaculair. Ik ben geboren in Bordeaux. Mijn vader is Frans en mijn moeder Zweeds. Thuis ben ik drietalig opgegroeid. Naast Frans en Zweeds vond mijn moeder het belangrijk dat ik Engels sprak en schreef. Na wat omzwervingen kwam ik hier terecht en ontmoette mijn vriend met wie ik nu twee jaar samenwoon. Hij is programmeur en ik vertaal Zweeds naar Frans. Vandaar dat ik bijna altijd thuis ben. Dit is feitelijk mijn werkplek.'
Ze wees naar een gesloten deur. 'Mijn kantoortje. Klein en opgeruimd. Soms benauwt dat me en ga ik hier in de woonkamer op de laptop wer-

ken. Heb ik tenminste een beetje uitzicht. Het nadeel is dat ik snel ben afgeleid en er weer een troep van maak.'

Heleen wuifde haar verontschuldiging weg, waarna Bernadette opstond.

'Wat wil je drinken?'

'Koffie met melk en suiker, lukt dat?'

Bernadette knikte en liep naar de keuken. Enkele minuten later hoorde Heleen het geborrel van de waterkoker. Bernadette kwam terug met twee mokken en zette deze op tafel.

'Vincent Gautier kende ik alleen van gezicht. Heel af en toe kwamen we elkaar tegen. Dan groette hij beleefd. Ik schat dat hij rond de vijftig was.'

'Dus je hebt nooit echt contact met hem gehad?'

'Nee, en dat realiseerde ik me pas echt toen de politie voor de deur stond om wat vragen over hem te stellen. Wat mij betreft hoorde Gautier tot het meubilair van dit blok. Als iets wat hier hoorde, maar waarmee ik niet direct iets te maken had. Maar dat soort dingen bedenk je altijd achteraf.'

'Waaraan is hij overleden?'

'Aan een overdosis drugs. Daar schrok ik overigens behoorlijk van. Hij had namelijk niets van een drugsgebruiker. Het leek me eerder een gezonde man, beetje aan de dikke kant, zelfs. Het tegenovergestelde van die broodmagere types die je in de stad ziet lopen. Die echte junks met uitstekende jukbeenderen en holle oogkassen.'

'Hoe reageerde de politie daarop?' wilde ze weten.

'Onverschillig. Ze werkten hun vragenlijstje af en verdwenen weer.'

Heleen stond op het punt om te vragen wat dat lijstje inhield, toen ze zich opeens afvroeg waar ze in godsnaam mee bezig was. Ambieerde ze soms een functie bij de politie? Maar ze wilde wel meer weten. Ze moest meteen tot de kern doordringen, dan bestond er een kans dat Bernadette zich iets herinnerde wat er werkelijk toe deed.

Heleen volgde de ingeving. Ze opende haar tas en haalde uit haar portefeuille een foto van Frank.

'Dit is mijn man, heb jij hem hier weleens gezien?'

Bernadette nam de tijd. Ze bekeek de foto nauwkeurig en Heleen zag hoe ze zich concentreerde om te proberen zich iets te herinneren. Uiteindelijk gaf ze de foto terug.

'Nee, het spijt me. Voor zover ik weet heb ik hem nog nooit gezien.'

'Oké,' antwoordde Heleen twijfelend. Ze werd heen en weer geslingerd tussen tegenstrijdige gevoelens. Als Bernadette hem niet had gezien, kon dit betekenen dat Frank hier nog nooit was geweest. Dat was logisch, toch? Aan de andere kant... 'Maar... maar heb je wel mannen gezien? Ik bedoel, Gautier was toch homoseksueel?'

Bernadette grijnsde.

'Dat weet ik honderd procent zeker. Hij had het... hoe noemen ze dat ook weer? O ja, hij had het uitgevonden. Vincent Gautier was het prototype van een oude nicht. Je hoefde niet eens met hem te praten om dat te constateren. Zijn loopje zei voldoende.'

Ze hief beide handen. 'Ik heb helemaal niets tegen homo's, hoor. Twee van mijn beste vrienden zijn nichten. Al jaren een stelletje. Schatten van kerels met wie ik kan lachen en huilen.'

Waar heb ik dat meer gehoord? schoot het door Heleen heen. 'Hij was dus homofiel, dat is duidelijk. Had hij wisselende contacten of een vaste vriend? Kwamen er mensen bij hem thuis? Mannen, bedoel ik,' voegde ze er ten overvloede aan toe.

Met haar vingertoppen wreef Bernadette over haar voorhoofd.

'Er kwamen mannen langs,' antwoordde ze bedachtzaam. Ze sloot haar ogen om de herinnering beter te kunnen oproepen.

'Die mannen waren stuk voor stuk jonger dan hij. Tussen de twintig en dertig, schat ik. Ze kwamen op onregelmatige tijden langs. 's Morgens, in de namiddag...' Ze viel stil. 'Ik zit natuurlijk vaak in mijn kantoor. Die mensen heb ik gezien terwijl ik hier op mijn laptop zat te werken of tijdens een pauze. 's Avonds zitten wij meestal op de bank en dan zie je ook weleens iemand...' Haar pupillen verwijdden zich.

'*Merde*!' Bernadette glimlachte mysterieus. 'Jij had het toch over een cruise?'

Met een snelle hoofdknik spoorde Heleen haar aan om verder te gaan.
'Het schiet me opeens te binnen dat een van die mannen regelmatig langskwam. Op een avond toen wij tv keken, zag ik hem het pad opkomen. Het was vrij laat, een uur of elf, en hij droeg een wit uniform.'
'Een wit uniform,' mompelde Heleen. 'Dat dragen de pursers.'
Bernadette maakte een afwerend gebaar. 'Ik weet niets van uniformen af. Leger, marine, luchtmacht, cruiseschepen, voor mij is het allemaal één pot nat. Trek hieruit alsjeblieft geen conclusie dat die man rechtstreeks van een cruiseschip kwam. Voor hetzelfde geld had hij zich opgedirkt voor een gayparty.'
'Je hebt gelijk. Maar toch, een wit uniform, regelmatig contact, het kan een spoor zijn.'
'Het is zeker het proberen waard, lijkt me.' Bernadette nam een slok van haar koffie.
'Waar moet ik beginnen?' vroeg Heleen zich hardop af. 'Ik ben vreemd hier.'
'Ik zou het ook niet weten maar ik ken twee mensen die dat wel weten.' Ze ging op zoek naar haar mobiele telefoon.

21

Heleen zat aan een tafeltje in de bar La Vie. Ondanks het feit dat ze hier een tijdje in haar eentje had gezeten, voelde ze zich steeds minder een vreemde eend in de bijt. In de loop van de avond had ze gemerkt dat niet elke blik die haar door een lesbienne werd toegeworpen automatisch een toenaderingspoging betekende. Bovendien liepen er meer homostellen dan singles rond. Ze had het zich veel erger voorgesteld dan het was. God, wat was ze toch preuts en wat had ze weinig van de wereld gezien. Christian en Etienne waren deze avond haar 'begeleiders'. Dit leuke stel deed net als in de vorige cafés een rondje in La Vie, op zoek naar informatie waarmee zij verder kon. Ze kenden de gayscene van Nice als hun broekzak. Vergeleken met Amsterdam en Parijs was het ook maar een boerengat, vertelden ze haar. Bernadette had met een telefoontje een afspraak voor haar geregeld. Om negen uur zouden Christian en Etienne haar op de stoep voor Casino Ruhl opwachten. Een perfecte ontmoetingsplek, aangezien het casino aan de brede Promenade des Anglais lag en van een afstand herkenbaar was aan de gele neonreclame. Mocht deze ordinaire uiting toch aan iemand voorbijgaan, dan trokken de patserige auto's die moedwillig voor de brede ingang waren geparkeerd alsnog de nodige aandacht.

Bij de ontmoeting klikte het direct tussen hen. Beide mannen waren losjes in de omgang en waren casual gekleed: overhemd, spijkerbroek met daaronder leren schoenen. Stiekem was ze daar wel een beetje opgelucht over geweest. De eerste stop was een terras vlakbij het casino.

'We beginnen op neutraal terrein,' zei Christian in het Engels. 'Hier kun je ons in alle rust je verhaal vertellen.'

Het kostte Heleen weinig moeite openhartig naar dit stel te zijn. Ze voelde zich erg op haar gemak in hun gezelschap. Toen ze bij het gedeelte kwam waarin ze werd geconfronteerd met Franks dubbelleven, sloeg Etienne verschrikt zijn hand voor zijn mond en rolde nadrukkelijk met zijn ogen. Christian keek hem aan alsof hij wilde zeggen: wat doe jij nou?

Etienne beantwoordde zijn blik met: 'Ah, moet je weer zo nodig de macho uithangen? Ik vind het een emotioneel verhaal, nou en!'

Heleen moest op haar lip bijten om niet in lachen uit te barsten. Om een verdere woordenwisseling waardoor ze waarschijnlijk nog harder zou moeten lachen te voorkomen, ging ze snel verder.

'En nu zit deze doorsnee vrouw uit de buurt van Eindhoven dus op een terras in het wereldse Nice,' eindigde ze even later haar verhaal.

'Met een homostel,' vulde Christian droog aan. 'Ik ken Vincent Gautier enkel als de buurman van Bernadette. Een oude nicht die ik twee, misschien drie keer in het uitgaansleven heb gezien. Nooit een woord met hem gewisseld. Daarvoor verschillen we te veel van elkaar.'

Etienne knikte instemmend.

'Typisch zo'n oude poot die jonge blommetjes zoekt. Als hij die niet kan vinden laat hij zich op het oude haventerrein voor twintig euro verwennen door Marokkaantjes.'

De mannen verontschuldigden zich en gingen in rap Frans over. Toen ze overeenstemming hadden bereikt, legde Christian weer in het Engels uit wat ze van plan waren. Het kwam neer op een tocht langs de gaykroegen in de binnenstad. Het grootste gedeelte van hun uitgebreide kennissenkring bevond zich in die betrekkelijk kleine omgeving.

Hun bescheiden missie was begonnen bij La Favola, een razend druk hoekterras aan de Cours Saleya. Toen Heleen over die merkwaardige straatnaam een vraag stelde, mompelde Christian iets over de oorspronkelijke taal die in Nice werd gesproken. Ze ging er niet op door, omdat zijn blik tijdens het antwoord gericht bleef op twee mannen die verderop een intiem gesprek voerden.

‘Marc met zijn nieuwe vlam,’ verduidelijkte Etienne. De man over wie hij sprak had een uitgesproken knap gezicht en een slank figuur. Over een lichtblauwe polo droeg hij een dun, zwart leren jack. Vanaf haar positie kon Heleen vaststellen dat Marc van kwaliteitskleding hield.
‘Ben zo terug,’ zei Christian kortaf en stond op.
‘Wij zijn kennissen van hem, geen vrienden,’ verduidelijkte Etienne. ‘Marc is een echte praatjesmaker die niets van langdurige relaties moet hebben.’ Een diepe zucht volgde.
‘Zooo’n moeilijke vent.’
Vijf minuten later was Christian terug. ‘Niets waar we verder mee kunnen,’ beantwoordde hij hun vragende blikken. ‘Hij wist wel wie ik bedoelde, maar daar bleef het ook bij. Een verwijzing naar Le Chat Blanc, waar hij hem ooit had gezien, en verder heel veel blabla, over zijn eigen bedrijf dat zo fantastisch loopt.’
‘De engerd,’ meende Etienne.
‘Soms zijn we het helemaal met elkaar eens,’ zei Christian grijnzend tegen Heleen.
Le Chat Blanc bleek een bruine kroeg die schuin tegenover La Favola lag. Het was er gezellig druk. De barkeeper moest hard werken om de ongeveer vijftig gasten van drankjes te voorzien. Ditmaal zochten ze geen plekje aan een van de stamtafels, maar liepen voetje voor voetje door het etablissement. Uit de reacties van de bezoekers bleek dat Christian en Etienne hier wel vaker kwamen.
Na enkele begroetingen waarbij een van haar begeleiders haar steevast voorstelde als hun nieuwe vriendin uit Holland, leek het erop dat ze eindelijk beet hadden. In plaats van de standaard beleefdheden en het uitwisselen van nieuwtjes die haar niets zeiden, bleven ze opvallend lang praten met een stel van in de veertig. Omdat het gesprek ineens was overgegaan van Engels in Frans, kon ze er nauwelijks iets van volgen. Wel merkte ze aan de reactie van Etienne dat het gesprek een interessante wending nam.
‘Dat zat er dik in,’ zei Christian toen ze weer buiten stonden.

'Tja,' mompelde Etienne. 'Toch ben ik blij dat we het eerst op de normale manier hebben geprobeerd. Niet meteen dat etiket erop plakken, weet je wel?'
Ze had hen verbaasd aangekeken. 'Hallo, waar gaat dit over?'
'La Vie is een tent die wij normaal gesproken mijden,' zei Christian. 'Een ontmoetingsplek in de letterlijke zin van het woord. Het merendeel van de bezoekers is single.'
'Er hangt een broeierige sfeer,' vulde Etienne aan toen ze naar buiten liepen. 'Blijkbaar was dat helemaal in het straatje van Gautier, want volgens onze vrienden liep hij daar de afgelopen maanden de deur plat. Hij schijnt daar ook met geld te hebben gesmeten, wat mij na jouw verhaal waarheidsgetrouw overkomt. Tenslotte had hij wel de nodige centjes te besteden, nietwaar?'

De sfeer in La Vie was inderdaad anders dan in de bars waar ze daarvoor waren geweest. Hier hing meer seksuele spanning. Ze begreep nu waarom haar nieuwe vrienden deze plek liever meden. De stelletjes lieten individueel hun blik net iets te vaak op een ander dan hun partner rusten, waardoor uit deze oogopslag meer te lezen viel dan oppervlakkige interesse.
Christian en Etienne spraken met een jongeman die zij begin twintig schatte. Meer een jongetje dan een man. Hij droeg een strakke corduroy broek en een getailleerd overhemd waarvan de bovenste drie knoopjes los waren. Zijn houding werd gekenmerkt door een hoop overdreven gebaartjes, waarbij hij het strijken door zijn lange haren tot een kunst had verheven.
Vanuit haar ooghoeken zag ze hoe de jongeman zijn mobiele telefoon uit zijn borstzakje viste. Christian pakte zijn eigen telefoontje, boog iets naar voren, keek op het scherm van de andere mobiel en toetste deze gegevens op zijn telefoon in. Hierna draaide hij zich om en liep samen met Etienne naar de uitgang. Met een korte hoofdknik maakte hij duidelijk dat ze direct moest volgen.

‘Bingo,’ meldde Christian toen ze buiten stonden. ‘De man die we zoeken heet Jorge Castellano, aan de naam te zien is hij Spaans. Hij woont hier dicht in de buurt en werkt in de reissector. Wat hij precies doet weet ik niet, maar daar komen we nog wel achter.’

Hij tikte met zijn nagel op het beeldscherm van zijn mobiele telefoon.

‘Ik heb zijn naam en adres genoteerd.’

Heleen reageerde verheugd op dit nieuws. Ze trok hem naar zich toe en kuste hem spontaan op zijn wang. Dat deed ze ook bij Etienne.

‘Genoeg gezoend,’ zei Christian. ‘We brengen je naar dat adres. Als wij daar zijn, zit onze taak erop. Dan is het verder aan jou.’

Heleen wist dat ze geen keuze had en accepteerde het. Dit tweetal had meer voor haar gedaan dan ze ooit had kunnen wensen of vermoeden.

‘Deal,’ antwoordde ze. ‘Ik ben jullie zeer dankbaar voor alle moeite.’

Etienne wuifde haar loftuitingen weg.

‘Ben je gek, meid. Het was voor ons een fluitje van een cent.’

Terwijl ze over het plein liepen dat aan het paleis van Justitie grensde, keek Etienne zijn partner doordringend aan. Op zijn gezicht lag een verontwaardigde uitdrukking.

Hij liet zijn stem een octaaf zakken en imiteerde Christian: ‘“Als wij daar zijn, zit onze taak erop.” Wat is dat voor onzin? Zijn wij soms ingehuurde bodyguards die een opdracht afwerken? Tsss. We blijven van een afstand toekijken. Mocht Heleen in de moeilijkheden geraken, dan helpen wij haar. Tenminste, ik help haar. Als jij iets anders van plan bent…’

Christian gromde iets wat instemmend klonk.

Tot aan het moment dat de contouren van een park in het zicht kwamen, werd er geen woord gesproken. Heleen besefte ineens dat ze vanaf het begin van hun kroegentocht geen seconde had stilgestaan bij wat er zou gebeuren als ze die Jorge zouden vinden. Ze had de avond in een roes beleefd, blij dat ze iets aan het doen was, onder de indruk van de wereld waarin ze terecht was gekomen. Maar nu drong het tot haar door dat ze daadwerkelijk op weg waren naar de man die regelmatig bij

Vincent op bezoek was geweest en die werkzaam was in de reisindustrie...

De naam Jorge Castellano zei haar niets. Ze kon zich ook geen gezichten herinneren van de cruise. Maar goed, ze zou hem nu gaan zien. Met zoveel vragen. Als ze maar niet overstuur raakte. Ze moest kalm en zelfverzekerd overkomen.

'Dat is geen goed idee,' onderbrak Etienne haar gedachten. 'Laten we bij de fontein de Boulevard Jean Jaures oversteken.'

'Nee, dit is sneller. Als we hier recht door het park steken, zijn we er binnen tien minuten.'

Etienne bleef protesteren. 'Waarom zouden we het risico nemen? Je weet toch wat er verleden week is gebeurd? Het park is vanaf de fontein tot aan de Avenue de Verdun goed verlicht. Jouw route scheelt ons al met al een minuut of vijf. Moeten we voor die paar minuten tijdwinst de ellende opzoeken?'

Maar Christian bleef onvermurwbaar. Hij pakte Heleen losjes bij haar schouder, wachtte op het gaatje in de verkeersstroom en stak op een drafje over. Etienne volgde hen met zichtbare tegenzin. Via het trottoir liepen ze rechtstreeks het park in.

Een oncomfortabel gevoel kreeg na de eerste stappen al vat op haar. In dit gedeelte van het park ontbrak de verlichting. Terwijl ze vanuit haar ooghoeken had gezien dat bij de fontein een duidelijk verlicht pad door het park slingerde, moesten ze hier bij wijze van spreken op de tast hun weg vervolgen. Ze liepen op gras, bezaaid met droge takjes die regelmatig onder hun voeten knakten. Deze snerpende klanken voorzagen de onheilspellende omgeving van extra dreiging.

'Zie je wel?' zei Christian. 'Niets aan de hand.' Hij wees naar een schijnsel dat een paar honderd meter verderop lag. 'Avenue Félix Faure. Als we daar eenmaal zijn is het zo gepiept.'

Etienne lachte smadelijk. 'Wat een onzin om...' Een scherpe knak kapte zijn zin af. De man die het geluid veroorzaakte, stapte achter een boom vandaan. Hij stond hooguit tien meter van hen af, waardoor

slechts de contouren van zijn lichaam zichtbaar waren. Weer knapten er twijgen. Naast de man doemden nog twee personen op. Heleen werd nu echt bang.
Met zekere tred liep het drietal op hen af. Een van hen maakte een opmerking die een soort dierlijk gegrom bij zijn maten ontlokte. Ze gingen recht voor hen staan en maakten zich breed.
Nu de onderlinge afstand twee meter bedroeg, zag Heleen wie hun belagers waren. De kaalgeschoren hoofden en leren jacks lieten niets aan de verbeelding over. Hun knuisten omklemden een loden pijp en in hun ogen fonkelde een haat die aangewakkerd en onnatuurlijk leek. Het was duidelijk dat de mannen stijf stonden van de dope.
Christian stapte voorzichtig naar voren. Met beide handen maakte hij een sussend gebaar. Hij sprak in een dialect waarvan Heleen geen woord verstond. De situatie escaleerde toen de middelste man opeens uithaalde. De loden pijp raakte Christian keihard op diens linkerschouder. Met een van pijn vertrokken gezicht ging hij door zijn knieën. Het drietal lachte hardop.
Etienne duwde Heleen naar achteren en stapte zelf naar voren. Voordat Christians belager zich kon verdedigen, had Etienne hem al vol in zijn buik geraakt. De man klapte dubbel en begon te kokhalzen. Etienne bleef in beweging. Hij draaide een kwartslag met zijn bovenlichaam en boog iets naar voren. Razendsnel tilde hij zijn been op en schopte met de buitenkant van zijn voet de middelste man in zijn gezicht.
De laatste potenrammer die nog op zijn benen stond, grijnsde kwaadaardig. Met een blik van waanzin in zijn ogen vloog hij op Etienne af. Vlak voordat ze elkaar raakten, stapte Etienne naar voren, pakte de arm van de skinhead en zette een heupworp in. De man vloog bijna door de lucht en kwam hard op de grond terecht. Kreunend probeerde hij op te staan. Etienne overbrugde de afstand met een katachtige sprong. Toen hij naast zijn tegenstander stond, sloeg hij akelig hard op diens slaap.
Snel liep Etienne naar Christian toe. Die was inmiddels met veel pijn en moeite opgestaan. In het maanlicht leek zijn gezicht asgrauw.

'Gaat het?'
'Prima,' siste Christian tussen zijn opeengeklemde kaken door. 'Morgen weer lekker naar de sportschool.'
Etienne ondersteunde hem. 'Doe niet zo stoer, joh.' Heleen stond nog steeds aan de grond genageld. Het optreden van de grappige, zorgzame en sympathieke Etienne had haar met stomheid geslagen.
'Hij is vierde met karate,' verklaarde Christian. 'Voormalig Frans kampioen.'
'Boeit niet,' zei Etienne. 'Jouw schouder is nu het belangrijkste. Die ziet er niet goed uit.'
Christian deed een poging afkeurend te snuiven. Door de pijn ging dit hem niet goed af.
'Nooit geweten dat je ook afgestudeerd arts was.'
Etienne rolde met zijn ogen, maar hield verder zijn mond dicht. Op wat ingehouden kreunen van Christian na, liepen ze zwijgend naar het licht.
'Hij moet naar het ziekenhuis,' zei Etienne toen ze op Avenue Félix Faure stonden. Blijkbaar werd de pijn heviger, want Christian protesteerde niet. Hij bracht zijn onbeschadigde arm naar zijn borstzakje en graaide met zijn hand naar zijn telefoon. Hij drukte wat knoppen in en hield het verlichte beeldscherm voor Heleens gezicht.
'Dit is het adres van Castellano. Neem het voor de zekerheid over.'
Heleen pakte haar mobiele telefoon uit haar handtas.
'Je steekt hier over en volgt die straat,' mompelde Christian. Terwijl ze het adres intoetste, zag Heleen met een half oog welke straat hij bedoelde.
'Volgen tot Rue Pastorelli. Links daarvan ligt de synagoge, een makkelijk herkenningspunt. Die laat je dus links liggen en je loopt door naar Boulevard Dubouschage. Deze weg steek je over. Daarna ligt het aan je rechterhand.'
Heleen herhaalde zijn instructies en bleef deze herhalen tot een taxi op hun handgebaren reageerde. Etienne wilde zijn partner helpen met instappen, maar Christian weigerde dit. Moeizaam liet hij zich op de achterbank zakken.

'Kijk uit met die Castellano,' fluisterde hij tegen Heleen die tegen het geopende portier leunde.
'Het is een cokegebruiker. Onze kennissen hadden het zelfs over een neusgeiler. Een onberekenbaar figuur die door kan slaan in zijn gebruik, maar ook in agressief gedrag.'
Het was goed om te weten, al maakte dit het vooruitzicht de man te ontmoeten nog onprettiger. Ze opende haar mond om het tweetal te bedanken, maar Christian was haar voor.
'Er is nog iets wat je moet weten, Heleen,' sprak hij met moeite.
'Ik had je nooit alleen gelaten met die vent. Dat was stoere praat. Zoals je inmiddels weet ben ik niet de echte kerel van ons tweetjes.' Hij knikte kort naar Etienne die naast de taxichauffeur had plaatsgenomen. 'Dat is hij.'
Etienne negeerde het statement. Hij keek Heleen bijna smekend aan.
'Kom alsjeblieft mee. Je logeert een paar dagen bij ons en als Christian is opgeknapt kunnen wij die vent gezamenlijk opzoeken. Dat is echt stukken veiliger.'
Heleen schudde langzaam met haar hoofd.
'Jullie zijn schatten, maar ik moet ervandoor. Ditmaal geen uitstel.' Ze sloot het portier en stapte naar achteren.
'Bedankt voor alles. Dit zal ik nooit vergeten.'
De taxi trok op. 'Hou ons op de hoogte. En pas goed op jezelf!' schreeuwde Etienne door het half geopende raam. Wat hij daarna zei werd door het stadsverkeer geabsorbeerd voordat het Heleen bereikte.
Ze keek de taxi na. Toen de achterlichten in de drukte verdwenen, stak ze over, met een mengeling van angst, nieuwsgierigheid en groeiende zelfverzekerdheid.

22

Met de aanwijzingen van Christian, had ze het adres betrekkelijk eenvoudig gevonden. De woning lag net buiten het drukke stadscentrum en ademde de sfeer van vergane glorie. Het ruime pand had veel weg van de herenhuizen langs de Amsterdamse grachten. Het grote verschil met die huizen was de staat waarin dit huis verkeerde. In de muren zaten scheuren, de houten kozijnen zaten vol met rot en de verf bladderde van de luiken. Het spookachtige licht van de schamele straatverlichting versterkte het beeld van verval.

Het pand bestond uit drie verdiepingen. Jorge Castellano woonde in het benedenhuis. Heleen zag dat er licht door de vermolmde stukjes van de gesloten luiken drong. Castellano was dus waarschijnlijk thuis. Daar had ze geluk mee. Onderweg had ze talloze scenario's doorgenomen. De meest waarschijnlijke zou misschien wel zijn dat ze voor een gesloten deur zou staan. Maar ze moest erin blijven geloven. Castellano was haar enige bron van informatie.

Ze haalde diep adem en drukte op de deurbel. Het elektrische geluid zoemde door het appartement. Geen reactie. Ze wachtte een halve minuut en belde nogmaals aan. Toen ze wederom op de knop wilde drukken, klonk er een blikken stem door de intercom.

'*Oui?*'

Heleen schraapte haar keel. De eerste indruk was doorslaggevend, had ze zichzelf meerdere malen op het hart gedrukt. Geen gehakkel, duidelijk articuleren.

'Goedenavond, meneer Castellano,' zei ze in het Engels. 'Sorry dat ik u zo laat nog stoor. Mijn naam is Heleen van Rijnsburg, ik ben de vrouw van Frank Eldering, de man die vorig jaar is verdwenen tijdens een trip op het cruiseschip Columbus. Hierover wil ik graag met u praten.'

In de stilte die viel, kon ze Castellano horen denken.

'Daar heb ik geen behoefte aan, mevrouw. Goedenavond.'

'Wacht even,' reageerde Heleen scherp. 'Ik ben helemaal uit Holland gekomen om met u te praten. Ik ben op de hoogte van de relatie die mijn man had met de inmiddels overleden Vincent Gautier. Ook weet ik dat er een hoge verzekeringspremie is betaald en dat Gautier tot uw kennissenkring behoorde. Het enige wat ik wil, is antwoorden vinden op vragen die mij dwars zitten. Daarna ga ik weer naar huis en ziet u mij nooit meer terug.'

Hopelijk was ze overtuigend genoeg geweest, en was het tot hem doorgedrongen dat ze zich niet met een kluitje in het riet liet sturen.

'Ik kan u niet verder helpen, mevrouw. Ik wil dat u nu vertrekt, goedenavond.'

De misplaatste arrogantie in zijn stem was het laatste zetje dat ze nodig had om haar noodplan uit te voeren. Ze stapte naar voren en bonkte driemaal op de gesloten luiken. Het harde geluid weerkaatste door de straat.

'Ik vertrek niet, meneer Castellano,' siste ze met ingehouden woede tegen de intercom.

'Sterker nog, als u mij niet binnenlaat, bonk ik de hele buurt wakker. Iemand zal ongetwijfeld de politie bellen en ik ben benieuwd hoe zij op mijn verhaal zullen reageren.'

Castellano hield zich stil.

'Dit is uw laatste kans,' ging Heleen op dezelfde toon verder. 'Laat me binnen, of de hel breekt hier los.'

Opeens sprong het slot van de vergrendeling en opende de deur zich traag. Zonder zich te bedenken stapte Heleen naar binnen.

De entree was een smalle hal met aan de rechterkant een ouderwets trapgat dat met een halve draai naar boven leidde. De gestoffeerde treden waren tot op de draad versleten. Recht voor haar stond een deur op een kier. Er kwam een fel licht uit de kamer erachter. Ze liep naar de deur en klopte aan uit beleefdheid.

'Kom verder,' hoorde ze hem zeggen.

Heleen opende de deur. Het felle licht in het appartement dwong haar om een paar maal met haar ogen te knipperen. Toen ze aan de nieuwe situatie was gewend, gleed haar blik over de omgeving. De kamer was ruim en de inrichting weldadig. Een moderne keuken liep naadloos over in een zithoek met lederen kussens. De flatscreen aan de muur werd geflankeerd door moderne kunst. Geconcentreerd licht uit spots reflecteerde in het overtallige kristal, dat als decoratie op de bijzettafeltjes stond. De parketvloer werd bijna volledig bedekt door drie hoogpolige tapijten waarin alle kleuren van de regenboog waren verweven. Het geheel hield het midden tussen smaakvol en wanstaltig. Jorge Castellano leunde tegen een pilaar die onderdeel uitmaakte van de moderne keuken. Ter verfraaiing was er een gegalvaniseerde engel op aangebracht waarvan de gespannen boog bijna tot het plafond reikte. De voet van de engel hing enkele centimeters boven het hoofd van de Spanjaard.

'Nogmaals goedenavond,' zei Heleen. Het zelfverzekerde lachje dat ze zichzelf probeerde aan te meten, mislukte volkomen. Jorge Castellano nam haar zorgvuldig op. IJzig kalm en berekenend. Hij zei geen woord. Terwijl zijn enge blik haar doorboorde, trilden zijn neusgaten. Aan de beweging van zijn kaken kon ze zien dat hij zich met ingehouden woede stond te verbijten.

Zijn blik bleef strak op haar gericht toen hij naar voren stapte. Voordat Heleen besefte wat hij van plan was, pakte Castellano haar hardhandig bij haar schouder. In een krachtsexplosie sleurde hij haar achter zich aan.

'Hééé!!!'

Hij negeerde haar kreet waaruit meer angst dan verontwaardiging klonk. Als een machine die geprogrammeerd was, duwde hij tegen een deur en trok haar naar zich toe. In een fractie van een seconde kruisten hun blikken elkaar. De pupillen waarin zij keek waren beangstigend groot.

Castellano strekte zijn armen en smeet haar van zich af. Heleen voelde hoe ze even zweefde. Recht voor haar werd het donkere silhouet van Castellano geaccentueerd door een zee van licht.
De klap kwam hard aan. Ze viel op haar rechterschouder en sloeg met de zijkant van haar hoofd tegen het beton. Vlekken in talloze vormen vulden haar beeld. Haar adem stokte. Dit was het.
Dit wordt mijn dood.

23

Ze wist niet wat echt was en wat niet. Ze zag niets. Alleen rare vlekken die op haar netvlies dansten. Waar was ze? Ze knipperde met haar ogen, bewoog haar armen en benen en constateerde dat ze nog leefde. Toch was het nog steeds donker.

Door de enorme smak van zonet had ze haar bewustzijn verloren. Toen de verdwazing wegtrok, wist ze ineens hoe het kwam dat ze hier lag en wie daarvoor verantwoordelijk was. Ook kon ze met enige concentratie het gebrom dat in de ruimte doordrong benoemen: het was de stem van Jorge Castellano.

Haar vingertoppen tastten de ondergrond af. Ze lag op een harde vloer, waarschijnlijk beton. Het was aardedonker en een vochtige, muffe lucht drong in haar neusgaten. Keldervloer. Castellano had haar zonder enige reden in dit hok gegooid en was nu met iemand in gesprek.

De paniek vloog haar aan. Angst bemoeilijkte haar het ademen en haar lichaam begon ongecontroleerd te schokken. Ze was nog niet dood, maar dat zou ongetwijfeld snel gebeuren. Heleen kwam overeind. Haar botten en spieren protesteerden hevig. Voor zover ze kon vaststellen had ze aan de val kneuzingen en blauwe plekken overgehouden. Geen breuken, althans, die voelde ze nog niet. Ze kon haar gewrichten nog bewegen, al was daarmee alles wel gezegd. Elk plekje op haar lijf deed zeer, alsof ze door een stoomwals was overreden.

Ze strekte haar armen en tilde haar benen op. Bij de eerste, voorzichtige stap moest ze op haar lip bijten om het niet uit te schreeuwen van de pijn. De tweede stap veroorzaakte scheuten in haar onderrug en na de

derde stap bleef ze staan. De pijn was niet te harden, haar spieren stonden in brand. Ze snikte.
Het aanzwellende geluid van Castellano's stem gaf haar nieuwe energie. Haar overlevingsdrang werd aangewakkerd door intense woede. De schoft had haar aangevallen, had geprobeerd haar te vermoorden. Waarom was haar nu nog een raadsel. Ze had geluk gehad dat het nog niet zo ver was gekomen, en dat ze niets had gebroken. Ze dwong zichzelf stapje voor stapje te lopen. Ze tastte de ruimte af. Terwijl slechts lucht langs haar vingers gleed, probeerde ze haar situatie in te schatten. Het ging nu om leven of dood. Niet klagen, snel denken.
Castellano stond nu te schreeuwen. Ze bleef staan en concentreerde zich op het geluid en probeerde woorden en intonatie te filteren.
Castellano sprak Spaans. Ze herkende de typische klanken. Momenten van stilte werden afgewisseld met hysterische uitvallen. Ze ging verder met het verkennen van haar gevangenis. Toen haar linkerhand langs een koel en glad voorwerp streek, bleef ze stokstijf staan.
Er was geen andere stem.
Castellano moest een telefoongesprek voeren.
Haar vingers verkenden het voorwerp. Koel, glas. Een fles! Met haar andere hand ontdekte ze er nog een. Voorzichtig trok ze beide flessen uit het rek.
Ze had tenminste iets om zich mee te verdedigen.

24

Heleen ontspande af en toe haar spieren. Een constant gestreste houding was niet goed voor haar reactievermogen. Als Castellano de kelderdeur opende, mocht ze geen seconde aarzelen en moest ze direct toeslaan. Het telefoongesprek was een minuut of vijf geleden gestopt. De kans dat hij haar zo op kwam zoeken werd steeds groter. Zo goed en zo kwaad als het ging had ze intussen de kelderruimte verkend. Uiteindelijk had ze een aardig beeld van de ondergrondse ruimte. Daarmee had ze haar positie ten opzichte van hem iets verbeterd.

Ze schatte de kelder ongeveer vijf meter breed en tien meter lang. De ruimte moest onder het gehele appartement doorlopen. Behalve het wijnrek, was ze nog op een oude fiets gestuit en een houten kast waarin stapels tijdschriften lagen. Nutteloze materialen. Na deze verkenningstocht bleven de wijnflessen haar beste en enige wapen.

Haar overlevingsdrang was groot. Wat er in het verleden was gebeurd, hoe zij hierin verzeild was geraakt of wat zich in de toekomst nog zou afspelen, deed er nu niet meer toe. Ze was ervan overtuigd dat Castellano haar binnen afzienbare tijd ging vermoorden en elke vezel in haar lichaam protesteerde hiertegen.

Verrassing was haar enige optie. Met een beetje geluk zou ze één mogelijkheid krijgen. Ze was bereid om te vechten voor haar vrijheid. Als het moest zou ze tot het uiterste gaan.

Vanuit haar gezien draaide de deur naar rechts open. Ze had het aan de scharnieren gevoeld. De plek waar ze stond leek haar tactisch gezien de beste. Wanneer Castellano de deur zou openen, trok het kunstlicht uit de woonkamer een streep die vanaf de deuropening tot aan de achterste muur liep. Precies het stuk waar zij tijdens haar val was terechtgekomen zou hierdoor belicht worden.

Castellano zou wel denken dat ze nog steeds bewusteloos was. Het zou hem verbazen haar niet te zien liggen. Van dat moment van verrassing moest ze gebruik maken.

Toch kon ze er niet vanuit gaan dat het zo zou gaan. Ze had geen lichtknop kunnen vinden, die moest zich dan buiten de kelder bevinden. Het was mogelijk dat Castellano eerst het licht aandeed voordat hij daadwerkelijk de kelder in zou komen. Maar ze ging ervan uit dat hij niet het risico nam om haar in één keer te wekken door het licht aan te doen. Even had ze overwogen om de drie treden van het trapje te beklimmen en brutaalweg de klink naar beneden te duwen. Was de deur niet op slot, en dat kon heel goed zo zijn, dan stond ze opeens oog in oog met de Spanjaard en had zij het voordeel van de verrassing.

Toen hoorde ze voetstappen. Ze zette zich schrap. Een piepend geluid verraadde dat de deurkruk traag naar beneden werd gedrukt. Een smalle streep verlichtte de linkerkant van de kelder. De deur zwaaide verder open. Het was een kwestie van enkele centimeters voordat het felle kunstlicht haar voeten zou raken.

Heleen deed wat ze zich had voorgenomen. Ze hief haar linkerhand en stapte naar links. Het volgende moment stond ze in het volle licht en oog in oog met Jorge Castellano. Ze legde al haar kracht in de worp. De wijnfles vloog door de lucht en trof de Spanjaard recht op zijn borst. Gillend van de pijn wankelde hij achteruit. Heleen aarzelde niet. Op volle snelheid beklom ze de traptreden en rende naar haar belager die als een aangeslagen bokser tegen een leren bank leunde. Voordat Castellano de kans kreeg om zich te herstellen, sloeg ze met haar rechterhand de tweede wijnfles op zijn hoofd aan diggelen. Castellano ging languit zonder hierbij een geluid te maken.

Met de gebroken flessenhals in haar trillende hand, overzag Heleen de situatie. Ze ademde diep door haar mond, omdat haar longen om zuurstof gilden. Op het meubilair na was de kamer leeg. Castellano had dus

geen handlanger gehad. Hij was bewusteloos, ze zag hoe zijn borst traag op en neer ging. De aanzienlijke hoeveelheid rode wijn en het bloed uit de snee in zijn hoofd maakten het plaatje gruwelijker dan het in werkelijkheid was. Althans, dat maakte Heleen zichzelf wijs. Jorge Castellano had haar pijn gedaan en was vast nog meer van plan geweest en nu moest hij daar de consequenties van ondergaan.
Toen ze van het slappe lichaam vandaan stapte, werd haar blik naar een schittering naast Castellano's rechterhand getrokken. Het was een naald.
Heleen slikte een paar maal. Ze overwon haar angst, knielde naast de bewusteloze Spanjaard en tilde zijn hand op. Een injectiespuit werd zichtbaar. Het reservoir was gevuld met een lichtbruine vloeistof. Ze liet de hand los en stapte geschrokken naar achteren.
Hij wilde mij met dat goedje inspuiten, schoot het door haar heen. Vergiftigen, drogeren, doden... Drugs, een overdosis. Moord met voorbedachten rade. Tijdens het telefoongesprek moest besloten zijn dat zij moest verdwijnen. Voor altijd.
Jezus! Heleen sloeg beide handen voor haar ogen.
Waar ben ik in beland? Wat is hier in godsnaam aan de hand?
Ze kromp ineen, wankelde naar een fauteuil en zakte in de kussens. Haar handen trilden als rietjes, haar ademhaling raspte en ze produceerde een rochelend geluid. Een misselijkmakend gevoel schoot uit haar maag omhoog. Zonder het werkelijk te beseffen boog ze voorover en kokhalsde.
Het duurde even voordat ze weer de controle over zichzelf had hervonden. Ze hield haar hoofd rechtop en ademde rustig door haar neus. Daarna ademde ze door haar mond uit. Langzaam maar zeker kwam ze weer bij zinnen. De kamer stopte met draaien.
Als de bewusteloze Castellano bij kennis kwam, moest ze hier ver vandaan zijn. Een ambulance bellen of hulp bij de buren zoeken leek een slecht idee. Ze was ervan overtuigd dat ze zich daarmee nog verder in de nesten zou werken. Voor hetzelfde geld wist de Spanjaard het zo te

draaien dat zij als een inbreker of doorgedraaide stalker werd afgeschilderd. Nee, dat risico kon ze niet nemen.
Heleen stond op. Nog een beetje duizelig. Ze moest de telefoon zien te vinden. Vanaf een stekkerdoos naast een bijzettafeltje liep een snoer dwars door de kamer naar de keuken. De telefoon stond op een keramische kookplaat. Ze liep ernaartoe en zag dat er naast de telefoon een spiegel lag. Eenmaal in de keuken, viel haar blik op het witte goedje dat in drie rechte lijntjes was verdeeld. Binnen handbereik lag een strak opgerold briefje van twintig euro.
Drugs, waarschijnlijk cocaïne. Ze concentreerde zich op datgene wat er nu echt toe deed. Toen ze zeker wist om welke knop het ging, drukte ze er met haar vinger op. Er verscheen een Spaans nummer in het schermpje.

Deel 4

25

Heleen nam een slok uit het blikje Red Bull dat ze bij het tankstation had gekocht. Het drankje moest de slaap verdrijven en voor nieuwe energie zorgen. Volgens haar berekening had ze nog vier uur rijden voor de boeg voordat ze bij de grens van Spanje haar auto aan de kant mocht zetten. Dan kon ze eindelijk haar ogen sluiten en de rust nemen waar haar lichaam zo aan toe was.

Ze voelde zich in Frankrijk opgejaagd en wilde dit land zo snel mogelijk verlaten. In Spanje zou ze even rust nemen en nadenken over hoe ze verder moest.

Ze beleefde de nachtmerrie in Castellano's appartement steeds opnieuw, als een open wond die maar bleef bloeden. De beelden leken op haar netvlies gekrast, onuitwisbaar. Er was nu nog maar één ding dat haar voortdreef: angst.

In haar achteruitkijkspiegeltje zag ze hoe de koplampen snel dichterbij kwamen. Op dit tijdstip was het zelfs op de Zuid-Franse snelwegen rustig, zodat ze het verkeer goed in de gaten kon houden. De koplampen van andere auto's waren de ogen van de vijand. Of van de politie die nu ongetwijfeld naar haar op zoek was. Opeens doemde een auto achter haar op. De sportwagen zoefde met hoge snelheid langs haar heen. Opgelucht keek ze weer in haar spiegels. Het asfalt achter haar bleef leeg.

Haar kleine overwinning in Castellano's appartement, waaruit ze wat meer moed voor haar vlucht had willen halen, kon niet voorkomen dat ze continu nerveus bleef. Uit machteloosheid sloeg ze op het stuur. Ze schudde vertwijfeld met haar hoofd. Wat is dit toch voor een onzin?

dacht ze. Ik voel me opgejaagd? Ik? Wie is hier eigenlijk de misdadiger? Ik, of Castellano die mij met dat smerige goedje probeerde te injecteren? Nou dan!

Het schijnsel van een naderende auto in haar achteruitkijkspiegeltje werd feller. Ze kneep haar oogleden samen. De koplampen stormden op haar af. Toen de wagen haar voorbij reed, zag ze in een flits het gezicht van de passagier. Het was een jongeman met een donkere huidskleur. Hij droeg een baseballpet.

Achter haar verscheen een blauw zwaailicht. O god, zie je wel. De politieauto kwam snel naderbij. Haar eerste reactie was om het gaspedaal in te drukken. Ze wilde liever vluchten dan lijdzaam afwachten. Kijk maar wat het haar in Nice had opgeleverd. Als ze daar passief was gebleven, zou ze nu hoogstwaarschijnlijk dood zijn geweest. Maar vluchten voor de politie had totaal geen zin. Ze zou zich waarschijnlijk te pletter rijden of alsnog gepakt worden.

Ze bleef dezelfde snelheid aanhouden en wachtte tot de agenten voor haar kwamen rijden en haar naar de kant zouden dirigeren.

De politiewagen vloog haar voorbij en bleef op de linkerbaan rijden. Terwijl ze zag hoe de zwaailichten door de omgeving werden opgeslokt, bonkte haar hart in haar keel. Haar mond was kurkdroog en haar keel voelde als schuurpapier. Ze nam snel een slok van de energiedrank.

Even later passeerde ze de snelheidsduivel die door de politie was aangehouden. In het spookachtige decor van zwaailichten en zaklantaarns zag ze twee jongemannen wijdbeens tegen de voorkant van de sportwagen staan. Terwijl de agenten hen fouilleerden, hielden ze hun handen stijf op de motorkap.

Heleen reed door. Ondanks dat het haar nu wel duidelijk was dat de politie nog geen rol speelde, bleef ze nerveus.

Ergens aan de horizon loerde het gevaar. Wie daar aan de touwtjes trok, wist ze niet. Hierover nadenken had nu geen zin. Lichamelijk en geestelijk was ze op. Ze zette de radio aan. Het was drie uur 's nachts. Tot aan de grens zou ze luisteren naar vertrouwde rocksongs en onbekende chansons. Haar hoofd moest leeg. In Spanje zou ze meteen een slaapplaats zoeken. Uitrusten, in de middag opstaan, een fatsoenlijk maal eten en dan pas proberen te evalueren. Ze zou de volgende confrontatie in Blanes aangaan. Morgen. Luid begon ze met Oasis mee te zingen.

26

Blanes kwam 's avonds langzaam op gang. Gearmde stelletjes en groepen jongeren slenterden over de boulevard. Verdiept in elkaar, uitbundig lachend of met een bewonderende blik op de Middellandse Zee gericht, genoten ze van het vakantiegevoel. Bij willekeurige eettentjes namen ze een korte pauze waarin uitvergrote menukaarten werden bekeken. Een enkeling liet zich door een vriendelijke ober overhalen om plaats te nemen. Het merendeel van de toeristen haalde echter de schouders op, knikte soms schaapachtig en liep door.

Heleen volgde het ritueel met afstandelijke interesse. Vanaf het terras van de ijssalon had ze vrij uitzicht op de boulevard van Blanes. De onbekommerde sfeer kon haar stemming niet opkrikken. Wat vooraf een fluitje van een cent had geleken, bleek in de praktijk een lastige klus te zijn.

IJssalon Torino was de derde tent die ze in anderhalf uur had bezocht. Evenals in de overige twee etablissementen was ze hier niet veel verder gekomen. De Italiaanse eigenaar, zijn Spaanse personeel en een lokale klant wisten niet waar Calle Albareda lag. Ze hadden er zelfs nog nooit van gehoord.

Heleen rekende af. Ze liet het ansichtkaartuitzicht voor wat het was en liep naar haar auto die twee straten verderop stond geparkeerd. Tijdens de korte wandeling liet ze een aantal mogelijkheden afvallen en overdacht haar volgende stap. Calle Albareda was geen bekende straat en lag niet in de toeristische zone, maar ze wist zeker dat hij bestond. De straat viel officieel onder Blanes.

Toen het Spaanse nummer op de display van Jorge Castellano's tele-

foon verschenen was, had ze ogenblikkelijk geweten wie haar zou kunnen helpen om het nummer te achterhalen. De grap van haar collega Esther over haar broer die de geheime nummers van Brad Pitt en George Clooney zo op zou kunnen zoeken, gaf plotseling een ingang waarover zij normaal gesproken nooit kon beschikken.
Nadat zij het appartement van Castellano had verlaten en zich veilig waande, had ze Esther gebeld. Ze hield het bewust kort en zakelijk. Ze kon zich nu niet veroorloven om uitgebreid antwoord te geven op de vragen die ongetwijfeld zouden komen.
Tot haar opluchting had Esther opgenomen en verbaasd maar adequaat gereageerd. Ze had meteen door dat Heleen dringend hulp nodig had en deed wat er werd gevraagd. Op het moment dat ze terug bij haar auto was, die nog in het centrum stond geparkeerd, ging haar mobiele telefoon over. Niels gaf het adres dat bij het telefoonnummer hoorde. Als bonus had hij ook de naam van degene die de telefoonrekening elke twee maanden betaalde. Romina Castellano. Het lag voor de hand dat ze familie van Jorge was. Ze had Niels hartelijk bedankt en de verbinding verbroken.

Heleen sloeg links af. Ze verliet de boulevard en liet de haven achter zich. Via het centrum van de stad belandde ze op een tweebaansweg. De uitgestrekte boulevard lag links van haar. Rechts wemelde het van de appartementenblokken die stuk voor stuk een logge en afgeleefde indruk maakten. Voordat de boulevard overging in rotspartijen sloeg ze rechts af op een rotonde. De buurt waarin ze reed was het walhalla voor jongeren. Broodje Piet, Patat van Ad en Snackbar Amsterdam, bruine cafés, Engelse pubs en discotheken waarvan de entrees en neonreclames aan een opknapbeurt toe waren, volgden elkaar in rap tempo op. De ranzige lucht van te vaak gebruikt frituurvet drong in haar neusgaten. Op straat liep een groepje jongens met ontblote bovenlijven. Ze aten patat uit een plastic bakje en dronken bier. De lege blikjes lieten ze achteloos op het trottoir vallen.

Heleen gaf gas. Hier moest ze snel vandaan. Toen ze het uitgaansgebied definitief achter zich had gelaten, stopte ze langs de kant van de weg. Ze moest nadenken hoe ze nu verder zou gaan. Op goed geluk rondrijden sloeg nergens op. Zo kwam ze er nooit. Ze had gehoopt op een stadsplattegrond, maar daar hadden ze hier dus nog nooit van gehoord. De verkeersborden en bewegwijzering naar toeristische plekken van Blanes waren de enige aanwijzingen. Na een kwartier zoeken had ze het opgegeven.
Misschien zou ze een plattegrond kunnen kopen. Er waren talloze winkeltjes, maar een kaart van de stad was niet te krijgen. Daarvoor was Blanes te klein, legde een enkele verkoper uit. Het gros van zijn collega's nam hiervoor niet eens de moeite en keek haar aan alsof ze van een andere planeet kwam. Misschien dat ze het bij een hotel moest proberen.
Die bleken vaak niet meer dan een foldertje te hebben waar alleen het centrum van het stadje op stond. Ze baande zich door drommen zwetende toeristen een weg naar buiten.
Overheidsinstellingen waren op dit tijdstip gesloten. Het aanspreken van een agent had ze wel overwogen, maar daar had ze uiteindelijk van afgezien. Dat was toch een te groot risico. Wat restte was een zoektocht door de buitenwijken van Blanes. Rond het toeristische centrum lagen heuvels waarop villa's stonden. Op het eerste gezicht waren het er honderden, zodat ze op intuïtie een keuze moest maken. Ze besloot aan de noordkant te beginnen.
Het centrum ging naadloos over in een buitenwijk die werd gekenmerkt door hoogbouw. Alleen waren de flats hier iets verder uit elkaar gebouwd dan de toeristenblokken. Ze bereikte een kleine weg die naar een gebied met droge sparren leidde. Op de kruising vlak voor haar stond een echtpaar van middelbare leeftijd. Ze zagen eruit alsof ze uit de buurt kwamen. De vrouw hield een mobiele telefoon tegen haar oor geklemd en sprak in rap Spaans. De man keek ongeïnteresseerd voor zich uit. Hij vond al dat moderne gedoe duidelijk maar niks.

Heleen zette haar auto langs de kant van de weg en stapte uit. Ze knikte beleefd naar de man die haar argwanend bekeek. Toen ze het adres noemde en met handgebaren probeerde uit te leggen dat ze was verdwaald, vertrok er geen spier in zijn gerimpelde gezicht. Hij bleef haar enkele seconden aankijken, waarna hij zijn hoofd opzij draaide.
'*Callate*!' gromde hij tegen zijn kakelende vrouw. Ze was totaal niet onder de indruk van de uitbrander, want ze ratelde gewoon door. Wel deed ze twee stappen achteruit, wat voor haar echtgenoot een soort overwinning was in een jarenlange oorlog die hij nooit zou winnen. Hij knikte kort naar Heleen, waarna zij het adres nogmaals noemde.
Tot haar verbazing wees hij naar een van de heuvels. De uitleg moest hij driemaal herhalen voordat zij begreep wat hij bedoelde. Weg volgen, tweede afslag rechts, eerste links. Tenminste, dat had zij eruit opgemaakt.
Ze bedankte de man en liep terug naar haar auto. Eenmaal op weg, keek ze snel in haar achteruitkijkspiegeltje en zag hoe hij nog steeds op dezelfde plek stond. Zijn vrouw weer pal naast hem. Druk pratend in de mobiele telefoon.

27

Calle Albareda was een zandpad dat vanaf de geasfalteerde weg naar boven slingerde. Ongeveer in het midden van de heuvel lag nummer 5. De huizen aan dit weggetje waren geen villa's. Het was een pand zonder franje waarvan je het idee kreeg dat het was weggerukt uit een straat met rijtjeshuizen. De locatie was wel de moeite waard. Vanuit de kleine voortuin had je een panoramisch uitzicht op Blanes en de Middellandse Zee. De achtertuin lag verborgen achter het huis en het woud van naaldbomen waarmee deze omgeving was vergeven.

Heleen was een stukje doorgereden en had haar auto in de zanderige berm geparkeerd. Ze wilde even de tijd nemen om zich op te laden. Meteen uitstappen en aanbellen zou te argeloos zijn. Ze moest zich voorbereiden op de ontmoeting met de vrouw.

Ze voelde zich redelijk fris, maar nog niet scherp genoeg. Voordat ze dat huis binnenging wilde ze in balans zijn. Zelfverzekerd. Moedig.

Ze was vanmorgen rond zes uur de grens gepasseerd. Bij het eerste motel had ze een kamer genomen. Hoewel het duizelde in haar hoofd, was ze toch betrekkelijk snel in slaap gevallen. Acht uur later schepte ze haar bord vol met de meest appetijtelijk uitziende salades van het buffet, dronk mineraalwater en constateerde dat ze langzamerhand weer veranderde van een zombie in een mens.

Na een langdurige douche had ze zich omgekleed, de auto gestart en de eerste afslag van de snelweg genomen. Tien minuten later zat ze op het terras van een restaurant waarvan ze de naam niet kende, met uitzicht op de stokoude kerk van een onbekend dorp. Onder het genot van sterke koffie had ze de gebeurtenissen van gisteren in alle rust overdacht.

Jorge Castellano was in paniek geraakt. Hij was overvallen door haar bezoek en had haar bijna vermoord. Hij had dus iets te verbergen. En het ging niet om iets onschuldigs.
Cruise, Gautier, homo's, verzekeringsgeld, Castellano, drugs. Maar waar paste Frank, háár hoofdpersoon, in dit rijtje? Zijn connectie was op z'n minst dubieus te noemen. Zijn dubbelleven was een farce, bestond alleen op papier. Hij was geen homo. Uitgaande van Bernadette's waarnemingen, kon je zelfs stellen dat hij nog nooit een voet in het appartement van Gautier had gezet. Toch stond zijn handtekening onder het samenlevingscontract...
Maar dat geld van die verzekering... Fraude. In die hoek moest ze het blijkbaar toch zoeken. Frank was in een situatie verzeild geraakt en had zich daarin laten meeslepen. Het zou een hoop verklaren over die verzekeringsonzin, de dood van Gautier die te veel wist en Castellano's reactie. Mocht dit de waarheid zijn, dan moest ze ervan uitgaan dat Frank dood was. Vermoord en overboord gezet door Jorge Castellano.
Stel dat Frank toch nog leefde. Dat hij wellicht de grote initiator van deze zwendel was geweest. Maar dan klopten de feiten niet. Het hele schip was doorzocht. Hierdoor was het onmogelijk dat hij zich nog aan boord had bevonden. Als hij tijdens de trip met een sloep van boord was gegaan, had de bemanning dit ongetwijfeld opgemerkt. Een duik in de Middellandse Zee zonder drijfmiddelen en zicht op de kust was onzin. Op voorhand was duidelijk dat niemand dit zou overleven.
Misschien was Jorge Castellano een moordenaar. Er bestond een band tussen hem en Vincent Gautier en die was aan een overdosis drugs overleden. Als zij zich niet had verweerd, was ook haar dit lot ten deel gevallen. Castellano de moordenaar, maar niet de spil. Daarvan was ze zo goed als zeker. Op het moment dat zij in de kelder zat, had hij niet geweten wat hij moest doen. Daarom had hij gebeld. Rechtstreeks naar de baas? Castellano's emotionele geschreeuw had als een uiting van vrees en tegenzin geklonken. Hij wilde geen vrouw vermoorden, maar werd hiertoe door zijn meerdere gedwongen.

Zo zou het gegaan kunnen zijn. Of niet, daarvoor was de taalbarrière te groot geweest. Ze had eigenlijk geen flauw idee wat Castellano precies had gezegd. Hij had gesproken met Romina Castellano. Zijn moeder, zus, nicht, oma of vrouw, iemand die boven hem in de familiehiërarchie stond. Een van de eerste drie mogelijkheden leek het meest waarheidsgetrouw. Heleen opende het portier. Terwijl ze naar het huis liep, spande ze onbewust haar spieren. Dit lieftallige optrekje was voor haar meer het hol van de leeuw. Ze opende het tuinhekje en drukte op de bel.

28

De vrouw die de deur opende was een klassieke schoonheid. Ze had halflang zwart haar, hoge jukbeenderen, gitzwarte ogen en een olijfbruine huid. Ze droeg een spijkerbroek en een wit truitje dat haar stevige borsten accentueerde. Heleen constateerde dat deze vrouw lompen kon dragen en er dan nog oogverblindend uit zou zien.

'Hallo, Heleen,' zei Romina Castellano meteen in het Engels en met een mysterieuze glimlach die haar witte tanden even liet schitteren. 'Kom verder.'

Heleen stapte de hal binnen. Ze was overrompeld door deze ontvangst, maar hield haar neutrale gezichtsuitdrukking vast. Gewoon het spel meespelen tot zich een mogelijkheid voordeed om het naar haar hand te zetten. Romina ging haar voor. Ze knikte kort naar het verlengde van de woonkamer.

'We gaan naar de tuin. Ik wil je voorstellen aan Fernando en David.'

Heleen nam haar tijd. De vriendelijke, bijna ongedwongen uitstraling van deze vrouw moest toneelspel zijn. Romina was op de hoogte van haar komst en had deze ontvangst voorbereid. De schuifpui gaf toegang tot een diepe tuin. Het terras dat aan de woonkamer grensde was van donkerrood marmer. De vier afgetrapte stoelen en een wankele tafel maakten een wat armoedige indruk. Tussen de bomen en struiken door zag Heleen dat aan het eind van de tuin een houten schuurtje stond.

'Ga toch zitten,' zei Romina overdreven vriendelijk. Voordat Heleen de kans kreeg te antwoorden dat zij hier niet voor de gezelligheid was gekomen, bewoog er iets achter een struik. Een klein ventje kwam op haar afgelopen.

'Dat is mijn zoon David,' meldde Romina. 'Hij is drie jaar oud en vindt het heerlijk om 's avonds in de tuin te spelen. Dan is het lekker koel.'
David keek Heleen schichtig aan en liep met gespreide armen naar zijn moeder.
'Mama.' Hij was schattig. Romina tilde hem op.
'Dit is Heleen, David. Wees eens beleefd en zeg haar gedag.'
David had zijn gezichtje in Romina's schouder gedrukt en leek niet van plan om aan de wens van zijn moeder te voldoen. Zijn nieuwsgierigheid won het echter van zijn schuchterheid. Hij tilde zijn hoofd op en keek Heleen aan met een schuine blik.
'*Hola*,' fluisterde hij verlegen.
'Hallo, David...' De zin die ze in het Engels wilde zeggen bleef in haar keel steken. Gebiologeerd keek ze naar het lieve gezichtje van het driejarige jochie. Dit was geen volbloed Spaans kind. Zijn haar was donker maar het pigment van zijn huid was beduidend lichter dan dat van zijn moeder. Wat Heleen echter volledig in een greep hield waren zijn ogen. Die herkende ze. De oogopslag trok haar terug in het verleden.
'Ga maar in je kamer spelen,' zei Romina. Ze draaide zich om en zette David weer op de grond.
'Mama komt zo.'
Heleen probeerde nog een blik in de ogen van het kind te werpen. Die werd haar niet gegund, omdat het kleine mannetje rechtstreeks de woonkamer inliep, waardoor ze hem alleen van achteren kon zien. Voordat ze het speciale moment van zojuist op zich kon laten inwerken, werd haar aandacht getrokken door het gepiep van scharnieren. De deur van het tuinhuisje werd geopend. Een forse man met een grijze baard en donkere zonnebril liep rustig haar kant op. Onder zijn baseballpet zat een warrige, grijze haardos waarvan de weerbarstige punten alle kanten opstonden. Hij droeg een driekwart broek en een flanellen overhemd waaronder de contouren van een flinke buik zichtbaar waren.
Enkele meters van het terras vandaan hield hij zijn pas in. Hij deed zijn pet en zonnebril af, keek haar recht aan en glimlachte breeduit.

'Dag, Heleen.'

Haar hartslag stopte. Haar mond zakte halfopen. De ontzetting sloeg door op haar spieren die verstijfden. Bewegingloos keek ze naar haar echtgenoot die een metamorfose had ondergaan.

'Frank?' was het enige wat ze wist uit te brengen. Ze voelde een stekende pijn en daarna niets meer.

29

'Het spijt me dat Romina je nogal hard heeft geraakt,' sprak Frank op een sussende toon. Terwijl hij dit zei, flitste zijn blik van de weg voor hem naar het achteruitkijkspiegeltje. 'Spanjaarden zijn nu eenmaal een heetgebakerd volkje die in hun emoties dingen doen waarvan ze later spijt hebben.'

Hij haalde zijn rechterhand van het stuur en maakte een gebaar dat een verontschuldiging moest voorstellen.

'Het was niet de bedoeling om je pijn te doen. Jij bent al genoeg gekwetst. Helaas had Romina zichzelf even niet onder controle.'

Heleen zag hoe ze Blanes binnenreden. Stralen van de eerste neonreclames verkenden regelmatig de motorkap van de auto. Het geluid van buiten drong als een dof geruis tot de achterbank door. Naast een apotheek hing een klok die aangaf dat het bijna middernacht was.

'Waar gaan we heen?' wilde Heleen weten.

'Ergens waar we rustig kunnen praten.'

Een pijnscheut schoot van haar achterhoofd naar haar nek. Ze beet op haar lip. De bult klopte als een bezetene. Spaans pokkenwijf, dacht ze.

Ze was in het schuurtje bij kennis gekomen. Het was er benauwd geweest en de deur had op slot gezeten. Omdat er niet één straaltje licht naar binnen kwam, had ze geen idee van de tijd gehad. De confrontatie met Frank had een shock bij haar veroorzaakt. Ze werd overmand door emoties. Opluchting dat ze hem gevonden had, levend. Woede om wat hij haar had aangedaan. Onbegrip over de reden van zijn verdwijning en angst voor wat er zou gaan gebeuren.

In een jaar tijd was Frank veranderd van een sportieve man in een paro-

die op een Canadese houthakker. Hij had zijn haar en baard laten groeien, had het grijs geverfd en was zeker twintig kilo aangekomen. Hij was een ander personage geworden en bedroog dus toch de boel.
Wie was Romina? En kleine David, haar zoon. Hij had de oogopslag van Frank... Was hij gewoon opnieuw begonnen? Maar de jongen was al een jaar of drie...
Ze waren op de hoogte geweest van haar komst. Jorge Castellano had hen gewaarschuwd. Het enige voordeel hiervan was dat hij dus leefde, wat haar weer vrijwaarde van een aanklacht voor moord. Een aanklacht voor moord? Alsof ze niets anders had om zich druk over te maken!
Ze reden parallel aan de boulevard, in de richting van de haven. In het langsrijden herkende ze plekken waar ze enkele uren geleden had gelopen en gereden. Op wat stelletjes na, was het erg rustig. In dit gedeelte van Blanes liep het rond middernacht op z'n einde. Aan de andere kant van de boulevard, waar het wemelde van cafés en disco's, moest de echte drukte nog op gang komen.
'Waar is mijn handtas?'
Frank schudde vol ongeloof met zijn hoofd.
'Hoe verzin je zo'n vraag? Typerender voor de merkwaardige gedachtewereld van een vrouw kan haast niet. Jouw handtas ligt natuurlijk bij ons thuis. Als we straks terugkomen krijg je hem weer terug.' Hij grinnikte.
Heleen keek strak voor zich uit. De woorden 'bij ons thuis' dreunden in haar hoofd door.
Ze voelde paniekscheuten in haar buik. Waar wilde hij naartoe? Als ze wisten dat zij kwam, hadden zij ook aan Castellano de opdracht gegeven haar te vermoorden. De man die zo nonchalant probeerde over te komen was niet te herkennen als de echtgenoot met wie ze jarenlang gelukkig was geweest. Wat was hier in godsnaam aan de hand? Onwillekeurig omklemden haar vingers het portier. Ze moest hier weg. Helder denken was onmogelijk. Ze trok aan de hendel van de deur. Het portier bleef echter gesloten.

‘Hij zit op het kinderslot, Heleen,’ zei Frank achteloos. ‘Maak je niet zo druk. Er gebeurt je helemaal niets. Die klap op je hoofd was een misverstand. Vertrouw me, we gaan zo in alle rust praten en daarna ben jij vrij om te gaan en te staan waar je wilt.’

Heleen zweeg. Paniek maakte plaats voor woede. Vertrouw me, had hij durven zeggen! Dit sloeg werkelijk alles. Toch besloot ze om zich nog even koest te houden. Meegaand. Hierdoor zou hij nonchalant kunnen worden en zou ze toe kunnen slaan. Aan het eind van de boulevard sloeg Frank rechts af. Ze kwamen bij een pleintje waaraan een terras lag. De zaak was gesloten. Het enige licht in deze hoek kwam van straatlantaarns en een gevelreclame. Het groene neon meldde de naam CAN FLORES 2.

Vlak voor een parkeerterrein maakte Frank een scherpe bocht naar rechts. Twintig meter verder remde hij af. Ze stonden stil voor een kleine slagboom. Ernaast stond een paal waaraan een rode vlag met een wit kruis wapperde. In het schijnsel van de karige verlichting zag ze even verderop een bord staan waarop in witte letters CLUB VELA BLANES was geschreven.

Frank haalde een kaartje uit zijn borstzakje en stopte dit in de gleuf van het toegangssysteem. De slagboom ging omhoog. Frank stopte het kaartje weer terug en parkeerde de wagen naast een steiger. Hij drukte gelijktijdig op twee knoppen, waardoor het kinderslot en de kofferbak werden ontgrendeld. Hierna stapte hij uit en liep naar de achterkant van de auto. Toen de kofferbak weer sloot, zag Heleen dat hij een oranje windjack droeg. In zijn hand hield hij een soortgelijk kledingstuk.

‘Trek aan, capuchon over je hoofd.’ Ze stapte uit en deed wat hij vroeg. Verzet had nu geen zin. Het was hier verlaten en Frank was haar met spierkracht de baas. Hij legde onverwachts zijn rechterarm om haar schouder en trok haar met zich mee. Mocht een buitenstaander hen zien, dan suggereerde het beeld dat er twee verliefden door de haven slenterden.

Ze liepen over een houten brug die de verbinding vormde tussen de kade en de hoofdsteiger. Tien meter verder wees Frank naar de achtersteven van een schip dat in de lengte aangemeerd lag. Hij maakte een uitnodigend gebaar met zijn arm.

'Stap aan boord. We gaan een stukje varen.'

30

De kajuit was klein. Aan weerszijden van de smalle doorgang die naar het vooronder leidde, waren twee zitplaatsen gemonteerd. Zij zat aan de bakboordkant en leunde tegen een plastic schuifraam dat op een zonnige dag meer licht in het ruim bracht. Ook aan stuurboordzijde was de originele patrijspoort vervangen door deze moderne variant.

Frank stond op het dek achter het stuurwiel. Hij manoeuvreerde het schip met een slakkengangetje uit de haven. In dit beschutte gedeelte waren nauwelijks golven, zodat het voelde alsof ze op een rimpelloos meer dobberden. Heleen keek naar buiten en zag nergens activiteit. Blijkbaar waren zij de enigen die op dit tijdstip uitvoeren.

Frank drukte op de zendknop van de marifoon en begon in vlot Spaans te spreken. Het antwoord van de havenmeester volgde vrijwel direct. Frank reageerde met een kort '*Vale*' en hing de marifoon weer in de houder van de zendapparatuur. Hij glimlachte zelfingenomen.

Ondanks zijn razendsnelle uitspraak, had zij twee woorden uit de Spaanse brei kunnen opmaken. *Jefa* en iets wat sterk leek op *romantica*. *Jefa* betekende letterlijk chef in de vrouwelijke vorm. Het was eveneens een verbastering van 'mijn vrouw', wat mannen onderling lacherig gebruikten om de verhoudingen in de relatie aan te geven. Dit had ze in Mallorca opgevangen en ze had toen nota bene nog aan Frank de betekenis gevraagd. Met een beetje fantasie bedacht ze dat hij daarnet zoiets gezegd had als: 'Ik ga een romantisch tochtje met mijn vrouw maken.'

Haar laatste restje hoop over zijn rol in het geheel werd aan het wankelen gebracht. Haar vingertoppen gleden van de dunne richel waaraan ze zich zo krampachtig had vastgeklampt. Het kon nog steeds zijn dat Frank buiten zijn toedoen in deze zaak was meegesleept. Elk bewijs, hoe sterk dat op papier ook mocht zijn, kon de herinnering aan hun huwelijk niet wegvagen. Daarom was ze ook op zoek gegaan naar de waarheid. Voor haar eigen gemoedsrust en om zijn naam te zuiveren.

De confrontatie met Jorge Castellano had iets over de situatie duidelijk gemaakt. Het ging om heel veel geld. Castellano en Gautier hadden een pact gesloten. De Spanjaard bleek later een marionet en de Fransman stierf aan een overdosis. Op de een of andere manier was het verzekeringsgeld door een derde partij in veiligheid gesteld.

Hoe Frank in dit alles verzeild was geraakt, bleef de grote vraag. In het begin van haar reis had ze de stellige overtuiging gehad dat hij dood was. Overboord geslagen en verdronken. Op weg naar Spanje was ze daar niet meer zo zeker van geweest. Hoe onwaarschijnlijk ook, ze had nog steeds een laatste sprankje hoop gehad op een hereniging met hem. Nu hij bleek te leven zou hij een solide verklaring moeten geven voor deze absurde situatie. Het was onmogelijk dat zij zich al die tijd in Frank had vergist. Ondanks de feiten die in zijn nadeel spraken, was zij ervan overtuigd geweest dat hij erin was geluisd. Tot nu.

Frank voerde de snelheid op, het gebrom van de dieselmotoren werd krachtiger. Ze voeren langs stapels rotsblokken die een artificieel rif vormden. Rode lichten die regelmatig knipperden, waarschuwden de in- en uitvarende schepen voor het ruige obstakel. Heleen keek naar de lichtjes en realiseerde zich dat ze een grote fout had gemaakt om zonder verzet op deze boot te stappen. Toch bleef ze ijzig kalm. Het werd haar nu duidelijker.

Frank was het brein achter deze hele operatie. Met of zonder een partner. Waarschijnlijk met. Hoe hij tot deze waanzinnige stap was gekomen, zou ze straks van hem horen. De man aan het roer was niet de Frank uit haar herinneringen. Het was een vuile schoft.

De oogopslag van de kleine David had het belangrijkste deel van het verhaal verteld. Hij was Franks zoon. Genen verloochenen zich niet. Hun liefste wens toen ze nog samen waren, een kind, was nooit in vervulling gegaan. In de tuin had ze gezien hoe dit litteken in Franks leven was geheeld. Door David. De constatering verlamde haar. In plaats van uit te barsen in een woedeaanval, had ze gesmacht naar een reddingsboei toen ze het kind had gezien. Hulp van Frank. Het werd een dolksteek in haar rug.

'Vertel me de waarheid.'

Frank ontweek haar blik.

'Daar zitten ook minder fraaie stukken tussen,' antwoordde hij even later.

'Ik kan inmiddels wel wat hebben.'

Hij knikte begrijpend en boog zijn hoofd enkele centimeters naar voren. Was het schuldgevoel?

Heleen keek met een schuin oog naar de subtiele verandering in zijn lichaamstaal. Ook dit moest toneelspel zijn. Evenals zijn sussende toontje in de auto en de haven. De verontschuldigingen over Romina's actie, de geruststellende woorden dat haar niets zou overkomen, zijn bijna schuchtere gedrag… het hoorde allemaal bij het spelletje dat hij speelde. Zijn enige zorg was nu dat zij zonder tegenwerking meeging. Hij was iets van plan, bracht haar ergens naartoe. Tot die tijd speelde hij de rol van de man van wie ze zo had gehouden. De liefde van haar leven.

Heleen zag hoe de rode knipperlichtjes kleiner werden. Ze koersten naar open zee.

Dit werd allesbehalve een romantisch tochtje. Onbewust klemde ze haar kaken op elkaar. Ze was er klaar voor.

31

'Ik heb Romina vijf jaar geleden ontmoet,' zei Frank. 'Ze werkte sinds enkele weken als secretaresse voor de directeur van een hotelketen waarmee ik regelmatig zaken deed. En het was liefde op het eerste gezicht.'

Hij zuchtte nogal theatraal. 'Dat had dus niets met onze relatie te maken, Heleen. Die was uitstekend. Het overkwam me gewoon.'

'Dat kan ik wel begrijpen,' antwoordde ze op gekwetste toon. 'Dat hoor je wel vaker.' In de afgelopen minuten had Heleen bedacht hoe ze zich hieruit moest zien te redden. Om geen argwaan te wekken, had ze zich een timide houding aangemeten. Zo kende hij haar ook. Als het naïeve huisvrouwtje. Frank knikte.

'Ik had toen meteen open kaart moeten spelen. Maar ja, dat zijn van die wijsheden achteraf.'

Zijn zucht overstemde even het gestamp van de dieselmotoren.

'We kregen dus een verhouding. Romina was al twee jaar gescheiden. Zij had een huwelijk van vijf jaar achter de rug. Kinderloos.'

Hij liet even zijn blik op de nautische instrumenten voor hem rusten en ging verder.

'Omdat onze verhouding op z'n minst gezegd gevoelig lag, besloten we het geheim te houden. Ik wilde jou niet kwetsen, Romina en ik hadden min of meer een zakelijke relatie en bij haar familie stonden de traditionele waarden hoog in het vaandel. Ik regelde via mijn werk dat de secties Costa Brava en Balearen geheel onder mijn verantwoordelijkheid vielen. Hierdoor moest ik me meer concentreren op de hotelketens die in dat gebied hun hoofdkantoren hebben. Dat maakte het voor mij een stuk eenvoudiger om het werk te combineren met meer tijd voor Romina.'

Heleen keek bedeesd voor zich uit. Ze werd misselijk van zijn verhaal. Zonder dat het zichtbaar was, zocht ze naar een uitweg.

'Romina raakte in verwachting. Een gebeurtenis met verstrekkende gevolgen. Ons leventje zoals we dat kenden was over. Het werd de omgekeerde wereld: problemen overschaduwden steeds meer de momenten van geluk waarvan wij steeds minder konden genieten. Uiteindelijk kwam Romina met een briljant idee. Tenminste, zo keken wij er toen tegenaan. Nogmaals, ik had in elk geval naar jou toe open kaart moeten spelen. Daarvoor bied ik mijn excuses aan.'

Heleen kon hem wel wurgen. Excuses. Het viel niet te excuseren dat hij haar leven kapot had gemaakt!

'Aangezien Romina haar zwangerschap aan haar familie, haar omgeving en haar werkgever moest verklaren, bedacht ze de persoon Fernando Calventes. Hij was een Spaanse ingenieur die negen maanden per jaar in het buitenland verbleef. Zij had hem ontmoet tijdens een personeelsfeestje in Barcelona en van het een kwam het ander. Hiermee haalde ze gedeeltelijk de druk van de ketel. Haar conservatieve ouders vonden het maar niets. Na haar scheiding was ze opeens zwanger van een wereldreiziger. Ze zeiden het niet hardop, maar in hun hart vonden ze het een schande! De introductie van Calventes bracht veel sores met zich mee. Voor mij was het onmogelijk om voor de buitenwereld die rol op me te nemen. Hierdoor veranderde ons samenzijn in Blanes in stiekeme ontmoetingen op de meest uiteenlopende plekken. Wat het hoogtepunt van onze liefde moest zijn, werd een dieptepunt. Ik kon niet bij de bevalling van mijn zoon aanwezig zijn.'

Heleen had zich voorbereid op een verhaal van deze strekking. Ze wist dat David zijn zoon was. Maar het hem horen zeggen kwam toch hard aan. Ze had er niet bij stil gestaan dat het onmogelijk was om je tegen bepaalde emoties te wapenen. Met zijn relaas over zijn verhouding en de zwangerschap, was Frank op haar ziel gaan staan en had deze ver-

pulverd. Ze was misselijk, maar voelde zich ook leeg. Zij had enkel de scherven van het verleden, terwijl hij aan een nog mooiere toekomst werkte. Het verdriet was overweldigend. Ze voelde een pijn die ze nog nooit had gevoeld.
'Gaat het?' wilde Frank weten.
'Ik overleef het wel,' antwoordde ze. Het gebonk van de motoren overschreeuwde de lichte trilling in haar stem.
Hij sloot even zijn ogen en schudde zachtjes met zijn hoofd. Hij kreeg opeens iets kwetsbaars.
'Het spijt me, Heleen. Niet van mijn liefde voor Romina of Davids geboorte, maar van mijn handelwijze. Ik was er toen van overtuigd dat het de zaken enkel op de spits zou drijven als ik het je zou vertellen. Dat jij het niet zou kunnen accepteren dat ik op een andere vrouw verliefd was geworden. Als ik er voor de zoveelste keer over nadacht om het je te vertellen, werd ik meteen getroffen door angstaanjagende beelden. Dan zag ik jou tieren, vloeken en huilen. De consequenties die het met zich mee zou brengen vond ik beangstigend. En dan besloot ik het maar weer uit te stellen. Het bleek een vicieuze cirkel waaruit ik niet meer kon ontsnappen. Uitstel werd afstel.'
Hij maakte een hulpeloos gebaar met zijn hand.
'Toen Romina in verwachting raakte, werd ik overvallen door een dubbel gevoel. De enorme vreugde van het vaderschap kende een donkere zijde. Ons verleden, begrijp je? Dat woog zwaar op mijn schouders. Hoe moest ik jou in godsnaam vertellen dat ik een kind had verwekt bij een andere vrouw? Dat zou onmenselijk zijn geweest. Een enorme klap na al die jaren waarin wij hadden geprobeerd om zelf kinderen te krijgen. Die afschuwelijke confrontatie durfde ik gewoonweg niet aan.
Ik had me dus in een positie gemanoeuvreerd waarin het eigenlijk onmogelijk was om jou nog onder ogen te komen. Vanaf dat moment leefde ik constant met een masker. Daarmee verborg ik de schaamte voor mijn gedrag.'
Er viel een stilte.

32

‘Het jaar daarop overleden Romina’s ouders kort na elkaar,’ ging Frank even later verder. Heleen had het in de stilte die hij daarvoor had laten vallen wel uit willen gillen. Had het nou verdomme wel gezegd! Alsof ik door dit stiekeme gedoe niet door een veel grotere hel ben gegaan! Maar ze had haar mond gehouden, deels van haar stuk gebracht door zijn schuldbekentenis, deels door de verwarring of hij die schuldbewustheid nu speelde of niet.

‘Het was voor haar een zware periode. Ze was weer aan het werk gegaan waardoor ze weinig tijd met David kon doorbrengen. Ze bracht hem ’s morgens naar de crèche en haalde hem laat in de middag weer op. De avonden bracht ze meestal achter haar computer door terwijl David lag te slapen. Van haar familie hoefde ze niet veel steun te verwachten. Haar broer Jorge was een vreemde flierefluiter met wie ze af en toe contact had, en met haar zus Ana sprak ze al jaren niet meer. Sinds hun jeugd konden die twee slecht met elkaar overweg. Alleen op de begrafenis van hun ouders hebben ze enkele woorden gewisseld.

Wij moesten het doen met ontmoetingen op wisselende tijden en plaatsen. Soms werd het ons teveel en reed ik naar Blanes. Daar parkeerde ik mijn auto in een andere straat, liep naar haar huis en sloop via de achterdeur naar binnen. Maar dat konden we niet langer in stand houden. Er moest wat veranderen.’

Heleen had haar emoties weer een beetje onder controle. Voorzichtig keek ze rond, op zoek naar een uitweg. ‘Een twintig jaar oude kruiser,’ zei Frank die blijkbaar toch iets van haar speurende blik had meegekregen. ‘Inboedel van de erfenis. Jorge koos voor de bankrekening, wat

weinig voorstelde, en Ana nam als aandenken wat spulletjes van haar ouders mee.'
'Het engeltje dat omringd wordt door corrupte familieleden,' reageerde Heleen cynisch.
Frank lachte gemaakt. 'Zij is de enige van de familie die je niet kent. Misschien dat we een ontmoeting met Romina, Ana en Jorge moeten regelen. Wat een reünie zou dat zijn.'
'Dus Jorge Castellano is haar broer. Dat vermoeden had ik al.'
Frank checkte uitgebreid zijn instrumenten. Hij veranderde van koers. Met zijn handen maakte hij een demonstratieve beweging naar rechts. Heleen zag dat zijn handen over het stuurwiel gleden, waardoor het rad zelf niet of nauwelijks werd beroerd. Hierdoor bleef het schip min of meer op dezelfde koers. Het was puur een afleidingsmanoeuvre waarmee Frank tijd wilde winnen. Hij wilde haar koest houden door het verhaal te rekken. Ergens op de Middellandse Zee waar niemand hen opmerkte zou haar leven eindigen.
'Tijdens een telefoongesprek tussen hem en Romina, bleek een van zijn opmerkingen goud waard te zijn. In die tijd bedachten Romina en ik duizend en één ideetjes waarmee we ons leven een positieve wending konden geven. Alles kwam voorbij, van een snackbar op de boulevard tot het beroven van een bank. Toen Romina tussen de meest waardeloze ingevingen door het gesprek met Jorge aanhaalde, begon heel langzaam het balletje te rollen.'
Het ging Heleen te traag. Ze zag hoe de rode lichtjes inmiddels in speldenknopjes waren veranderd. Het duurde niet lang meer voordat ze uit het zicht waren verdwenen. Ze moest het gesprek versnellen, want zonder referentie van het vasteland was ze helemaal kansloos.
'Laat me raden, Jorge bracht Vincent Gautier ter sprake. Een oude nicht die stapelgek op hem was. Jullie zagen opeens mogelijkheden om via Gautier jullie slag te slaan. De verzekering oplichten, bijvoorbeeld.'
Frank glimlachte meewarig.
'Jorge gaf onbedoeld een voorzetje. Het was een terloopse opmerking

over een vermeende verzekeringsfraude van een homostel uit zijn kennissenkring. Tijdens een vakantietrip had een van hen een waardevolle ring verloren. Jorge vertelde dat hij hen ervan verdacht de ring ergens verpatst te hebben of iets dergelijks. De verzekering keerde uit.
Dit verhaal zette ons aan het denken over hoe ik uit mijn leven kon verdwijnen en voortaan zorgeloos bij Romina kon blijven, zonder ons druk te hoeven maken over geld. In het begin spraken we er een beetje lacherig over, later werd het pas serieus. Verzekeringsfraude was geen gek idee. Er zijn maanden van denkwerk en voorbereiding aan vooraf gegaan. Een goed plan hebben is één, het daadwerkelijk uitvoeren ligt gecompliceerder.'
Heleen voelde haar woede ontvlammen. De arrogante kwast. Zo vol van zichzelf. Als je niet beter wist, zou je denken dat hij naar een complimentje hengelde. Toch moest ze in zijn lijn meegaan. Gekwetst, maar zonder zichtbare agressie. Ze mocht hem geen aanleiding geven om scherper te worden dan hij al was. Haar enige kans leek een overrompeling. Frank was zo sterk als een beer.
'Daar kan ik me wel wat bij voorstellen,' zei ze. 'Gautier moest eerst warm gemaakt worden voor de deal. Toen hij instemde ontvouwde jij of Jorge het hele plan, wat inhield dat er een samenlevingscontract getekend moest worden.'
Frank knikte beamend. 'Kort door de bocht is het inderdaad zo gegaan. Er werden onderlinge afspraken gemaakt over de percentages van het te verwachten bedrag. Iedereen moest van tevoren weten wat er na afloop te verdelen viel. Toen we daar uit waren, werden de details ingevuld.'
'Je bedoelt dat jij een lening van twee ton afsloot om elke maand de hoge verzekeringspremie te betalen.'
'Ik wist dat jij erachter zou komen. Maar ik wist ook dat die maatschappij na mijn officiële verklaring van vermissing naar haar centen kon fluiten. Jij zou er achteraf niet mee worden belast en ik had het op dat moment keihard nodig om ons plan, onze toekomst in werking te zetten.'

'Je bent te goed voor deze wereld.' Ze schudde vol ongeloof met haar hoofd.

'Waarom al die heisa, Frank? Je had toch ook gewoon van me kunnen scheiden? Dat was een stuk minder omslachtig geweest.'

Hij sloot even zijn ogen, wreef met zijn vingertoppen over zijn oogleden en slaakte een diepe zucht.

'Onmogelijk, dat heb ik je daarnet proberen uit te leggen. Trouwens, een scheiding zou me ruïneren. Als ik er al met jou op een normale manier uit zou zijn gekomen, wat onwaarschijnlijk was, dan had mijn werkgever het nooit gepikt. Omtrent verhoudingen op de werkvloer bestaat geen misverstand. Dan volgt op staande voet ontslag. In dat geval zou ik dus daadwerkelijk in een friettent in Blanes eindigen. In loondienst, voor acht euro per uur.'

Na deze belachelijke verklaring wilde Heleen door. De tijd begon nu echt te dringen. Ze had een plan, maar wilde een antwoord op de vraag die al geruime tijd door haar hoofd speelde.

'Hoe ben je ongezien van het cruiseschip afgekomen?'

Frank keek recht voor zich uit de donkere nacht in. 'Dat ik ongezien het schip heb verlaten, lijkt me sterk. Daarvoor waren er teveel mensen in de buurt. Desondanks heeft niemand mij herkend als Frank Eldering.'

Hij haalde zijn schouders op.

'De simpelste ideeën zijn vaak het beste. Naast de Filippino's zijn er nog andere nationaliteiten werkzaam als purser, Jorge is daar een voorbeeld van. Nadat ik zogenaamd voor een wandelingetje onze hut had verlaten, heeft hij mij verstopt in het ruim. Ik had alle tijd om een purserpak aan te trekken, dat Jorge daar had verstopt. Toen we afmeerden in Barcelona, gaf hij mij een grote zak met vuilnis. Ik stopte mijn kleren bij het afval en volgde Jorge naar boven. De hele weg droeg ik de zak voor mijn borst, zodat mijn gezicht verborgen bleef voor beveiligingscamera's en passanten. Het foerageren was inmiddels in volle gang. Verse spullen erin, afval eruit. In de drukte liepen we rustig van de loopplank, niemand lette op twee pursers die vergeten vuilniszakken alsnog naar een havencontainer brachten. Eenmaal in de haven reed ik weg in een auto die Romina daar had geparkeerd. Jorge ging weer terug naar het schip.'

Heleen had genoeg gehoord. Ze had een goed beeld van de affaire, het plan en de uitwerking ervan. De ontbrekende puzzelstukjes konden haar gestolen worden.

Het was nu de hoogste tijd om haar eigen plan uit te voeren.

33

Het schuifraam was haar beste en enige kans. Achter haar lag het vooronder. Aangezien het overgrote deel van deze ruimte overkapt werd door de voorsteven, was een vlucht daarlangs onmogelijk. Daar zat ze als een rat in de val. Om via de achtersteven een poging te wagen was ook een slecht idee. In dat geval moest ze langs Frank.

'Eenmaal op het vasteland brak een vreemde tijd aan,' ging Frank verder. In zijn stem klonk een merkwaardige mijmering door. Alsof hij meer tegen zichzelf, dan tegen Heleen sprak.

'Enige weken voor onze cruise had ik een appartement geregeld in het toeristische Salou. Rechtstreeks van de eigenaar en vooruitbetaald. Toen ik eenmaal van het schip was, kon ik me daar schuilhouden terwijl ik aan mijn uiterlijke transformatie werkte.

Om zo min mogelijk op te vallen, mengde ik me 's middags onder de toeristen op het strand en bleef 's avonds in mijn appartement. De dagen sleepten zich voort. Ik hield me uitsluitend bezig met het krijgen van een serieuze teint over mijn hele lichaam en het vergaren van extra gewicht door middel van fastfood, dat ik met liters frisdrank wegspoelde. Met een minimum aan lichaamsbeweging had ik zo vijftien kilo extra te pakken. En ik liet vanaf de eerste dag mijn baard groeien. Toen het na twee weken ergens op begon te lijken, gebruikte ik de eerste kleurspoelingen. Voorzichtig, want het kon natuurlijk niet zo zijn dat ik van de ene op de andere dag grijs was. En ik verving mijn lenzen door een bril. Frank Eldering werd Fernando Cervantes. De juiste documenten voor mijn nieuwe alter ego had ik maanden geleden al op de zwarte markt geregeld.'

Heleen luisterde met een half oor. Ze concentreerde zich op haar uitvlucht. En ze moest een plan B hebben. De kans dat het hier uiteindelijk op uitdraaide, leek haar zelfs groter.

Terwijl Frank vertelde over zijn terugkeer naar Blanes als Fernando Cervantes, kwam Heleen razendsnel overeind. Met haar vingers drukte ze de schuif van het raam omhoog. Ze zette haar schouder tegen het glas en duwde tegen het raam. Er kwam geen beweging in, waardoor enkel haar schouder verschoof. Ze gleed een stukje door en kwam met haar bovenlichaam op het tafeltje terecht.

Frank keek haar vol minachting aan en knikte kort naar het sleutelbosje dat aan de contactsleutel van het schip hing.

'We openen de ramen alleen tijdens zomerse zondagmiddagtripjes.' Hij klonk als een schooljuffrouw. Heleen liet zich verslagen terugvallen op haar kleine zitplaats. Ze had gegokt en verloren. Tenminste, dat wilde ze hem voor even doen geloven.

'Daar had ik rekening mee gehouden,' antwoordde ze opmerkelijk strijdlustig. Terwijl haar woorden nog nagalmden, rolde ze naar achteren, trok haar benen op en strekte deze in een snelle beweging. De harde trap raakte het midden van het rechterraam van de schuifpui. De hakken van haar schoenen versplinterden het glas waarvan talloze stukken tegen de reling van het schip kletterden. Heleen trok haar benen weer op en kwam overeind. Zonder zich te bedenken, dook ze naar voren. Ze klapte met haar hoofd tegen de reling en zag even sterretjes.

Ze lag tussen de reling en de kajuit ingeklemd. Ze voelde glassplinters in haar lichaam prikken. Ze steunde op haar rechterzij en haar linkeronderbeen zweefde nog boven de schuifpui. Op het moment dat zij haar been wilde optrekken, voelde ze hoe Franks ijzeren greep haar linkerenkel omklemde. Na haar wanhoopsactie was hij de kajuit ingesprongen en had haar been te pakken gekregen.

'Hier blijven,' gromde hij tussen zijn opeengeklemde kaken.

Heleen bedacht zich geen moment. Ze gooide al haar kracht in de trap van haar rechterbeen, die hem vol op zijn wang raakte. Hij wankelde, waardoor hij zijn greep op haar enkel verloor. In een reflex greep Heleen de reling vast en trok zichzelf met uiterste inspanning omhoog aan de reling.

Voor iemand van zijn omvang overbrugde Frank snel de afstand tussen de kajuit en de achtersteven. Hij duwde de gashendel naast het stuurwiel in de neutrale stand. Het doordringende geluid van de stampende dieselmotoren veranderde in een regelmatig gebrom. Hij liep door naar de reling aan bakboordzijde. Via het gangboord kwam hij stap voor stap naderbij. Toen ze nog maar twee meter van elkaar waren verwijderd, bleef hij opeens staan.

'Waarom doe je dit, Heleen? Ik heb je toch verzekerd dat er niets met je zou gebeuren?'

De boot was tot stilstand gekomen. De golven waren nu nadrukkelijker aanwezig. Het schip werd een speelbal van de Middellandse Zee. Terwijl Frank de nodige moeite had om zijn balans te behouden, realiseerde hij zich dat zijn fonkelende ogen en verbeten gezichtsuitdrukking slecht combineerden met de vriendelijke woorden. Hij mat zich een onschuldige grijns aan, trok verbaasd zijn wenkbrauwen omhoog en stapte voorzichtig naar voren.

'Er is toch precies gebeurd wat ik heb voorspeld? Tijdens het tochtje heb ik je de waarheid verteld. Nu gaan we weer terug naar de haven en ben jij vrij om te gaan en te staan waar je wilt.'

Ze konden elkaar bijna aanraken. Hij strekte uitnodigend zijn hand.

'Kom op, Heleen. Na vanavond moeten we het verleden laten rusten. Jij gaat verder met je leven en ik verdwijn met mijn nieuwe gezin naar de overkant van de plas. Dat hoort allemaal bij het plan. Geef me alsjeblieft je hand, dan kunnen we terugvaren en er onderweg als volwassen mensen verder over praten.'

Heleens blik gleed van zijn uitgestoken hand naar zijn ogen. Ze keek hem taxerend aan. Hierna knikte ze volgzaam en pakte zijn hand.

'Je hebt gelijk,' sprak ze met een stem waaruit het verzet was verdwenen. Frank knikte haar instemmend toe.

‘Een verstandige keus,’ beaamde hij. Heleen verstevigde haar greep op zijn hand. In plaats van naar hem toe te lopen, plantte ze haar linkervoet tegen de zijkant van de kajuit.

‘Een keus die helemaal in jouw straatje past,’ siste ze vol walging. Voordat het tot Frank doordrong wat zij van plan was, zette Heleen krachtig af met haar been. In haar val trok ze hem mee. Pas op het moment dat ze de golven raakten, liet ze zijn hand los.

34

De Middellandse Zee was minder koud dan ze had verwacht. Het voelde aan als een plakkerige deken die elk stukje van haar lichaam bedekte. Ze werd opgetild door een golf en surfte een aantal meters op de toppen mee. Het was niet meer dan een lichte deining, een luwte waarin ze met gemak haar hoofd boven water kon houden. Frank had geen belangstelling meer voor haar. Met ongecontroleerde slagen zwom hij terug naar de boot. Hij was nooit een goede zwemmer geweest, wist ze. Hij bleef boven, waarmee alles was gezegd. Dit was een van de redenen geweest om deze vluchtpoging te wagen.

Na de sprong van het schip waren ze vlak bij elkaar in het water beland. Ze zwom meteen van Frank vandaan. Zo had hij geen kans haar vast te pakken. Hij had eerst verward om zich heen gekeken. Toen de situatie tot hem doordrong, krabbelde hij rechtstreeks door het water naar zijn boot, waar hij veilig zou zijn. Eenmaal op de boot zou hij hopelijk denken dat zijn opzet via een bizarre omweg was geslaagd, hoopte ze. Terwijl hij naar het schip zwom had zij hem in de gaten gehouden en geprobeerd de onderlinge afstand tot hooguit tien meter te beperken. Dat was nog vrij lastig, omdat de wolken de maan verborgen en er weinig licht was.

Toen Frank de bakboordzijde op een paar meter was genaderd, stopte Heleen met zwemmen. Ze haalde diep adem om hiermee haar opwaartse kracht te vergroten en begon te watertrappelen. Voor de eerste maal in haar leven was ze de strenge zwemonderwijzer dankbaar dat hij haar decennia geleden dit kunstje minutenlang had laten uitvoeren. Met moeite probeerde ze haar jack uit te trekken. Toen dat gelukt was, zag ze tot haar opluchting dat het windjack bleef drijven.

Uit haar ooghoeken zag ze hoe Frank via een trapje aan de achtersteven op het schip klom. Ze zwom met krachtige slagen richting de boeg. Een golf gaf haar een zetje, zodat ze de juiste plek bereikte op het moment dat de eerste lichtstraal over het water flitste.

De *fender*, een soort stootkussen, bungelde tussen de boeg en het middelste gedeelte van het schip. Een stevige lijn liep van de reling naar het uiteinde van dit stootkussen. Toen ze aan boord van het schip waren gegaan, had ze in een flits gezien dat enkel het onderste gedeelte van de fender een buffer vormde tussen de reling en de steiger. Hoewel ze weinig tot niets wist van getijden, kon het bijna niet anders of het schip was aangemeerd tijdens eb. Vannacht was het dus vloed, waardoor de lijn eigenlijk veel te veel speling had. Dit extra stuk touw kon nu als levenslijn fungeren.

Er hingen minstens twee stootkussens, wist ze. Eén in de buurt van de boeg en de andere ter hoogte van de achtersteven. Of er fenders aan de andere kant bungelden, was nog maar de vraag. Daarop had ze geen zicht gehad. Omdat Frank haar geen moment uit het oog wilde verliezen, had hij op de steiger het aanmeertouw, dat met de reling aan de voorkant van het schip was verbonden, losgemaakt. De tweede lijn regelde hij vanaf de achtersteven. Om de fenders had hij zich niet bekommerd.

Ze klemde beide handen rond het bovenste stuk van het stootkussen. Hierna draaide ze haar bovenlichaam een kwartslag naar links, zodat ze zicht had op het bakboordgedeelte en de achterkant van het schip. De lichtstraal uit Franks lamp tastte de golven af. Ze zag hoe de straal vanaf de achtersteven een halve cirkel rond de bakboordzijde trok. Omdat hij niet van plek verwisselde, bleef haar schuilplaats buiten bereik van het licht.

Het werd opeens donker. Frank scheen nu waarschijnlijk op de stuurboordkant, maar bleef op zijn veilige plek. Bang om nogmaals overboord te slaan, vermeed hij elk risico. De lafaard.

Het donkere gestamp van de dieselmotoren werd krachtiger. Het schip

kwam in beweging. Zou hij vertrekken? Traag draaiden ze naar bakboordzijde.
Een lichtstraal kroop in haar richting.
Frank liep langs de reling. Hij had het schip met de boeg naar de golven gedraaid, waardoor het stabiel lag. De gashendel stond op de laagste stand, net voldoende voor een lichte stuwing die nodig was om door de golven te glijden. Het risico dat Frank nam, gaf aan hoe belangrijk haar definitieve verdwijning voor hem was. Hij wilde met eigen ogen zien dat ze was verdronken en niet in de buurt van het schip rondzwom. Precies zoals hij van plan was geweest.
De maan had een opening in het wolkendek gevonden en dit flauwe schijnsel belichtte de contouren van Frank. Hij had een zaklantaarn tussen zijn tanden geklemd en bewoog zijn hoofd traag heen en weer, waardoor de straal systematisch de oppervlakte recht voor hem aftastte. Zijn rechterarm was gedeeltelijk in beeld. Heleen vermoedde dat zijn rechterhand houvast zocht aan uitsteeksels op en naast het dak van de kajuit. Zijn linkerbovenarm zweefde boven de reling. In zijn hand hield hij een stok. Het uiteinde hiervan was van metaal. De glinstering ervan in het maanlicht veroorzaakte een rilling die over haar rug trok. Frank naderde centimeter voor centimeter. Het was een kwestie van seconden voordat de lichtbundel in haar gebied zou belanden. Ze moest een actie ondernemen die ze vooraf niet had ingecalculeerd. Zonder geluid te maken. Hij was nu zo dichtbij dat elke contrasterende toon hem zou opvallen.
De afstand tot de scherpe boeg die door de waterlijn sneed, was twee meter. Het idee dat in haar opkwam leek het plan van een waanzinnige. Toch was het de enige mogelijkheid om aan het dodelijke staal te ontkomen. Hier blijven hangen betekende een zekere dood.
Ze draaide haar lichaam een halve slag. Hierdoor kwam ze op haar buik te liggen en kon ze haar doel goed zien. Ze haalde een paar maal diep adem. Elke spier in haar lichaam spande zich. Ze liet de fender los en zwom de krachtigste schoolslag van haar leven.

De eerste seconden van haar wanhoopspoging gaven weinig hoop. Zij moest vaart maken, terwijl het schip in gestaag tempo doorgleed. De boeg was bijna binnen handbereik. Met een uiterste inspanning wist ze naast het dunne staal te komen. Ze stak haar hand uit en liet zich even voortslepen. Dat kon ze maar even volhouden. Daarvoor ging dit gedeelte van het schip teveel op en neer. Ze bracht haar andere hand naast haar rechter en trok zichzelf recht voor de scherpe boeg.

De voorsteven wiegde op het ritme van de Middellandse Zee, waardoor ze regelmatig kopje onder ging. Terwijl de punt van de boeg in haar borst sneed, probeerde Heleen haar balans te behouden door met beide handen tegen het staal te duwen. Hierbij helde ze bewust met haar bovenlichaam iets over naar stuurboord. Als ze teruggleed naar bakboord was ze een weerloze prooi voor Frank. En als ze onder het schip belandde, was het afgelopen.

Toen ze zicht had op wat er op het schip gebeurde, zag Heleen hoe Frank de boeg naderde. Ze moest zich weer verplaatsen. Op het hoogste punt van een golf duwde ze haar lichaam naar links. Buiten het bereik van het speurende licht, gleed het schip langs haar heen. Ondanks haar vermoeidheid reageerde ze meteen. Ze duwde haar hoofd naar achteren en schakelde over op de rugslag. Op zoek naar een fender, tastte haar rechterhand de zijkant van het schip af.

Haar beenslag was niet voldoende om de snelheid van het schip te volgen. Ze belandde midscheeps. De eerste tekenen van kramp dienden zich aan. Ze klemde haar tanden op elkaar en probeerde de stekende pijn te negeren.

Het maanlicht hielp haar. Het schijnsel liet zien wat ze al verwachtte: aan stuurboord hingen geen fenders, omdat het schip aan bakboordzijde aan was gemeerd in de haven. Heleen draaide haar hoofd een kwartslag en zag uit haar ooghoeken dat Frank op het punt stond om de boeg te ronden. Hij was nu halverwege en had de snelheid opgevoerd. In dit nieuwe tempo zou hij in korte tijd de stuurboordzijde kunnen inspecteren. Ze stopte met zwemmen. Haar handpalmen gleden langs de zijkant van het schip. Op het moment dat de achtersteven binnen handbereik kwam, zette ze krachtig af. Toen haar hoofd de achterkant van het schip had bereikt, zette ze nog een keer af naar links en greep met één hand naar de metalen trap. Ze lag nu half op haar linkerzij. De schroefbladen onder haar waren levensgevaarlijk. Terwijl ze zich liet voortslepen, deed Heleen haar uiterste best om beide benen net onder de oppervlakte te houden. Een fysieke inspanning die ze niet lang meer kon volhouden. Ze graaide met haar andere hand naar de trap. Na drie pogingen had ze hem te pakken. Onder haar gromden de motoren als een roofdier dat haar ogenblikkelijk in stukken zou kunnen scheuren.

Heleen trok haar benen zijwaarts op. Haar buikspieren kregen het zwaar te verduren. Voorzichtig bracht ze haar rechterknie onder haar armen. Haar voet vond houvast op een metalen trede. Als een slecht getrainde acrobaat kwam ze omhoog. Haar linkerbeen ging automatisch mee. Steunend op het trapje hijgde ze haar longen uit haar lijf.

Frank was halverwege het schip. Vanaf de stuurboordzijde van het schip bescheen zijn lamp het wateroppervlak. Hij was dichterbij dan zij had gehoopt. Hierdoor viel het plannetje om aan boord te kruipen en stilletjes in het onderruim betere tijden af te wachten letterlijk in het water. Als ze nu aan boord klom, zou Frank haar zeker ontdekken.

De afstand tussen hen bedroeg nog vier meter. Het was onmogelijk om op deze plek te blijven. Frank zou haar direct zien. Links en rechts van haar liep een rand die deel uitmaakte van de achtersteven. Het leek op een spoiler, maar dan iets breder. Ze plaatste haar linkervoet op de rand en voelde het gladde metaal niet meegeven. Ze kroop naar de uiterste punt van de linkerachtersteven en liet zich weer in het water glijden.

Ze verloor het contact met het schip. Een meter achterstand werd snel twee meter. De lichtbundel was bijna op de achtersteven, wat inhield dat Frank zijn rondje zo goed als voltooid had.

Heleen sprak haar laatste restje energie aan. Haar zwemslagen werden wanhoopspogingen. Haar schouders stonden in brand, haar hartslag bereikte een onverantwoorde hoogte en beide longen gilden om extra zuurstof.

Op pure wilskracht maakte ze de achterstand goed. Toen haar lichaam opgaf, wist ze er nog drie slagen uit te persen. Deze inspanning bracht haar op een armlengte van de achterste fender aan bakboordzijde. Ze maakte nog een laatste slag en omklemde haar reddingsboei. Uitgeput bleef ze eraan hangen.

Even had ze geen idee waar ze nou eigenlijk was. Waterdruppels spatten venijnig in haar gezicht. Haar benen werden meegesleept en voelden levenloos aan, als een ballast. Haar stramme handen werden geteisterd door talloze steken die doordrongen tot op haar botten. Tot overmaat van ramp had Frank de achtersteven bereikt. Nog een paar passen en hij zou haar alsnog ontdekken. Het laatste restje verzet ebde weg. Ze had keihard geknokt. Aan het eind van de rit bleek het echter niet voldoende. Het was over en uit, realiseerde Heleen zich. Niets kon haar nog redden.

Een fragment uit een film kwam naar boven. Twee duikers waren te lang onder water gebleven en hadden hierdoor hun terugtocht gemist. Ze dobberden ergens in het midden van de zee aan de oppervlakte. Urenlang hadden ze tegen de elementen en opdringerige zeedieren geknokt. Ze pepten elkaar voortdurend op. Niet opgeven, redding was nabij.

Ze overleefden een helse nacht. Toen de hulptroepen de daaropvolgende dag niet verschenen, drong het tot hen door dat ze hopeloos verloren waren. Nadat haar partner aan een haaienaanval was bezweken, verkoos de jonge vrouw een snelle dood boven een langzame die gepaard ging met helse pijnen. Ze ontdeed zich van haar apparatuur en zonk naar de bodem.

Ze liet los.

Daar kwam het in principe voor Heleen ook op neer. Elk perspectief was verdwenen. De vechtlust was weg. De duikster had haar leven beeindigd op de meest waardige manier die nog voorhanden was. Dit moest zij ook doen. Loslaten. Ze prefereerde de gitzwarte omarming van de onmetelijke diepte boven een afslachting door de man van wie zij ooit had gehouden.

Haar greep op de fender verslapte. Ze ontspande. De steken verdwenen, haar handpalmen gleden langzaam naar beneden. Het was beter zo, dacht ze. Heus, dit was de juiste beslissing. Ik heb een mooi leven gehad. Jammer van het laatste jaar. Dat was een hel.

De toonhoogte van de motoren veranderde. Het doordringende gebrom werd gedempt tot een donker gefluister. Het schip vertraagde. Door dit sprankje hoop vanuit de duisternis kostte het haar ineens minder moeite om vast te klampen. Onbewust verstevigde ze haar greep.

Het schip lag stil. Frank had de gashendel in de neutrale stand gezet. Aan zijn voetstappen hoorde ze dat hij van de achtersteven naar stuurboordzijde liep. Ze hoorde een spetterend geluid. Toen gevloek en nog een plons. Langzaam drong het tot haar door wat zich aan dek afspeelde. Frank had haar windjack gevonden en was bezig dit kledingstuk binnen te hengelen! Het leven stroomde weer door haar heen. Er bestond een kans dat Frank concludeerde dat zij had geprobeerd haar jack uit te trekken en tijdens deze poging was verdronken. In dat geval was zijn missie geslaagd en kon hij met een gerust hart naar de haven terugkeren.

Omdat het schip nagenoeg stillag, kon ze op haar gemak en zo stil mogelijk naar de voorste fender zwemmen. Ze pakte deze boei en bleef roerloos in het water hangen.

Ik leef nog, dacht Heleen. Op het allerlaatste moment was haar plan gelukt. Met de seconde voelde ze hoe haar wilskracht toenam. Op deze afgelegen plek ging ze niet sterven. Die lol zou ze hem niet gunnen.

35

Heleen liet zich voortslepen door het schip. Om de meest gestroomlijnde houding te bereiken, hield ze zich gestrekt. Ze probeerde haar benen zo dicht mogelijk tegen de scheepswand te drukken om hiermee de weerstand van het water te verkleinen. Haar tenen tikten regelmatig tegen het metaal.

Wonder boven wonder had haar plan gewerkt. Frank had haar windjack gevonden en was in de veronderstelling dat zij het gevecht met de Middellandse Zee had verloren. Tijdens haar schietgebedje waarin zij God smeekte om Frank niet nog een extra rondje om het schip te laten maken, had hij eerst wat gerommeld op het achterdek om uiteindelijk gas te geven. Hij koerste richting kust.

De eerste serie golven die over haar heen gutste, voelde nog als in een tropisch zwemparadijs. Haar opluchting over de miraculeuze ontsnapping had weer voldoende adrenaline door haar aderen laten stromen. Ondanks de omstandigheden voelde ze zich lichter worden. Elke golfbeweging bracht haar tenslotte dichter bij land.

Haar opgetogenheid was echter van korte duur. De Middellandse Zee liet zich opeens van haar andere kant zien. De golven werden hoger, waardoor het water dat in haar gezicht sloeg als klappen aanvoelde. Doordat ze betrekkelijk lang in het water had gelegen, begon ze de eerste verschijnselen van onderkoeling te vertonen. De watertemperatuur leek ineens een stuk lager. Door het voortdurende gebonk van het schip op de golven kregen haar spieren het steeds zwaarder te verduren.

Af en toe tilde ze haar hoofd op en zag in de verte de lichtjes van de kuststrook. Het was neonverlichting, de rode flitslampjes kwamen niet in haar blikveld. Het was in deze ruwe zee onmogelijk om vast te stellen of ze de kust naderden.

Om het penibele van haar positie wat naar de achtergrond te verschuiven, zocht ze naar afleiding. Een sterke geest kon tenslotte voor wonderen zorgen. Terwijl ze als een lappenpop werd voortgetrokken, richtte ze al haar woede op Frank.

Hufter, vuile klootzak. Ze beet op haar lip tegen de pijn en de opspelende emoties.

Na een brede waaier van druppels, wierp ze een snelle blik op de kustlijn. Was het gezichtsbedrog, of werd het licht helderder? Kwamen ze dan toch dichterbij? Een adrenalinestoot zorgde voor een portie hoop. Heleen trok haar lip op en dwong haar verkleumde vingers de lijn te blijven vasthouden.

Wat zullen de mensen zeggen, rotzak? Wat te denken van je zus Monique? Zou zij je nog steeds adoreren als ze de waarheid hoort? Dacht het niet. En de mensen op je werk? Ze zullen op je kotsen. Evenals mijn familie, kennissen en collega's. Je zult boeten. Behalve bij die hoer van je, zul je nergens meer welkom zijn.

Haar lijf weigerde nog langer uit te voeren wat haar geest opdroeg. Haar grip op de lijn verslapte. Totale uitputting nam bezit van haar lichaam. Binnen nu en enkele seconden zou de lijn door haar vingers glippen.

Toen de golf de boeg raakte, liet ze los. Op datzelfde moment haalde ze diep adem en zette af. De duisternis omsloot haar. Ze wist nog met moeite vier zwemslagen te maken, waarna ze met haar hoofd boven water kwam. Het schip was inmiddels voorbij gevaren. Ze zag de contouren van Frank die achter het stuurwiel stond. Hij keek recht voor zich uit.

Nu ze rustig op de golven dobberde zag ze duidelijk dat de kustlijn helemaal niet zo ver van haar verwijderd lag. Vanuit deze positie was het moeilijk schatten, maar de afstand leek haar overzichtelijk. Dat lukt me wel, dacht Heleen. Het moet lukken. Ze rustte even uit en putte weer kracht uit een bron waarvan ze vroeger nooit het bestaan had vermoed.

Daarna zwom ze zo beheerst als ze kon richting kust.
Verkleumd tot op het bot spoelde ze aan op het strand van Blanes. Ze kroop door het zand dat aanvoelde als satijn. Tranen biggelden over haar wangen. Ze had het gered!
Liggend in het zand probeerde ze eerst haar ademhaling te controleren en daarna deed ze oefeningen om de kramp uit haar beenspieren te verwijderen. Na een tijdje stond ze voorzichtig op en wankelde naar de promenade.
Toen ze langs de geparkeerde voertuigen strompelde, moest ze aan haar eigen auto denken. De autosleutels zaten nog in haar handtas, die nog in Franks huis lag. Ook dat was een onderdeel van zijn plan geweest. Waarschijnlijk zouden ze haar auto ergens bij de zee parkeren. Alleenstaande vrouw gaat 's nachts in een dolle bui zwemmen en komt in de problemen. Niemand die ziet hoe ze verdrinkt. Haar lichaam spoelt enkele dagen later aan. Heel plausibel...
Het blauwe daklicht van een patrouillerende politiewagen verscheen in haar ooghoek. Ze stapte op de rijbaan en spreidde haar armen. De agenten schatten de situatie meteen goed in en ondersteunden haar. Ze nam plaats op de achterbank en begon ongecontroleerd te trillen.
Nadat ze met hete koffie en warme dekens op adem was gekomen, vertelde ze in het Engels wat er gebeurd was. De agenten namen haar serieus en schakelden direct de officier van justitie in. Na een kort onderhoud met deze man die haar eveneens uitermate correct behandelde, werd telefonisch bij de rechter een huiszoeking- en arrestatiebevel aangevraagd.
Twee uur later sloeg een arrestatieteam Frank en Romina in de boeien.

Deel 5

Een jaar later

36

Heleen nam een slok van haar sinaasappelsap. De smaak was verrukkelijk. Er ging niets boven vers. Het sap kwam van sinaasappels uit haar eigen boomgaard, wat het nog lekkerder maakte. Zelf geplukt, geperst en geconsumeerd. Het kon niet beter.

Vanaf haar patio had ze een panoramisch uitzicht op de heuvels en de daarachter gelegen Middellandse Zee. Het golvende landschap liep over in een strakke, azuurblauwe spiegel waarin de glimlach van de zon op ontelbare plaatsen weerkaatste. Tussen de boomtoppen zongen vogels vrolijke wijsjes. Dit was haar stekje. Hier bracht ze dagelijks uren door zonder zich een seconde te vervelen.

Gedurende de eerste weken na haar intrek in de oude villa, had ze zich gestort op de werkzaamheden in en om het huis. De patio met het fantastische uitzicht ontweek ze toen zo veel mogelijk. Een korte blik op het uitgestrekte water ging nog wel. Keek ze echter langer, dan werd het onmogelijk om dit heerlijke, vrije gevoel vast te houden. Lichtblauw werd donkerbruin. Het subtiele lijnenspel van kabbelende golfjes veranderde in een woeste watermassa die haar naar de diepte wilde trekken. Om de beelden uit het verleden te verdrijven, moest ze haar hoofd wegdraaien.

Ruim een maand nadat ze zich definitief in Spanje had gevestigd, had ze de confrontatie met de zee aangedurfd. Ze was op de patio gaan zitten. Met haar ogen strak op de Middellandse Zee gericht, beleefde ze opnieuw de meest hachelijke gebeurtenis uit haar leven. Ditmaal waren het geen flarden geweest, maar was het een gedetailleerd overzicht van die verschrikkelijke nacht op zee.

Die vreselijke ervaring was in haar bloed gekropen en had door haar hele lichaam gestroomd.
Pas toen de lente overging in de zomer, durfde ze weer onbekommerd naar de Middellandse Zee te staren zonder dat de rillingen over haar lichaam liepen. Had ze weer de moed om in de spiegel te kijken zonder dat het gevoel van afkeer bovenkwam. Sindsdien was de patio haar favoriete plek waar ze haar gedachten de vrije loop liet.
Het onheil was haar overkomen. Het was haar schuld niet dat ze geen kinderen kon krijgen. Niemand op deze wereld wilde liever moeder zijn dan zij. Niemand.
Er waren momenten geweest dat zij begrip had kunnen opbrengen voor Franks gedrag. Hij had gehandeld in een roes van verstandsverbijstering. Uit beschermingsdrang ten opzichte van zijn kind. De zoon die zij hem nooit had kunnen schenken.
Diep van binnen wilde ze niet toegeven dat de liefde van haar leven feitelijk een grote schoft was. Een hufter die haar in koelen bloede had willen vermoorden.
Nu was ze eindelijk zover dat ze de waarheid volledig accepteerde.
Er bestond geen enkele zinnige reden die Franks handelingen en die van zijn partners kon rechtvaardigen. Zij was het slachtoffer van pure hebzucht geworden. Alles was beraamd en uitgevoerd door de man die ze tot in het diepst van haar ziel had vertrouwd.
Hij was de dader en zij het slachtoffer. Het was aan de rechter om over verzachtende omstandigheden te oordelen.

Heleens blik gleed van de wiegende boomtoppen naar de zee. Ze was tevreden. De eerste stap naar geluk was gezet. Ze bewoonde een heerlijk huis in een fantastisch klimaat. Warme zomers en milde winters. De Middellandse Zee lag voor haar deur. Deze enorm grote plas water had een belangrijke rol in haar leven gespeeld. Een voormalige vijand die ze in haar armen had gesloten en tegenwoordig als een vriend beschouwde.

37

Heleen liep met haar lege glas naar de keuken. In de woonkamer bleef ze even staan. Ze snoof de sfeer van de ruimte op. In combinatie met de nostalgische entourage, de aangename temperatuur en de zachte lucht waarin zoveel geuren werden vermengd, was het zo typisch mediterraan. De inmiddels vertrouwde omgeving wist haar steeds te verbazen met nieuwe facetten die bij deze manier van leven hoorden.
Het huis was tegen een heuvel gebouwd. Het telde zeven kamers, een keuken en twee badkamers. Rondom het perceel lag een boomgaard waar sinaasappelen en citroenen groeiden. Toen ze dit droomplekje ontdekte, verkeerden zowel de buitenkant van het pand als de fruitbomen in een deplorabele staat. Het was eerder een bouwval dan het paleisje waarop het nu begon te lijken.
Ze dacht aan de omstandigheden waarin ze het huis voor de eerste maal had gezien en glimlachte. Het leven kende soms vreemde wendingen. Hoe ze dit huis tegen het lijf was gelopen, was daar een voorbeeld van.

Na de vreselijke uren op zee, was ze nog vier dagen in Blanes geweest. De politie had een hotel voor haar geregeld waar ze op kosten van de Spaanse regering logeerde. Haar handtas was bij de inval gevonden. Ook haar auto werd teruggebracht. Gelukkig lag haar koffer nog onaangeroerd in de kofferbak. De politiefunctionarissen bleven vriendelijk en behulpzaam. Ze mocht gaan en staan waar ze wilde, als ze haar mobiele telefoon maar bij de hand hield. Tussen de regels door werd haar wel kenbaar gemaakt dat men het zou waarderen als ze een beetje in de buurt bleef. Binnen een straal van dertig kilometer rond Blanes.

Toen ze de tweede dag besloot een toertje te maken, stuitte ze op wat later haar droomhuis bleek te zijn. Al kwam het toen niet in haar op. Sterker nog, het ommetje met de auto was voor haar al een hele overwinning op zich. In deze omgeving was ze bijna vermoord. Dit leek de laatste plaats op de wereld waar ze de rest van haar leven wilde doorbrengen.

Toch was het huis haar opgevallen. Het straalde een soort rust en kalmte uit, een veilige plek tegenover het geweld van de Middellandse Zee. Bij elke blik die ze op het water wierp, leek het alsof de rimpels in de zee naar haar grijnsden. Alsof ze wilden zeggen: 'Je bent goed weggekomen, maar we houden je nog steeds in de gaten.' Absurd natuurlijk, maar waar. Beangstigend. Het huis op de heuvel oogde als een vrijstaat waarop de zee geen grip had. Maar wie wilde er vrijwillig in een vesting wonen?

Tijdens die vier gedwongen vakantiedagen stelde de inbreng van de autoriteiten weinig voor. Ze werd driemaal ontboden op het politiebureau. Terwijl ze wederom haar verhaal vertelde, deed men alles om het haar zo aangenaam mogelijk te maken. Koffie, koekjes en vriendelijke gezichten met ogen die overliepen van medeleven. Alleen de toehoorders verschilden van elkaar. De ene dag sprak ze voor zes mensen en ongeveer vierentwintig uur later luisterden acht geïnteresseerden die ze nog nooit eerder had gezien. Op de vierde dag had ze een kort gesprek met de officier van justitie. Hij meldde haar dat de verhoren voorspoedig verliepen. Het was een kwestie van tijd voordat de ervaren rechercheurs van Frank en Romina een bekentenis los zouden krijgen. Jorge Castellano had in Nice inmiddels zijn aandeel opgebiecht. Het enige waarover hij zweeg was de verblijfplaats van het geld. De officier van justitie had haar zelfverzekerd aangekeken en gesteld dat hij alle vertrouwen had in zijn Franse collega's. Binnen nu en afzienbare tijd kwam ook het geld boven water. Mocht het hen niet lukken, dan zou de Spaanse recherche de zaak sowieso oplossen. Later zou blijken dat hij op dit punt een grove inschattingsfout had gemaakt.

Evenals zijn collega's, die haar in eerdere gesprekken duidelijk hadden gemaakt dat er veel belangstelling van de media zou komen, wees hij haar op eventuele consequenties van bepaalde uitspraken. In het kort kwam het erop neer dat hij haar niets kon verbieden, maar met klem verzocht om tegenover de pers te zwijgen. De advocaten van de verdachten zouden alles aangrijpen om hun cliënten in een beter daglicht te plaatsen. Omdat zij veruit het dichtst bij het vuur had gezeten, lag het voor de hand dat zij boven aan het lijstje stond van de media.
Tegenover de officier van justitie had ze nogmaals haar voornemen bevestigd om voorlopig geen interviews te geven. Een toezegging die op dat moment zo vanzelfsprekend had geleken. Ze had uitsluitend contact gehad met haar moeder en broer. Zij wisten te melden dat de Nederlandse media het nieuws hadden opgepikt. In twee landelijke ochtendbladen was een klein artikeltje verschenen over de arrestatie van een zekere Frank E. in Blanes. Een berichtje dat geen link legde met haar korte vakantie in Zuid-Frankrijk. Op een belletje van Alex na, die wilde weten hoe ze het maakte en wanneer ze weer terugkwam, waren de telefoontjes van geschrokken familieleden, kennissen en vrienden uitgebleven.

Heleen liep door naar de keuken. Ze opende de koelkast en schonk zichzelf nog een glas sinaasappelsap in. Daarna wandelde ze op haar gemakje terug naar de patio. Ondanks de goede zorgen van de autoriteiten, waren de vier dagen in Blanes vorig jaar als een anticlimax geweest. Waar ze Amerikaanse toestanden met filmploegen en opgewonden rechercheurs had verwacht, veranderden haar lotgevallen helemaal niets aan het straatbeeld van Blanes. Alle dagen waren gelijk aan elkaar. Haar zaak was opmerkelijk en had de prioriteit gekregen, maar het bleef voor de recherche natuurlijk gewoon een zaak. Als hun diensttijd erop zat, gingen de politiemensen naar huis en verder met hun eigen leven. Diep in haar hart had ze op een confrontatie met Frank gehoopt. Ook met Romina, maar een ontmoeting met Frank was natuurlijk belangrijker. Ze had hem willen zien zitten in een politiecel. Moederziel alleen, gehuld in een veel te ruime overall. Zij zou niets hoeven te zeggen. Enkel een minzaam lachje waaruit meer zou hebben gesproken dan woorden konden doen. Dit ultieme moment werd haar helaas niet gegund. De dienstdoende rechercheur had haar gezegd dat van een confrontatie met Frank geen sprake kon zijn. Ook over zijn verblijfplaats was ze niets te weten gekomen. Dat viel onder de verantwoording van justitie en stond los van haar zaak.

Op de terugweg naar Nederland, nadat Frank en Romina waren opgepakt en de recherche haar niet meer nodig had, waren haar gedachten een mengelmoes geweest. Vlak voor haar vertrek had ze haar moeder en broer over haar thuiskomst ingelicht. De goedbedoelde hulp had ze direct afgeslagen. Ze had hun met klem verzocht haar enkele dagen met rust te laten. Er lagen bepaalde zaken op haar te wachten die ze zo spoedig mogelijk diende af te handelen. Tevens drukte ze hen nogmaals op het hart om voorlopig geen contact op te nemen met derden. Eerst moest zij zelf een aantal telefoontjes plegen en gesprekken voeren. Tot haar opluchting gingen zowel haar moeder als Jurgen schoorvoetend akkoord.

Ze had zich afgevraagd wat haar thuis te wachten stond. Was het bij een bericht in de krant gebleven of zagen de media er interessant nieuws in? Was haar straat even rustig als voorheen of stonden de persmuskieten in rijen voor haar deur? De Spaanse pers had haar met rust gelaten. Als zelfs die heetgebakerde en op sensatie beluste journalisten haar niet interessant vonden, dan hoefde ze van de koele Hollanders helemaal niets te verwachten. Hooguit zou er een parttime journalist van het plaatselijke sufferdje poolshoogte komen nemen.

Dat het anders zou gaan had ze toen niet geweten, nu kon ze er lichtelijk geamuseerd aan terugdenken. Heleen liep door naar de patio. Ze ging weer zitten en nipte van haar sap.

38

De zon daalde. De oranje bal zakte langzaam achter de horizon. Een purperen gloed gleed over de Middellandse Zee. Heleen zuchtte. Dit was haar favoriete schouwspel. Het bleef fascinerend om te zien hoe elke zonsondergang haar eigen nuances kende en een uniek kleurenensemble vormde. Een groter contrast met het Noord-Brabantse landschap was nauwelijks voorstelbaar.

Een zachte windvlaag kondigde het begin van de avond aan. Ook het zingen van de krekels begon op gang te komen. De afgelopen tijd was haar eigen ritme parallel gaan lopen met dat van haar omgeving. Ze stond vroeg op, als de zon net op was, deed tijdens de verzengende middaghitte een dutje en ging naar bed als de eerste sterrenglinstering de hemel verlichtte.

De warmte bleef in en rond het huis hangen, waardoor ze geen trek had in een stevige maaltijd. Ze hield het op een gemengde salade van tomaten, komkommer, sla, maïs, een beetje dressing en een fijngesneden ui. Lekker fris en gezond.

Terwijl ze de ingrediënten bij elkaar zocht, viel haar oog op een plasje water in de gootsteen. Aan de kraan hing een druppel. Hij werd groter tot hij de massa van zichzelf niet meer leek te kunnen dragen en viel. Een nieuwe druppel bolde op en viel. Elke drie seconden klonk een zacht getik. Heleen controleerde of de kraan goed dichtgedraaid was. Dat was zo, dus er moest een lek zijn. Ze haalde nonchalant haar schouders op. Maak je niet druk, morgen is er weer een dag. *Mañana* was het toverwoord in Spanje. Daarmee streek je onverwachte problemen ter plekke glad.

Had ze ooit kunnen vermoeden dat ze zo losjes over dingen kon denken die ze in Nederland meteen op een prioriteitenlijstje zou hebben geplaatst? Een lekkende kraan, meteen de loodgieter bellen. Kunt u vandaag nog komen, meneer? Dit heeft echt haast. O, u kunt pas morgen? Jeetje, wat vervelend. Dat druppelen irriteert me namelijk mateloos!
Ze moest om zichzelf lachen. De maanden in Spanje hadden haar stukken losser gemaakt. Alles komt goed. En als dat vandaag niet gebeurt, dan zal het morgen wel lukken. Nieuwe dag, nieuwe kansen.

Eigenlijk had ze die houding vorig jaar op de terugreis naar Nederland al een beetje gehad, al dacht ze toen nog dat het door de vermoeidheid kwam na alles wat er gebeurd was. Tijdens die urenlange rit was haar fantasie behoorlijk met haar op de loop gegaan. Terwijl de kilometers onder haar door gleden, had ze haar leven zoals ze dat kende onder de loep genomen. Dat bestond niet meer. Ze moest weer helemaal van voren af aan beginnen. De weg naar Eindhoven was nog lang en haar gedachten waren afgedwaald naar het huis dat ze net buiten Blanes te koop had zien staan. De ligging was geweldig. Vrijstaand met uitzicht op zee. Een schitterende locatie die in geen enkele reisgids zou misstaan. Ze was daarentegen realistisch genoeg geweest om de nadelen te zien. Wat had ze in Spanje te zoeken? Op een plek in de buurt van Franks liefdesnestje! Helemaal alleen, zonder familie en vrienden tussen de fruitbomen. Nota bene in de omgeving van een zee waarin ze bijna was verdronken! En daar kwam de verwaarloosde staat van het huis nog bij. Financieel zou ze het wel kunnen trekken, maar emotioneel niet. Dacht ze. Haar wortels lagen in Nederland. Daar had ze een bestaan opgebouwd. Al had ze zich wel afgevraagd wat daar nu nog van over was.
Wat als ze haar leven in Nederland kon achterlaten, haar demonen in Spanje kon bestrijden en op die manier dit trauma zou kunnen verwerken? Ze had er zo genoeg van gekregen om haar leven om dat van anderen te laten draaien. Daar werd alleen maar misbruik van gemaakt.

Dat had ze nu wel geleerd. Dus als ze een ploegje bouwvakkers aan het werk zou zetten? In een mum van tijd waren de scheuren in de muren verholpen. Een schilder krabde er snel de bladderende verf van af en voorzag de buitenkant in recordtempo van de crèmekleur waarop zij zo dol was. Een viertal hoveniers raasde met harken en spuitbussen door de boomgaard. Het onkruid verging en de fruitvliegjes verlieten de sinaasappelbomen. Het paradijsje dat zij voor ogen had kwam tot leven…

Ze had genoten van haar wilde ideeën. Al had ze zichzelf meerdere keren afgevraagd in hoeverre het haalbaar zou zijn. Of ze werkelijk het lef zou hebben om in Spanje te gaan wonen en het huis in een klein kasteeltje om te toveren. Maar waar een wil is, is een weg…

De reis was voorspoedig verlopen. Na een smakeloze maaltijd in een wegrestaurant had ze besloten om in één keer door naar Nederland te rijden. Gebroken had ze haar auto in het holst van de nacht voor haar deur geparkeerd. Missie geslaagd. Uitgeput was ze tussen de lakens van haar eigen bed gekropen.

Na een bak sterke koffie was de dag waar ze zo tegen op had gezien begonnen. Het was rustig in de buurt. Op z'n tijd reed er een auto langs of passeerde er een fietser. De postbode had twee brieven bezorgd. Ze lagen op de deurmat. Zo te zien waren het bankafschriften.

Er waren drie berichten ingesproken. Haar moeder en Jurgen vroegen of ze wilde bellen als ze was aangekomen. Ze klonken bezorgd. Het derde bericht was van Peter Redderswaal. Hij vroeg haar met klem zo spoedig mogelijk contact op te nemen.

Als eerste had ze haar moeder en Jurgen gerustgesteld. Ze had een goede reis achter de rug, maar was wel doodop. Ze had beloofd om morgen weer te bellen om een afspraak te maken zodat ze elkaar snel zouden zien. Jurgen was akkoord gegaan. Haar moeder had direct willen komen, maar ze had haar af weten te wimpelen.

Daarna had ze Peter gebeld. Hij was blij geweest van haar te horen en wilde haar onder vier ogen spreken. Het liefst dezelfde dag nog. Ze hadden die middag om drie uur bij haar thuis afgesproken.

In de tussentijd sprak ze met haar nieuwe vrienden uit Nice. Bernadette was thuis aan het werk en was tijdens haar verslag van de ene in de andere verbazing gevallen: 'Te bizar voor woorden.' Tegen het eind van het gesprek had Heleen de Française nogmaals bedankt voor haar hulp. Zonder haar inzet was de waarheid nooit aan het licht gekomen. Bernadette had het weggewuifd. Ze spraken af om in contact te blijven.

Daarna had ze Christian en Etienne gebeld. Christian herstelde thuis van de ontwrichte schouder. Etienne was gewoon op zijn werk.

Christians reactie was dezelfde als die van Bernadette. Terwijl zij wederom het verhaal van de kelder en de boot vertelde, gromde hij verontwaardigd. Toen ze haar verhaal beëindigde, meldde Christian nog dat ze telefoontjes van vrienden uit de scene hadden gekregen over Vincent Gautier. De maanden voor zijn dood had Gautier zich geprofileerd als een big spender. Hij was een regelmatige gast in de casino's aan de kust geweest en had in bars en clubs met geld gestrooid. Hij pochte openlijk over miljoenen euro's die bij hem waren binnengestroomd en zijn kick om dit bedrag er zo snel mogelijk doorheen te jagen.

Ze had de informatie opgeslagen en had hem bedankt voor al zijn inspanningen. Nadat ze ook hem had beloofd contact te houden en Etienne later te bellen, hing ze op. In de wetenschap dat haar nog een moeilijk telefoontje wachtte, was ze eerst naar de keuken gelopen om een boterham te smeren.

Het was vroeg in de ochtend in New York geweest. Een tijdstip waarop Monique al uit de veren was. Ze werkte bij een bank op Wall Street en moest daarvoor minstens een uur reizen. Heleen had getwijfeld of Monique wel naar haar werk zou gaan. Ze had zich gerealiseerd dat ze op het punt stond de dag van haar schoonzuster te vergallen.

Monique reageerde zoals ze had verwacht. Eerst vol ongeloof en daarna woedend, vooral op Heleen. Of ze soms aan de medicijnen zat of aan

een delirium leed. Ze weigerde nog langer naar de drek te luisteren die over haar broer werd uitgestort.
Omdat ze zichzelf had voorbereid op deze reactie, was Heleen kalm gebleven. Ze had Monique laten uitrazen en somde zo stoïcijns mogelijk de feiten op. Ook beschreef ze haar belevenissen, soms tot in detail. Monique werd stiller, het besef was langzaam tot haar doorgedrongen dat haar broer onvergeeflijke fouten had begaan. Tegen het eind van het gesprek had ze Monique het telefoonnummer van de rechercheur gegeven die in Blanes het onderzoeksteam leidde. Vanwege hun familieband zou hij waarschijnlijk aanvullende informatie geven en het relaas bevestigen.
Toen ze de verbinding met New York had verbroken, voelde ze zich neerslachtig. Dit had Monique niet verdiend. Ze was altijd gek op haar broer geweest en dit moest een enorme klap voor haar zijn. Heleen hoopte dat hun relatie in de toekomst goed zou blijven, maar had daarover gemengde gevoelens. Ondanks alles bleef Frank toch Moniques broer…

Stipt op de afgesproken tijd had Peter aangebeld. Hij groette haar hartelijk, maar toch ook een beetje onzeker. Door de berichten die hij rond deze zaak had gehoord wist hij niet precies wat hij nu wel en niet moest geloven. Daarom was het goed dat ze nu konden bijpraten.
Eerst had hij de vragen gesteld en zij geantwoord. Daarna had Peter verteld over de impact die de informatie vanuit Spanje op de bedrijfsleiding had gehad. De eerste berichten over Franks arrestatie waren via het verzekeringsbedrijf in Marseille binnengedruppeld. Verbijstering was overgegaan in woede. Toch had men elkaar op het hart gedrukt het hoofd koel te houden. Haar kant van het verhaal was erg belangrijk om erachter te komen wat er nu precies was gebeurd . Nu hij het verhaal uit de eerste hand had vernomen, vertelde Peter over een gesprek dat hij met het management van Franks werkgever had gevoerd. Iedereen was het erover eens geweest dat dit een tragische situatie met financiële con-

sequenties was. En er was sprake van een strafrechtelijke situatie. Dat alles maakte de zaak en de benodigde formaliteiten tot een lang en ingewikkeld proces. Hij had haar dringend verzocht om tot die tijd de pers niet te woord te staan.

'Welke pers?' had ze gevraagd.

'Het is een kwestie van tijd voordat ze hier op de stoep staan,' had hij somber geantwoord.

39

Peter had gelijk gekregen. De media hadden de volgende dag inderdaad voor haar deur gestaan. Toen ze iedereen vriendelijk maar beslist meldde geen commentaar te geven, werd ze gek gebeld. De verzoeken liepen uiteen van uitnodigingen voor een talkshow tot de verkoop van haar verhaal aan weekbladen. Ze boden aanzienlijke bedragen. Hoewel ze het er moeilijk mee had, bleef ze haar mond houden. Later zou blijken dat dit de juiste beslissing was geweest.

De belangstelling van de media had vijf dagen geduurd. Op wat vasthoudende types na, ebde de belangstelling voor haar verhaal gelukkig snel weg.

Tijdens die hectische dagen was Peter haar steun en toeverlaat geweest. Hij sleepte haar erdoorheen op de ogenblikken dat het er echt om spande. Bijvoorbeeld als er weer een televisieploeg voor de deur stond en zij haar verhaal wilde vertellen om er in één keer vanaf te zijn.

Peter bleef haar duidelijk maken dat het op de lange duur voor alle partijen beter zou zijn als ze nu bleef zwijgen. Later kon ze alsnog met haar verhaal komen. Eerst de rechtszaak en de financiële afwikkelingen afwachten.

Op zijn aanraden had ze meteen contact gezocht met een advocaat in Eindhoven. Ze kon wel wat hulp gebruiken omdat ze niet onder huwelijkse voorwaarden was getrouwd, onroerend goed bezat en vrij recent een aanzienlijk bedrag van de verzekering had ontvangen. Gezien het feit dat haar echtgenoot aangeklaagd was, zag haar advocaat voldoende mogelijkheden om uiteindelijk het huis op haar naam te krijgen. Het verzekeringsgeld was een ander verhaal. Een kwestie van langdurige

onderhandelingen. Haar uitstekende relatie met Peter was hierbij een groot voordeel.
Nadat ze het advocatenkantoor had verlaten, had het in haar hoofd geduizeld. Veel dingen waren langs haar heen gegaan. Wat ze wel begrepen had, was de bizarre ontwikkeling die in deze zaak had plaatsgevonden. Hoewel het niet hardop werd gezegd, waren de misdaden die Frank had begaan inmiddels aan de kant geschoven. Dat viel onder het strafrecht. In een rechtszaak bepaalden de rechters zijn straf en daarmee was de kous af.
Hoewel het tegen haar gevoelens indruiste, had ze zich aan haar afspraak gehouden. Diep in haar hart had ze haar verhaal aan de hele wereld willen vertellen. Om de mensen duidelijk te maken op wat voor een vreselijke manier ze er door haar man was ingeluisd. Hij had haar bedonderd, vernederd en bijna vermoord. Dát had ze willen vertellen, het liefst willen uitschreeuwen, zodat iedereen zou weten wat voor een grote schoft Frank Eldering was. Als zij erin slaagde om financieel de bodem onder zijn bestaan weg te slaan, had ze pas echt wraak genomen. Voor hem had alles in het teken van het grote geld gestaan.

Toen de mediacommotie een snelle dood was gestorven, had ze geprobeerd haar leven weer op te pakken. Ze was op bezoek geweest bij haar familie en had haar naaste collega's gebeld. Haar advocaat had haar dat afgeraden, maar voor Heleen was het een compromis. Tenslotte kon ze niet tegen iedereen stommetje blijven spelen. Het had goed uitgepakt. Iedereen in haar directe omgeving die op de hoogte was, had zijn mond gehouden.
Alex was ook weer langsgekomen. Tijdens de mediadrukte had zijn moeder hem verboden om bij haar op bezoek te gaan. Volgens haar had Heleen toen genoeg aan haar hoofd gehad en kon zij het gezelschap van haar buurjongetje er even niet bij hebben. Hoewel ze het Alex niet had laten merken, was ze zijn moeder hier dankbaar voor geweest.

De weken waren voorbij gekropen. Ondanks de wedergekeerde rust, had ze slecht in haar vel gezeten. Aan werken had ze niet moeten denken. Alleen al het idee om naar kantoor te gaan had haar tegengestaan. Ze zat in een ritme dat niet het hare was. Ze voelde zich doodongelukkig. Alleen het bezoek van Alex gaf afleiding en zorgde ervoor dat ze alles bleef relativeren. En hoe ondankbaar het ook klonk, met de rest had ze het wel gehad. In haar visie maakten ze allemaal deel uit van een maatschappij waarin ze niet meer kon en wilde functioneren.
Dat gevoel zou alleen maar sterker worden. Omdat het zo niet langer ging, besloot ze het roer om te gooien. Het huis in Spanje was steeds vaker in haar gedachten geslopen. Het heerlijke klimaat en de relaxte manier van leven leken haar steeds aantrekkelijker ten opzichte van de manier waarop men in Nederland de dag doorkwam. Doorploeterde. Misschien idealiseerde ze het leven in Spanje wel teveel. Tijdens de zoveelste regenbui of het zoveelste spelletjesprogramma op de televisie, was ze weer weggedroomd. Ze zag zichzelf met een glas vruchtensap op de patio van haar droomhuis zitten. Het zonnetje scheen en de Middellandse Zee zorgde voor een helderblauw, kalm decor. Die kalmte had ze in haar eerdere herinneringen niet gezien. Toen was het nog de woeste, zwarte duisternis geweest waarin ze bijna was verdronken.
Omdat ze verder wilde met haar droom, die eigenlijk een ontsnapping aan de verstikkende realiteit was, vocht ze tegen die pijnlijke herinneringen. Ze was niet bijna door de zee vermoord, maar door haar eigen man. Toen dat besef goed was doorgedrongen, kon ze de zee beter loskoppelen van de gebeurtenissen en leek het haar steeds minder een gek idee om die plek weer op te zoeken.
Natuurlijk speelde dit zich allemaal af in haar verbeelding, maar toch... Het voelde aan als een overwinning. Op haar verleden en op zichzelf. Wat zich in Blanes had afgespeeld mocht geen belemmering zijn voor haar toekomst. En voor haar gevoel zou ze die ketenen helemaal verbreken door haar eigen weg te kiezen. Eentje die voor de buitenwereld wellicht onbegrijpelijk zou zijn.

Soms verklaarde ze zichzelf voor gek om terug te keren naar die onheilsplek. Welk zinnig mens koos het avontuur in Spanje boven de zekerheden in Nederland? Nog wel in een oord dat haar zoveel verdriet had bezorgd!
Frank had met behulp van een smak geld in de zon oud willen worden. Wat was er mooier dan zijn droom op haar eigen wijze te beleven? Niet hij, maar zij ging van het Spaanse leven genieten. Terwijl hij en die Spaanse hoer van hem wegrotten in hun cel.
Ze had opeens zoveel wraaklust gevoeld. Dat kende ze niet van zichzelf, maar het hielp haar wel om erbovenop te komen, zich sterker te voelen. Ze zou niet meer met zich laten sollen. Niet meer.

Ze had de knoop doorgehakt en een ticket naar Barcelona gekocht. Op het vliegveld had ze een auto gehuurd en was richting Blanes gereden. De eigenaar van het huis had haar met open armen ontvangen. Hij nam de tijd voor een uitgebreide rondleiding. Hun conversatie ging met handen en voeten, in een mengelmoes van Engels en een paar Spaanse woorden die zij uit een woordenboek had opgepikt. Toch wist ze aan het eind van de ontmoeting wat er wel en niet mogelijk was.
In eerste instantie had ze het voor een jaar willen huren terwijl hij in principe wilde verkopen. Vanwege het slechte onderhoud kon er nog wat van de prijs af, had hij met gespeelde tegenzin gezegd. Gaandeweg de rondleiding had zij de indruk gekregen dat hij graag van het pand af wilde, misschien wel moest. Hoewel zij voldoende mogelijkheden zag om het huis op te knappen en dolgraag naar Spanje wilde vertrekken, kon zij onmogelijk een bod doen. Er waren nog te veel onzekerheden. Ze zou eerst het proces tegen Frank moeten afwachten en daarna pas een definitieve beslissing kunnen nemen. Ze kwam daarom met een tussenoplossing. Zogenaamd om de eigenaar tegemoet te komen, zou ze niet voor één, maar voor twee jaar huren. In die periode zou ze de kosten van de opknapbeurt voor haar rekening nemen. Na die twee jaar zouden ze weer om de tafel gaan zitten om een definitieve verkoop te

bespreken. In die deal konden ze dan het een en ander verrekenen. Toen het voorstel tot de eigenaar was doorgedrongen, haalde hij zijn schouders op. Hij zou het overdenken en nog contact met haar opnemen. Maar de hartelijkheid van zijn afscheid verried zijn enthousiasme. Toen ze van het huis was weggereden, had ze even getwijfeld of ze terug naar Barcelona zou rijden of een kleine omweg langs Blanes en de haven zou nemen. Het leek alsof ze naar de onheilsplek werd getrokken. Was ze gek geworden? Hoofdschuddend was ze richting Barcelona gereden. De haven, het huis... Alleen al het idee om daar voor je lol te gaan kijken! Ramptoerist van je eigen verleden. Idioot.

In de periode die tussen dit bezoek aan de villa en het begin van de rechtszaken lag, was haar verlangen naar een nieuwe start gegroeid. Ze had zich thuis op een cursus Spaans gestort. Met ongekend fanatisme had ze de stof tot zich genomen. Het tempo van haar schriftelijke begeleider was lager geweest dan haar drang om gas te geven. Hoewel het grammaticale gedeelte lastig bleef, kon ze na een paar maanden een aardige conversatie voeren.

40

Heleen pakte nog een olijf. Ze kauwde er voorzichtig op. De harde pit legde ze in een bakje dat naast haar salade stond. Dit was de laatste, nam ze zichzelf voor. Olijven waren verslavend. Althans, deze olijven. Zo van de boom, daar konden de potjes in Nederland niet tegenop.
Fruit, groente, noten, alles was vers. Was het niet uit je eigen boomgaard, dan had de buurman wel ergens een stuk grond waar de producten groeiden. Ook op de lokale markten vond je de heerlijkste waren. Vis, bijvoorbeeld. Zelfs het vlees smaakte hier beter, voller. Al kon dat laatste ook door haar liefde voor de omgeving komen. De laatste maanden had ze toch een beetje op een roze wolk geleefd. Zo eerlijk moest ze wel zijn.
Ze noemde zichzelf weleens een villavluchteling. Ze had een rigoureuze stap gezet. Van een leuke, moderne woning naar een verouderde, vrijstaande villa met een inrichting die dateerde uit de vorige eeuw. Toch was het een gouden zet geweest. Ze was gelukkig op een pure manier, die losstond van geld of bezit. Dit intense gevoel van levenslust koesterde ze elke dag weer.
Heleen ruimde de tafel af en liep naar binnen. Ze leegde haar bord en de schalen boven de vuilnisemmer en deed de kleine vaat met de Franse slag. Schoon was schoon, het hoefde niet te glimmen en afdrogen was ook niet nodig, dat ging vanzelf. Ze pakte een fles rode wijn en een glas en liep op haar gemak terug naar de patio. Ze dronk tegenwoordig twee glazen rode wijn per avond. De schemering duurde vrij kort. Van die overgang tussen licht en donker wilde ze genieten. Vogels zochten een plekje, nachtdieren ontwaakten uit hun slaap en het wild scharrelde

door de heuvels. Op dit plekje van de aardbodem had de natuur op elk uur van de dag wel wat interessants te bieden.

Terwijl ze ging zitten en zichzelf wijn inschonk, overdacht ze hoe goed ze de rechtszaken door was gekomen. Ondanks alle ellende, was ze ten goede veranderd. Ze was sterker geworden.

Het eerste proces had zich in Nice afgespeeld. Ze was door het Openbaar Ministerie opgeroepen als getuige. In een achterzaal van het paleis van justitie legde zij haar verklaring af. De rechter, de officier van justitie en Castellano's advocaat stelden vragen waarop zij naar waarheid antwoordde. Een tolk vertaalde haar woorden in het Frans.

Al die tijd had Jorge Castellano recht voor zich uit gekeken. De blik in zijn ogen was leeg. De agressieve drugsgebruiker was een willoos hoopje mens. Voorafgaand aan het proces had ze de oude Jorge Castellano voor zich gezien. De man die ze haatte. De persoon die nu in de beklaagdenbank zat straalde niets van die agressie uit. Uit zijn houding bleek eerder dat hij spijt had van zijn daden.

Maar ze voelde geen medelijden met hem. Castellano had haar veel leed berokkend en moest daarvoor boeten.

In een eerder stadium had hij een volledige bekentenis over zijn aandeel in de fraude afgelegd. Op aandringen van zijn zus en aanstaande zwager had hij Gautier een overdosis toegediend. Hierbij had hij uitdrukkelijk verklaard dat de druk die zij op hem uitoefenden enorm was geweest. Zo erg zelfs, dat hij voor zijn eigen leven had gevreesd als hij de executie niet zou uitvoeren. Zijn zus en haar vriend Frank waren meedogenloos. Ook had hij de poging tot moord op Heleen van Rijnsburg, waartoe hij ook door Frank en zijn zus was aangezet, bekend.

Op één punt na, was de zaak tegen Castellano rond. Hij bleef zwijgen over de vindplaats van het geld.

Twee weken later deed de rechtbank uitspraak. Ze was zelf na het proces naar Nederland teruggekeerd. Ze had genoeg gezien en gehoord.

Jorge Castellano zou hoe dan ook worden veroordeeld tot een hoge straf. Om nogmaals naar Frankijk af te reizen voor de uitspraak zag ze niet zitten. Christian en Etienne woonden in de buurt en namen de honneurs waar. Die hadden haar gebeld en gezegd dat Jorge Castellano veroordeeld werd tot een levenslange gevangenisstraf. In zijn toelichting verduidelijkte de rechter dat het hof de moord met voorbedachten rade op Vincent Gautier zwaar liet wegen en mede hierdoor had besloten tot het opleggen van de maximale straf. Castellano was na deze uitspraak in woede uitgebarsten.

Terwijl hij werd weggeleid, had Castellano geschreeuwd dat hij in opdracht had gehandeld. De hoogte van de straf was volgens hem belachelijk.

Christian en Etienne hadden het uitstapje naar het paleis van justitie niet voor herhaling vatbaar gevonden. Volgens hen was de sfeer rond het proces buitengewoon deprimerend geweest.

Het proces tegen Frank en Romina vond plaats in Gerona. Op aanraden van haar advocaat was ze een week eerder naar Spanje vertrokken en ze zou daar tot na de uitspraak blijven. Hiermee ontliep ze de media in Nederland die in aanloop naar het proces ongetwijfeld weer contact met haar zou opnemen. Later hoorde ze van Alex dat het inderdaad had gewemeld van de cameraploegen in de straat.

Voordat dit proces van start zou gaan, had ze nogmaals een afspraak met de eigenaar van haar droomhuis gemaakt. Tot haar genoegen was het huis nog niet verkocht en bleek de man stukken toegeeflijker. Hij had over haar voorstel nagedacht. De onderhandelingen verliepen in een gemoedelijke sfeer. Ze kwamen tot een mondelinge overeenkomst die door zijn advocaat op papier zou worden gezet. Ondanks haar groeiende enthousiasme, had ze haar hoofd koel gehouden en een maand bedenktijd bedongen.

Het proces van Frank en Romina had in Spanje ook veel aandacht van de media getrokken. Door de geblindeerde ruiten van de politiebus had ze gezien hoe ratelende reporters en duwende cameramensen voor het gerechtshof post hadden gevat. Tot haar opluchting was ze door een zijdeur naar binnen geloodst, zodat niemand haar met vragen lastig kon vallen. Onder begeleiding van een rechercheur die in Blanes aan de zaak had gewerkt, had ze in een zaaltje achteraf plaatsgenomen totdat een bode haar was komen halen.

In de rechtszaal aangekomen zag ze Frank en Romina naast elkaar, geflankeerd door hun advocaten, op een bank zitten. De maanden in de cel hadden Frank jaren ouder gemaakt. Zijn baard en overtollige vet waren verdwenen. Zijn natuurlijke haarkleur was terug, afgezien van wat grijze tinten hier en daar. Zijn gezicht werd getekend door diepe lijnen, waardoor hij er afgepeigerd uitzag.

Romina had er daarentegen uitgezien als een model voor een glossy magazine die geheel buiten haar schuld om in een onverkwikkelijke zaak terecht was gekomen. Het eenvoudige truitje dat ze droeg stond haar beeldig en haar kapsel was onberispelijk. In tegenstelling tot Frank, die tijdens de sporadische momenten dat hij zijn gebogen hoofd optilde een diepongelukkige blik de zaal inzond, keek Romina met opgeheven hoofd naar de aanwezigen. Uit haar lichaamstaal en uitspraken sprak oprechte verwondering over de hele zaak en hoe zij behandeld werd. Ze was teruggekomen op haar eerste bekentenissen die volgens haar onder druk tot stand waren gekomen. Alles was buiten haar medeweten om bekokstoofd en uitgevoerd. Zij was geen verdachte, maar slachtoffer van de omstandigheden. Geld had ze nooit ontvangen.

Nadat Heleen de vragen van de rechterlijke macht had beantwoord, begeleidde de bode haar naar de gang. Toen hij de deur van de rechtszaal achter zich sloot, was er een hele last van haar af gevallen. Het zat erop. Zij had gedaan wat ze moest doen. Anderen namen het nu over.

Toen ze de gang was ingelopen, hoorde ze hoe de deur van de rechtszaal werd geopend. Het getik van hakken volgde haar. Ze was blijven staan en had zich omgedraaid. Een vrouw in een zwart mantelpakje kwam met zelfverzekerde tred op haar af. Ze had zwart haar en een vrij

grof postuur. De hoge jukbeenderen gaven haar gezicht een bepaalde fijnheid die haar lichaam ontbeerde.
Ze had haar hand uitgestoken.
'Dag mevrouw Van Rijnsburg. Mijn naam is Ana Castellano. Ik ben de zus van Romina, maar laat ik meteen zeggen dat mijn zus en ik niet op vriendschappelijke voet staan.'
Heleen had even nodig om de expliciete context van de rap gesproken woorden tot zich te laten doordringen. Daarna had ze twijfelend de hand van Ana geschud.
'Ik begrijp dat ik u overval,' was Ana verdergegaan. Ze haalde een visitekaartje uit haar handtas en overhandigde dit.
'Ik zou het waarderen als u de komende dagen contact met mij opneemt. Als familielid van Romina en opvoeder van David ben ik erg geïnteresseerd in uw verhaal.' Ze schudde met haar hoofd. Uit haar houding sprak verontwaardiging en berusting.
'Romina heeft haar hele leven lang mensen gekwetst. Wat u is aangedaan slaat echter alles. Het spijt me dat het u is overkomen.'
Heleen had even niet geweten wat ze moest antwoorden. Het eerste wat in haar op was gekomen was een stamelend 'Dank u wel.'
'Ze heeft mijn broer hierin mee gezogen. Hij is echt geen slecht mens. Beïnvloedbaar en gek op geld, dat wel. In een roes van drugs en fantasieën over het grote geld heeft hij die misdaden begaan. Daarvoor moet hij nu een hoge prijs betalen.' Ze sloot even haar ogen. 'Ik was ook bij het proces in Nice. Daar kon ik niet de moed opbrengen om u aan te spreken.'
Achter haar verliet iemand de rechtszaal.
'Ik moet nu terug. Neem alstublieft contact met me op,' zei Ana.

41

Heleen nam nog een slok van haar rode wijn. Haar eerste kennismaking met Ana en de twijfels die ze hierover had gehad, stonden haar nog helder voor de geest. Ze had het vreemd gevonden dat Ana haar in het gerechtsgebouw had aangesproken. Waarom wilde Ana contact met haar? Was er soms sprake van een wraakactie van de familie Castellano? Na veel wikken en wegen had ze toch besloten om vast te houden aan haar mensenkennis. Ze had aan het gesprek een goed gevoel overgehouden. De vrouw kwam sympathiek op haar over en leek oprecht. Ze had zich voorgenomen om ergens in de komende dagen dat ze nog in Spanje zou zijn contact met Romina's zus op te nemen.

Gedurende dat telefoongesprek was het goede gevoel enkel versterkt. Ana leek niet op persoonlijk gewin of wraak uit te zijn, maar wilde slechts de waarheid weten. Inmiddels wist Heleen dat die veronderstelling klopte.

Twee dagen later was Heleen naar het zuiden gereden. Het kleine huis was knus ingericht en lag in een dorpje vlakbij Barcelona. David speelde met een brandweerauto en merkte haar nauwelijks op. 'Als er vreemde mensen op bezoek komen neemt hij altijd een afwachtende houding aan,' verklaarde Ana het gedrag van haar neefje. 'Daarna komt hij pas los.' Met in haar achterhoofd de eerste ontmoeting met het kind, had Heleen begrijpend geknikt. Dit was niet het geschikte moment om daarover te beginnen.

Ana paaide David met een dvd, die hij meteen naar zijn kamer meenam om te bekijken. Na wat aftastende en beleefde opmerkingen over en weer, vertelde Heleen in samenvatting wat haar het afgelopen jaar was overkomen. De hele tijd dat ze aan het woord was had Ana ademloos geluisterd. Toen ze was uitgesproken, legde Ana even haar hand op Heleens been. 'De schoften,' had ze gefluisterd. 'Wat ben ik blij dat jij het hebt gered.' Om even op adem te komen had ze koffie voor hen gezet. De stilte die viel was welkom. Ana had op haar beurt over haar broer en zus verteld. Met Jorge had ze tot haar twintigste een goede band gehad. Rond die periode was haar jongere broer in aanraking gekomen met drugs. Na de zoveelste aanvaring met haar ouders was hij vertrokken om nooit meer terug te keren. Hij belandde in de drugsscene van Barcelona en bleef daar jarenlang hangen. Twaalf ambachten en dertien ongelukken later kreeg hij via een vriend de kans om op een cruiseschip te werken. Hij accepteerde de baan en verhuisde naar Nice. Ze had hem nog een paar keer gesproken. Hij had het erg druk, voornamelijk met zichzelf.

'Jorge is een vlinder,' had Ana gezegd. 'Hij fladderde door het leven, altijd op zoek naar uitdagingen en nieuwe liefdes. Meestal liep dat fout af. Hij is egoïstisch en egocentrisch… maar geen slecht mens. Hij is gebruikt door Romina. Ze kan als geen ander mensen voor haar karretje spannen.'

Ana had er triest uitgezien toen ze dit zei, en hoewel Heleen het moeilijk vond Jorge als een goed mens te beschouwen, zag ze hoeveel verdriet het Ana deed dat het haar broer zo vergaan was. De zachtaardige toon verdween toen Ana over haar zus begon. Zij hadden elkaar nooit gemogen. Hun karakters verschilden totaal en dat had vanaf de tienerjaren pas echt een probleem opgeleverd. Romina was hun vaders oogappeltje geweest. In de meeste gevallen hoefde ze slechts grote, onschuldige ogen op te zetten om haar zin te krijgen. Al op jeugdige leeftijd was ze een meesteres in het manipuleren. Vanwege haar knappe uiterlijk was ze populair bij het andere geslacht. Romina had nooit vriendinnen, altijd vrienden. Ze wond hen om haar vinger en bewandelde voor haar achttiende al een weg die promiscue genoemd mocht worden. Wonder boven wonder liep

ze jaren later tegen een fatsoenlijke man op die met haar trouwde. Dit huwelijk hield vijf jaar stand. Romina had aan een van haar vele slippertjes een geslachtsziekte overgehouden. Toen haar man van de dokter vernam dat hij 'ergens' een vervelend kwaaltje had opgelopen, ging hij direct naar huis en pakte zijn spullen. Tijdens hun huwelijk was híj nooit vreemdgegaan. Zijn illusie van een droomhuwelijk was uiteengespat. De scheiding werd drie maanden later uitgesproken.
In die periode had ze enkele pogingen gewaagd om op betere voet met Romina te komen. Het liep uit op een fiasco. Ze mochten dan in naam zussen zijn, een relatie was er eigenlijk nooit geweest. Zonder het daadwerkelijk uit te spreken, besloten ze om elkaar definitief los te laten. Alleen bij de begrafenis van hun ouders was er vluchtig contact geweest.
Toen David binnenkwam, had Heleen automatisch op haar horloge gekeken. Ze hadden anderhalf uur gesproken en het voelde alsof ze de inleidende fase nog moesten afsluiten. Blijkbaar dacht Ana hetzelfde, want ze stelde voor nogmaals af te spreken. Heleen had toegestemd en was terug naar haar hotel gereden. Onderweg had ze nagedacht over Ana's kernachtige omschrijvingen van haar broer en zus. Het was een goed gesprek geweest tussen twee vrouwen die veel hadden verloren en terug probeerden te knokken. Ze wilde nog langer blijven en had het thuisfront gemeld dat ze haar verblijf met ten minste een week zou verlengen. Hierdoor was ze in de gelegenheid de uitspraak van de rechtbank bij te wonen, een meer kritische blik op haar droomhuis te werpen en nog een bezoek aan Ana en David te brengen. In die week had ze gedetailleerde aantekeningen voor een opknapbeurt van het huis gemaakt en had ze een kleine overwinning geboekt toen ze even met David had gepraat, zonder dat hij zich verlegen achter Ana had verscholen.
Tijdens de uitspraak had ze op het achterste bankje van de rechtszaal gezeten. Ana zat twee rijen voor haar en keek strak voor zich uit. De spanning was om te snijden.
De rechters in Gerona waren onverbiddelijk. Frank kreeg een gevangenisstraf van 38 jaar. Hij werd veroordeeld voor medeplichtigheid aan

moord met voorbedachten rade, poging tot moord, grootschalige fraude en het vervalsen van staatsdocumenten. In zijn uitspraak liet de rechter geen spaan heel van het betoog van Franks advocaat, die had gegokt op vrijspraak in plaats van medewerking en een bekentenis, waardoor een mildere straf zou zijn opgelegd. De twee cruciale getuigenissen en het aangevoerde bewijs, zoals het samenlevingscontract tussen Frank en Gautier, de lening in Holland waarmee de Franse verzekeringsmaatschappij werd betaald, Franks verdwijning en zijn valse nieuwe identiteit, waren voor het hof overtuigend genoeg om een zware straf op te leggen. Aangezien de maximale straf in Spanje dertig jaar bedroeg, kreeg hij dus levenslang. Goed gedrag kon een aftrek van tien jaar opleveren, wat inhield dat hij op z'n vroegst over twintig jaar vrijkwam. Hij hoorde de straf aan met gebogen hoofd, als een verslagen bejaarde man. De leeftijd die bij hem paste tegen de tijd dat hij zijn straf uitgezeten zou hebben.

Ook Romina werd fors gestraft. De rechtbank bleek ongevoelig voor haar optreden. Ze werd veroordeeld voor medeplichtigheid aan moord met voorbedachten rade, grootschalige fraude en het in bezit hebben van vervalste documenten. Dit leidde tot een celstraf van 34 jaar, eveneens levenslang. Ook in dit vonnis werd gerefereerd aan de twee betrouwbare getuigenissen en de documenten die in haar huis waren gevonden. Het verweer van haar advocaat dat zij nergens vanaf wist, werd door de rechtbank verworpen.

Ze was na de uitspraak als een feeks tekeergegaan. Terwijl de rechtbankmedewerkers haar wegleidden, vervloekte ze eerst de rechters. Daarna waren Frank, Ana en die *puta holandesa* aan de beurt. Toen de deur achter haar werd gesloten, galmde haar schelle stem nog in de rechtszaal na.

Tevreden met het vonnis en de ontwikkelingen in Spanje, was Heleen teruggekeerd naar Nederland. Daar stond haar een aangename verrassing te wachten. Haar advocaat had diverse gesprekken met Franks

werkgever gevoerd. Ze hadden een overeenkomst bereikt die stond of viel met de uitspraak van de rechtbank. Nu de veroordeling een feit was, hoefde ze enkel haar handtekening te zetten.
Het contract hield in dat zij bleef zwijgen tegen de media en in de toekomst geen memoires zou publiceren. Wilde ze of moest ze door omstandigheden daarvan afwijken, dan werd het verzoek vooraf aan de bedrijfsdirectie voorgelegd. Zij hadden te allen tijde een vetorecht. Als tegenprestatie mocht zij het uitgekeerde verzekeringsgeld houden.
Enigszins verbaasd had ze haar advocaat om uitleg gevraagd. Hoe was het mogelijk dat een bedrijf tot deze regeling kwam? Zij waren toch nergens verantwoordelijk voor?
Haar raadsman gaf een uitvoerige uitleg over de denkwijze van de bedrijfstop en het daaruit voortvloeiende beleid. Het kwam erop neer dat de bedrijfstop worstelde met de wisselwerking van de zakelijke kant én het menselijke aspect van deze zaak.
Doordat het management verzuimd had de verhouding van Frank met een collega, wat een overtreding van de bedrijfsregels was, op te merken en te melden, waren ze bang om voor de rechter gesleept te worden. Bovendien zou de hele rechtszaak rondom Frank slecht op hun bedrijf afstralen. De eventuele immateriële schade die zij door deze zaak zouden lijden, was niet in cijfers uit te drukken.
Daarnaast hadden ze te maken met het leed van Heleen, de vrouw van hun voormalige medewerker. Ze moesten daar een soort compensatie voor regelen, in ruil voor haar stilzwijgen over de hele zaak. Uiteindelijk nam de directie het advies van Peter Redderswaal over om schoon schip te maken. De bedrijfstop zou zwijgen als het graf en dat gold ook voor Heleen van Rijnsburg.

Nadat ze het contract had ondertekend, bedankte ze Peter. Het typeerde hem dat hij alle credits bij haar advocaat neerlegde. Ze vertelde hem over haar toekomstplannen. Over haar verhuizing naar Spanje. Volgens de wet behoorde het huis in Eindhoven aan haar en Frank toe. Eventu-

ele schadeclaims van haar kant stonden daar in principe buiten. Omdat zij bij voorkeur al haar schepen achter zich wilde verbranden, had haar advocaat een deal met Frank geadviseerd. Ze had meteen afwijzend gereageerd, ze wilde nooit meer iets met hem te maken hebben. Met argumenten die heel redelijk waren wist hij haar te overtuigen. Hij begreep dat het nu nog gevoelig lag, maar in de toekomst zou ze echt beter af zijn met een goede overeenkomst. Lukte dit, dan kon ze werkelijk voor haar idealen gaan in plaats van de komende jaren veel energie in langlopende rechtszaken te steken.
Hij nam contact op met Franks advocaat om over de verkoop van het huis en een scheiding te praten. Mits Frank meewerkte aan een vlotte afwerking, zou ze afzien van een claim voor materiële en immateriële schade die zij door zijn optreden had geleden. Hij stemde met beide punten in. Hij kon ook niet anders gezien zijn financiële situatie. Frank wilde zijn straf in Nederland uitzitten. Met het versnellen van zo'n uitlevering was achter de schermen het nodige geld gemoeid. Het geld dat vrijkwam na de verkoop van het huis kon hieraan worden besteed.

Ze was naar Spanje vertrokken en had het huis in Nederland voor een redelijke prijs te koop gezet. In de veronderstelling dat er minstens enkele maanden voorbij zouden gaan voordat de eerste kopers zich zouden melden, nam ze de plaatselijke aannemer in Blanes aan om de verbouwing van de villa te regelen. Terwijl de manschappen de villa opknapten, meldden de eerste kopers zich bij haar makelaar in Eindhoven. Het was meteen raak. Mensen uit Haarlem die vanwege hun werk naar Eindhoven moesten verhuizen. Een week na bezichtiging werd het huis verkocht. De helft van de opbrengst minus de resthypotheek ging naar Frank. Drie maanden later werd hij aan Nederland uitgeleverd om daar zijn resterende straf uit te zitten.

Heleen luisterde naar het concert dat door de krekels werd uitgevoerd. Ze glimlachte. Het ging haar steeds makkelijker af om over vroeger te denken. Ook met het turbulente gedeelte van het recente verleden had ze weinig moeite. Het sleet, naarmate haar leven beter op de rails kwam. Zelfs de ergste pijn, die van de vernedering, werd geleidelijk aan minder. Deze omgeving en de kring van mensen om haar heen verrichtte wonderen.

Toeval of geluk? Het geld dat ze niet hoefde terug te betalen, de snelle scheiding en verkoop van het huis, dit hemelse plekje op aarde, haar relatie met Ana en David die met de week groeide? Bestond er wel een woord voor om dat alles te definiëren? Ach, wat maakt het ook uit, dacht ze. Misschien was dit wel gewoon wat ze verdiende na al die ellende. Het geluk lachte haar eindelijk toe. In de afgelopen maanden was haar moeder al tweemaal op bezoek geweest. Haar broer Jurgen zou deze zomer met zijn familie vakantie komen vieren. Alex was in de meivakantie een week bij haar geweest. Samen hadden ze een geweldige tijd beleefd. De laatste week van zijn zomervakantie zou hij nogmaals bij haar logeren.

Als verrassing hadden Christian en Etienne onverwacht voor haar deur gestaan. Het was een fantastisch weekend geworden, waarin ze veel lol hadden gehad. Ze spraken af dat ze in het najaar weer van de partij zouden zijn als haar collega's op bezoek kwamen. Bernadette zou hen dan vergezellen.

Maar niet iedereen reageerde zo goed op haar overwinning. Monique had de zijde van Frank gekozen. Na de uitspraak hadden ze hooguit een kwartier gesproken waarin Monique aangaf dat haar familieband sterker was dan de relatie met haar schoonzus. Ze koos openlijk voor Frank zonder zijn daden af te zwakken. Omdat ze vroeger goed met elkaar omgingen, speet het haar dat ze elkaar nooit meer zouden zien. Ze koesterde geen wrok tegen Heleen, maar zou altijd achter haar broer staan. Ze overwoog sterk om naar Nederland terug te keren, zodat ze Frank regelmatig in de gevangenis zou kunnen opzoeken.

Monique was volwassen en nam een weloverwogen beslissing. Heleen wenste haar het allerbeste toe.

Ana was in korte tijd uitgegroeid tot een echte vriendin. En David? Ze was gek op hem. Van dat kind kreeg ze nooit genoeg. Wat een schatje was dat. Nooit had ze gedacht dat ze zoveel kon genieten van iets wat uit zoiets kwaads was ontstaan.
Ze stond op. Voor vandaag was het genoeg geweest. Van het ene op het andere moment sloeg de vermoeidheid toe.
De telefoon ging. Snel liep ze de woonkamer binnen. Op het scherm van de telefoon las ze het nummer van Ana. Vrolijk nam ze op.

42

'*Tia Elena!*' Zo snel als zijn kleine beentjes hem konden dragen rende David naar haar toe en sprong in de armen van zijn 'tante Heleen'.
'Dag ventje van me.' Ze kuste hem op zijn wang.
'*Parque de atracciones,*' zei hij verwachtingsvol.
Ze deed meteen wat haar werd gevraagd. Ze pakte hem onder zijn oksels vast en begon rondjes te draaien. Omdat ze dit spelletje al enige keren had gespeeld, wist Heleen precies waar ze haar voeten neer moest zetten, zonder dat het desastreuze gevolgen voor Ana's inboedel zou hebben.
Toen ze hem weer neerzette, trok hij aan haar arm. Ze moest mee naar de tuin. Voetballen. Op het dorre grasveldje deden vier keien dienst als doelpalen. Wie het eerst driemaal scoorde won een virtuele beker. David had nog nooit van haar verloren en zij deed er alles aan om hierin geen verandering te brengen.
David vierde zijn winnende doelpunt uitvoerig. Als een ware kampioen droeg zij hem naar de keuken waar Ana met limonade op hen wachtte. Die had de capriolen van haar neefje en Heleen op een afstandje met een warme glimlach aanschouwd.
Terwijl ze aan de keukentafel nog zaten na te hijgen van de finale om de wereldcup, opende Heleen haar handtas en haalde er een plat doosje uit. David zette meteen zijn glas neer en strekte zijn rechterarm. Hoewel tante Heleen bijna altijd een cadeautje meebracht, glunderde hij telkens weer. Gretig scheurde hij het papier van het presentje. Hij juichte en hield de dvd triomfantelijk omhoog.
'Tekenfilms!' riep Ana enthousiast.

David knikte wild met zijn hoofd en stond op. Hij liep snel naar Heleen en drukte een kus op haar wangen.
'*Gracias*!'
'*De nada, mi amor*.'
Zijn ogen flitsten naar Ana. Ze knikte. Met de dvd stevig tussen zijn vingers geklemd, rende hij naar zijn kamer. Toen ze de deur hoorden dichtslaan, slaakte Ana een theatrale zucht.
'Jouw cadeautjes zijn de ideale kalmeringsmiddelen, wat een rust.'
Heleen grijnsde met haar mee.
'Volgende keer koop ik die hele winkel leeg. Heb jij het meest relaxte weekend van je leven.'
Ze dronken koffie. De vrolijke tonen uit Davids kamer pasten bij de sfeer die in de keuken hing. Hun vriendschap was de laatste maanden gegroeid. Ze zagen elkaar minstens één keer in de twee weken en praatten dan honderduit. Er waren altijd onderwerpen te over en tijd te kort om ze allemaal te bespreken.
'Je was gisteren behoorlijk mysterieus, hoor,' zei Heleen. 'Wat wilde je zo graag vragen dat je niet over de telefoon kon doen?'
Ana grijnsde en trok een zogenaamd schuldbewust gezicht. 'Tja, misschien heb ik het wat overdreven.' Ze hief haar rechterhand. 'Maar ik zit er wel mee, hoor.'
'Maak van je hart geen moordkuil.' Aangezien Ana haar niet-begrijpend aankeek, realiseerde Heleen zich dat ze onbewust letterlijk uit het Nederlands had vertaald.
'Een Hollands gezegde,' verduidelijkte ze. 'Het betekent dat je dingen niet moet opkroppen maar het eruit moet gooien.'
Ana knikte. Omdat Heleen de Spaanse taal nog niet helemaal machtig was, gebeurde het geregeld dat ze uitdrukkingen verkeerd gebruikte of letterlijk vertaalde. Soms leidde dat tot hilarische taferelen.
'Je weet dat ik volgende week mijn examen heb,' begon Ana.
'In Madrid,' antwoordde Heleen. Ana stond op het punt haar diploma voor opticien te halen.

'Het probleem is niet zozeer het examen, maar de dagen erna,' ging Ana verder. 'Het examen duurt twee dagen. Maar mijn baas heeft bedacht dat alle medewerkers van de keten die examen doen, de daaropvolgende drie dagen in totaal vier fabrieken gaan bezoeken waar ze brillen en contactlenzen maken.'
'Leuk idee!' reageerde Heleen enthousiast.
'Op zich is het inderdaad een goed plan. Helaas blijft het niet bij die drie extra dagen. In het kader van teambuilding heeft mijn supersociale werkgever voor al zijn medewerkers drie survivaldagen in de Sierra Nevada geboekt. Al met al ben ik dus met het reizen meegerekend geen drie, maar tien dagen weg.'
Heleen zuchtte diep. Ze begreep direct waar het probleem lag.
'Hoe ga je dat met David oplossen? Komt er iemand in huis?'
Ana schudde ontkennend met haar hoofd.
'Voor die drie dagen had ik geregeld dat hij kon logeren bij een ventje dat bij hem op de speelzaal zit. Vanmorgen heb ik het afgebeld, dat kan ik die ouders niet aandoen. Trouwens, ik moet er zelf ook niet aan denken om hem tien dagen bij vreemden te laten. Want zo is het natuurlijk wel. Lieve mensen, hoor, ze zeiden dat hij ook voor tien dagen welkom was. Maar het blijven vreemden, weet je wel.'
'Ik begrijp precies wat je bedoelt,' beaamde Heleen stellig. 'Tien dagen bij anderen lijkt me voor David ook erg lang. Hij zal ongetwijfeld heimwee krijgen. Je zou hem bij een vertrouwd iemand moeten kunnen achterlaten.' Het duurde even voordat ze doorhad waar Ana naartoe wilde.
'Dat meen je niet,' de toonhoogte van haar stem daalde een octaaf.
'Absoluut,' antwoordde haar vriendin. 'Je zei het net zelf: een betrouwbaar iemand bij wie David geen heimwee krijgt. Ik weet dat ik me opdring en begrijp het als je dit niet ziet zitten. Ik vind ongetwijfeld iemand anders die goed voor hem zorgt. Even goede vriendinnen, oké?'
Heleen reageerde veel heftiger dan de bedoeling was. 'Nee, nee, nee, dat zie je helemaal verkeerd. Als iemand David wil verzorgen ben ik het

wel. We kunnen samen leuke dingen doen zoals fruit plukken, naar het strand gaan, voetballen en...'

Ze viel stil. Uit het niets kwam de emotie op. De woorden die ze nog had willen zeggen verstilden op haar lippen. Ze wist zich opeens geen raad met haar houding en sloeg haar ogen neer. Voordat ze de kans kreeg een excuus te bedenken legde Ana haar handen op die van haar.

'Weet je nog dat jij me vertelde over jouw droom? Op den duur de villa geschikt maken voor kinderopvang, zodat jij de hele dag kunt keutelen met die kleintjes?'

Heleen deed een poging om nonchalant haar schouders op te halen.

'Ach, ieder mens heeft zo zijn of haar dromen. Dat wil nog niet zeggen dat je het meteen serieus moet nemen...'

Er verscheen een spottend lachje om Ana's lippen. Ze stond op. 'Waarom vragen we het niet aan David?' Zonder Heleens antwoord af te wachten riep ze haar neefje. David kwam met een verhit gezicht de keuken in. Hij leefde altijd enorm mee met de personages in de tekenfilms.

'Volgende week moet ik een tijdje weg voor mijn werk,' begon Ana. 'Waar zou jij het allerliefst slapen?'

David begon te stralen. Hij strekte zijn armpjes en viel Heleen om haar nek.

'Tia Elena!'

Heleen trok David stevig tegen zich aan.

43

David struinde door de boomgaard. Hij klapte in zijn handen en zong uit volle borst een liedje dat hij op de speelzaal had geleerd. Zijn serieuze gelaatsuitdrukking, de vrolijke melodie en zijn kinderlijke motoriek maakten het een grappig tafereel.

Ondanks haar bezorgdheid moest ze om hem lachen. Ze had hem vanmorgen vroeg uitgelegd dat er slangen tussen het gras konden liggen. Meestal waren dat onschuldige tuinslangen, maar heel soms kwam het voor dat er een adder lag te zonnen. Om te voorkomen dat hij op zo'n beest zou stappen, moest hij in de boomgaard altijd veel herrie maken. Want de slangen waren veel banger voor hem dan omgekeerd het geval was. David vond het wel spannend en was meteen op pad gegaan.

Vanaf de patio volgde ze elke stap die hij zette. Regelmatig keek hij op, zag haar vertrouwde gezicht, waarna hij vrolijk verder ging. Het spelletje duurde al een uur zonder dat een van beiden zich verveelde. Heleen had al meerdere malen gedacht dat het tijd was om eens flink in haar arm te knijpen. Ze zat op de patio van een villa in Spanje terwijl in de omliggende boomgaard het liefste ventje van de wereld de tijd van zijn leven had. Wonderen bestonden dus toch.

Nadat ze door Ana was overvallen met het oppasidee en de spontane reactie van David, was er geen weg meer terug. Niet dat ze dat wilde, integendeel zelfs, maar het viel haar toch rauw op haar dak. Op de terugweg waren er naast de opwinding over de aanstaande logeerpartij ook twijfels gerezen. Kan dit wel?

Natuurlijk kon het wel, David was weliswaar Franks zoon, maar dat stond volledig buiten de kwestie. Wel moest ze oppassen dat ze geen verkeerde opmerking over Frank of Romina maakte waardoor hij van streek kon raken.

Aan de andere kant kon het natuurlijk niet, David was het product van een man die haar tot in het diepst van haar ziel had gekwetst. Elke blik op hem zou haar eraan herinneren dat ze zelf geen kinderen had kunnen krijgen. Door David in haar huis te halen, zou ze het verleden weer naar boven brengen, wat haar soms nog emotioneel maakte. Dom. En moeilijk.

Tijdens die rit was er een moment geweest waarop ze had overwogen om van de logeerpartij af te zien. Maar ze stapte snel van die gedachte af. Haar beslissing om in Spanje te wonen symboliseerde haar toekomstvisie. Ze had een gedeelte van haar leven afgesloten, zonder hierbij definitief de deur te sluiten. Goede herinneringen en fijne mensen uit het verleden bleven altijd welkom, maar nu moest ze aan zichzelf denken.

Het was een bizarre situatie. Ze was vriendinnen geworden met de zus van de vrouw die haar man had afgepikt en hield van het kind dat uit die relatie was gekomen. Verdomme ja, ze hield van hem.

Het had wat weg van een zwarte klucht. Maar wel eentje met een goed einde, daar zou ze zelf wel voor zorgen! Er bestond natuurlijk wel een kans dat de logeerpartij op een grote teleurstelling uit zou lopen. Of dat het verleden niet met zich liet spotten.

Maar dit was wel haar leven en ze leidde het zoals zij het wilde. David was het waard om voor te vechten.

'Dorst!' Hij beklom de treden die de patio van de boomgaard scheidden. Ze stond meteen op en pakte zijn hand. Samen liepen ze naar de keuken waar ze limonade voor hem inschonk. Hij wees met fonkelende ogen naar de boomgaard.

'Geen slangen.'

'Gelukkig maar.'

'Terug.'

'Wil je niet eerst een boterham?'

Hij schudde overtuigend van nee en trok haar mee naar de patio. 'Samen op de trap, zoals we hebben afgesproken, oké?'
'*Vale*.'
Hand in hand liepen ze de trap af. Heleen deed overdreven voorzichtig. Naast de waarschuwing, hoopte ze op hem over te brengen dat hij de treden voorzichtig en een voor een nam. Eenmaal in de boomgaard liet ze hem los.
Op haar gemakje wandelde ze terug naar de woonkamer en pakte haar camera. Dit was een uitgelezen moment om foto's van David te maken. Van de leukste liet ze kopieën voor Ana afdrukken. Zelf had ze al een fotoboek aangeschaft waarin ze alle foto's van David zou bewaren. Mooie herinneringen voor later.
Na een halfuur stopte David met zijn speurtocht naar onzichtbare slangen. Hij had weer dorst en klaagde over de hitte. Ze namen plaats op de patio waar ze nog een aantal foto's schoot. De zelfontspanner was ideaal voor plaatjes met z'n tweetjes. Ze zette de camera tegen een plantenbak, waarna ze de meest idiote en schattige poses aannamen. Ze stelde voor om naar het strand te gaan. Ze trokken snel wat zwemkleding aan en stapten in de auto. Een tas met handdoeken, plastic schepjes en emmertjes verdween in de kofferbak.
Op het strand vermaakten ze zich prima. Verder dan zijn enkels liet David de golven echter niet komen. Hij vond de zee best wel eng.
'De golven trekken aan me!'
'Het water gromt!'
'Er zwemmen monsters in de zee!'
In de namiddag vertokken ze. Ondanks het hoedje en de hoge beschermingsfactor van de zonnebrandcrème was David licht verbrand op zijn armen en schouderbladen. Daar voelde zij zich behoorlijk schuldig over. Niet bepaald een goede referentie voor een oppasmoeder. Op zoek naar aftersun, gingen ze een toeristenwinkel binnen. Naast het assortiment aan hebbedingetjes, beschikte de shop eveneens over een apparaat dat digitale foto's ontwikkelde. Nadat ze het flesje aftersun had afgere-

kend, haalde ze het geheugenkaartje uit haar camera. David vond het prachtig toen de foto's op een beeldscherm verschenen.
Samen maakten ze een selectie van de leukste plaatjes. Hiervan liet ze twee kopieën maken. In de reeks vielen drie foto's op. Wat Heleen zo aansprak, was de intimiteit die van het scherm straalde. Op een van de foto's keek David haar stralend aan. Uit alles sprak dat hij gelukkig was. Na een korte aarzeling, liet ze van die drie foto's een extra afdruk maken. Zou ze die opsturen?
Terwijl ze David in het kinderzitje plantte, leek het opeens een heel goed plan. Een actie die haar voldoening zou bezorgen. Even had ze gedacht dat ze het niet kon doen, dat ze haar rancune niet zo moest laten opspelen, maar ze kon de verleiding niet weerstaan. Wie het laatst lacht...
Even later parkeerde ze voor het postkantoor. Samen liepen ze naar binnen. Ze vroeg om een enveloppe en stopte er de drie extra afdrukken in. Ze schreef het adres op de voorkant en liet het per expresse versturen.
Op weg naar huis dommelde David in. Heleen was tevreden.

44

Ik lach en huil om de levenslust in je ogen. De onzichtbare sterretjes staan helder op mijn netvlies. Ze zijn de lichtjes in mijn duistere wereld. Een zwart gat dat elke minuut van de dag naar me lonkt. Weg van deze vier muren. Het is de verleiding van de oneindigheid.

Vanaf de foto kijk je me aan. De permanente kilte in mijn ziel wordt door jouw blik verdreven. Maar de pijn laat zich niet verdrijven.

Ik heb de hoop laten varen. Elke dag sterft er een stukje van mijn wilskracht. Met moeite put ik troost uit mijn gedachten aan jou. Het restje trots van een gebroken man. Het laatste wat ik nog heb. En mijn uiteindelijke lot. Dat neemt niemand mij af. Dat bepaal ik zelf.

De combinatie van spijt, schaamte, wanhoop en zelfmedelijden is een giftig mengsel, dat mijn levenslust langzaam afbreekt. Ik beloof je dat ik ertegen blijf vechten. Ik kan je echter geen garantie geven dat ik het lang volhou, David. Zo eerlijk moet ik zijn. Mijn kracht neemt af. Schrikbarend snel, zelfs. Elke dag voelt als een verzoeking, een herhaling van de vorige. Mijn toekomstperspectief is een leeglopende ballon. De wil om te leven wordt uit mijn lichaam gezogen.

Mijn vingertoppen glijden over jouw gezicht. Even is de afstand tussen ons overbrugd. Je bent echt bij me. Het voelt alsof je naast me zit, in plaats van 2000 kilometer verderop in de Spaanse zon. Elke seconde dat ik deze gedachte vast kan houden, is een overwinning van het geluk. Mijn zoon is bij me. Ik sla mijn arm om je heen…

Mijn grootste vrees is jouw reactie. Later, als je groot bent, bedoel ik. Zul je me überhaupt nog herkennen? En zal ik je wel kunnen ontmoeten? Zul jij dan nog weten hoeveel ik van je hou, of is jouw mening inmiddels gevormd door de mensen in jouw vertrouwelijke kring? Dat laatste lijkt mij het meest waarschijnlijk. In dat geval ver-

lies ik dus tweemaal. Die schaamte is vooraf al ondraaglijk, laat staan op het moment dat jij daadwerkelijk jouw afschuw over mijn daden uitspreekt.
De machteloosheid van mijn situatie is om gek van te worden. Met name doordat ik met mijn laatste daad mezelf automatisch het recht heb ontzegd om in jouw ogen te kijken, je te omarmen en mijn gevoelens en gedachten met je te delen. Hiervan heb ik zo ontzettend veel spijt. Het leek op voorhand een goed idee om mijn straf in Nederland uit te zitten. Al die redenen blijken achteraf niet op te wegen tegen het feit dat ik hierdoor mijn eigen zoon niet meer zie. Eigenlijk heb ik mezelf dubbel gestraft.

Heleen, ik heb me hersteld van de schok. Toen ik deze foto's voor het eerst bekeek, werd ik overweldigd door emoties. Ik heb je verrot gescholden. Ik voelde zoveel woede, onmacht, schaamte en diepe spijt. Nu ik weer rustig ben, weet ik beter. Met deze foto's haal jij je gram. Het is keihard bij me aangekomen en ik had dit nooit van je verwacht. Ben ik met deze gevangenisstraf niet genoeg gestraft? En met het feit dat ik mijn zoon nooit meer zie? Opgesloten voor de rest van mijn leven? Maar ik ben ook fout geweest. Zo ontzettend fout, dat het me zelfs in gedachten nauwelijks lukt om de juiste woorden te vinden voor mijn afschuwelijke daden. Is dit nu quitte staan?
Ik heb je nooit met opzet willen kwetsen. Het gebeurde gewoon en ik liet het gebeuren. Een uit de hand gelopen affaire. Tenminste, zo denk ik er nu over. Ik heb de afgelopen periode voldoende tijd gehad om alles eens op een rijtje te zetten en kom tot die harde conclusie. Het was geen echte liefde tussen Romina en mij. Lichamelijke begeerte leidde tot een zwangerschap. Daarna gingen andere motieven een rol spelen. Ik verwarde van alles; als ik heel eerlijk ben, en dat doet godverdomme heel veel pijn, dan was het geen liefde maar pure hebzucht. Bij Romina net zo goed, zoniet nog meer. Ik zag haar ware aard pas in de rechtszaal en pas toen begonnen de motivaties en consequenties tot me door te dringen. Maar toen was er geen weg meer terug.
Ik was altijd in de veronderstelling dat ik de grote winnaar zou worden, maar ik ben geëindigd als een verliezer. Achteraf realiseer ik me dat ik in een soort roes heb geleefd. Verblind door schone schijn. Het vrat aan me dat we geen kinderen konden krijgen. Hoewel ik het nooit liet merken, heb ik je daarvan zelfs de schuld gegeven. Het is niet makkelijk om een diepe wens op te geven, omdat je partner daar niet aan tegemoet kan komen. En hoewel we een sterke band hadden, was die hier niet tegen

bestand. Ik wilde meer uit het leven halen, maar ben daar totaal in doorgeschoten. De enige vrouw op wie ik ooit verliefd ben geweest, ben jij, Heleen. Ik begrijp dat jij me haat en wantrouwt, maar neem dit alsjeblieft onvoorwaardelijk van mij aan. Het is de absolute waarheid.

Ik zit in mijn cel en praat in mezelf. Soms hardop. Tijdens de spaarzame momenten dat er wat hoop gloort, ben ik ervan overtuigd dat ik jullie via een onbekende dimensie kan bereiken. Dan ben ik opgelucht, mijn oprechte berouw wordt gehoord. Ook fantaseer ik over vergeving. Van jullie beiden. Kunnen jullie mij ooit vergeven?
De foto's geven de realiteit weer. Het geluk lacht van een afstand naar de pijn. Gemengde gevoelens borrelen weer bij mij op. Wisselende stemmingen waarmee ik steeds moeilijker kan omgaan. Haat, berusting, liefde. Mijn geest gaat regelmatig met mijn verstand op de loop. Dan weet ik het niet meer. De demonen in mijn hoofd spelen afschuwelijke beelden af die tot een verlossing zullen leiden. Hoe meer ik ze zie, hoe sterker ik geloof dat het de waarheid, in elk geval, de oplossing is.
Ik voel hoe de storm in mijn hoofd weer opsteekt.

45

Heleen legde David voorzichtig in bed. Hij was na de lunch op haar schoot in slaap gevallen. Ze had tien minuten gewacht en was toen langzaam opgestaan. Zijn ademhaling was nu diep en regelmatig. Ze schoof een dun laken over hem heen en zette de ventilator aan. Zo werd het wat koeler in de kamer.

Op haar tenen liep ze terug naar de patio. Hopelijk bleef het de komende twee uur rustig. David had zijn middagslaapje gewoon nodig. Bleef hij wakker, dan sloeg om een uur of zeven de vermoeidheid onverbiddelijk toe. Vechtend tegen de slaap werd hij hangerig en drammerig. De eerste twee dagen was het middagdutje erbij ingeschoten. In hun enthousiasme hadden ze elke minuut van de dag benut om leuke dingen te doen, zoals het strandbezoek van de week.

Dit was de vijfde dag dat David bij haar logeerde. Op een enkel huilincident na, was het in goede harmonie verlopen. Het moederschap was wennen, daar moest ze gewoon eerlijk in zijn, maar ze genoot van elke seconde. David bleek in de dagelijkse omgang net zo'n schat als de keren dat ze bij Ana op bezoek was geweest.

Voor aanvang van de logeerpartij had ze eerst wat zaken met haar doorgesproken. Ana had haar al eerder verteld dat David dankzij zijn jonge leeftijd flexibel was. De eerste dagen bij haar had hij constant naar zijn vader en moeder gevraagd. Een paar weken later kwamen zij steeds minder vaak ter sprake. Na vier maanden begon hij er helemaal niet meer over en leek hij geaccepteerd te hebben dat ze er niet meer waren. Tenminste, dat was haar conclusie.

Ana was geslaagd voor haar examen. Samen met David had Heleen haar door de telefoon gefeliciteerd. Ana zag erg tegen de komende dagen op, maar vond het fijn om te horen dat David het zo naar zijn zin had. Dit maakte het vooruitzicht op de rondleidingen en survivaldagen nog enigszins draaglijk.

Heleen voelde hoe de vermoeidheid ook bij haar begon toe te slaan. Langzaam dommelde ze weg. In het niemandsland waar het bewustzijn geleidelijk afgleed naar de rand van overgave, dacht ze aan Ana. Wat had ze een bewondering voor die vrouw. Ze hield fier stand in een situatie die haar grotendeels was opgedrongen. Als enige familielid van David dat in staat was hem op te voeden, was ze toch voor het blok gezet: de jongen onder haar hoede nemen of hem naar de staatsopvang sturen. Dit eufemisme voor internaten waar liefde en geluk niet op het dagelijks menu stonden, had ze hem bespaard.

Uit hun gesprekken had ze opgemaakt dat Ana's jeugd niet bepaald gelukkig was geweest. Bij haar ouders was het Romina voor en na. Broer Jorge was een vreemde vogel en haar uiterlijk werkte ook niet echt mee. Sinds haar puberteit was ze mollig. Een ideaal doelwit voor nietsontziende klasgenoten waarmee ze hun eigen tekortkomingen konden verbloemen. Ook in de liefde was het Ana niet bepaald voor de wind gegaan. Hoewel haar vriendin hierover weinig kwijt wilde, kon Heleen uit bepaalde uitspraken opmaken dat ze verschillende keren door mannen was belazerd. Ze benadrukte overigens vaak dat ze redelijk gelukkig was met haar huidige situatie. Het opvoeden van David gaf haar voldoening en de extra energie die ze vroeger regelmatig had ontbeerd. Ze was gaan studeren in de avonduren voor het diploma van opticien.

Heleens gedachten vloeiden weg. Haar hoofd zakte opzij. Als David wakker wordt, merk ik het heus wel, dacht ze nog.

Op de achtergrond van haar bewustzijn zoemde een mug. Het geluid werd sterker, venijniger. Een wesp? Nee, daarvoor was het niet schel genoeg. Toen het tot haar doordrong dat haar mobiele telefoon overging, kwam ze geschrokken overeind. Nog slaapdronken liep ze naar de woonkamer.

'Hallo?'

Het bleef stil. Omdat ze in haar haast was vergeten op de nummerherkenning te letten, kende ze de identiteit van de beller niet.

'*Hola*?' probeerde ze nu in het Spaans.

'Met Monique.' Heleen schrok van de vlakke, zwaar afstandelijke toon waarop haar voormalige schoonzus sprak.

'Hoi, Monique,' antwoordde ze aarzelend. 'Hoe is het ermee?'

Op een licht geruis na, hoorde ze niets. Ze wachtte enkele seconden. 'Gaat het, Monique?'

'Nee, niet echt.' In haar onpersoonlijke toon klonk nu ingehouden woede door.

'Frank is dood.'

Heleen voelde hoe haar keel werd dichtgeknepen. Ze hapte naar adem. 'Dat... dat meen je niet... dood?'

De vijandigheid aan de andere kant was voelbaar.

'Hij heeft zich vanmorgen in zijn cel opgehangen.'

Deze specifieke informatie maakte haar duizelig. Beelden van Frank aan een touw verschenen op haar netvlies. Ze wankelde. Om niet te vallen greep ze zich vast aan de bovenkant van een houten stoel.

'Waarom, Heleen? Waarom heb je dit gedaan? Was een levenslange straf niet genoeg? Moest hij sterven? Was dat de prijs die hij voor jouw rancune moest betalen?'

Moniques onverzoenlijke woorden sloegen haar keihard terug in de realiteit. 'Waar heb je het in godsnaam over?' vroeg ze vertwijfeld. Haar stem sloeg over.

'Ah, je valt weer terug in de rol van de onschuldige huisvrouw. Nou, Heleen, stop daar maar mee, want je bent volledig door de mand gevallen. Niemand trapt meer in dat trucje, vuile heks. Ik hoop dat jij in een volgend leven als een fakkel in de hel brandt!'

Heleen was stomverbaasd. Zo kende ze Monique helemaal niet.

Natuurlijk doet de dood van een naaste rare dingen met je. Maar waarom beschuldigde Monique haar direct van Franks dood? Dat kon ze toch niet serieus menen? Het sloeg echt nergens op. Ze haalde diep adem.

'Monique, ik begrijp dat je van streek bent.' Terwijl haar hart tekeer ging, probeerde ze zo rustig mogelijk te spreken. 'Ik begrijp de verwijten die je mij maakt niet. Ik zit nu in Spanje en heb Frank al een jaar niet gesproken.' Van onzekerheid wist ze niet waar ze kijken moest. Alsof zij de strop om zijn nek had gelegd. Haar blik vloog heen en weer. Muur, schilderijen, televisie, openslaande deuren... patio.

Voordat Monique antwoordde besefte ze opeens waar het verwijt op sloeg. De impact was zo groot dat ze moest gaan zitten om erger te voorkomen. Met een van afschuw vertrokken gezicht wachtte ze op de beschuldiging die zou volgen.

'Onder Franks voeten lagen foto's van jou en David,' sprak Monique ijzig. 'Toen ze hem vonden waren ze nog nat. Van tranen, Heleen. Hij heeft boven die foto's gehuild en zich daarna verhangen.'

Na een sarcastisch 'Gefeliciteerd' verbrak ze de verbinding.

46

Dit heb ik nooit gewild. Dit had ik nooit kunnen weten. Dit is een samenloop van omstandigheden waarvan ik de uitkomst nooit had kunnen raden. Dit is een ramp die ik nooit had kunnen zien aankomen. Niemand had dit kunnen vermoeden. Dus ik ook niet.

Toch? Jezus, wat zit ik mezelf voor de gek te houden. Ik ben een leugenaar die categorisch blijft ontkennen. De vermoorde onschuld spelen, de nietsvermoedende zielenpoot uithangen… dáár ben ik een ster in. Het is werkelijk om kotsmisselijk van te worden als iemand zichzelf zo nadrukkelijk in de slachtofferrol plaatst. Ja, ik wilde hem kwetsen. Nee, ik wilde niet dat hem wat overkwam. Tenminste, niets ergs. Een huilbui, een woedeaanval, een desolaat gevoel. Een pijnlijke ervaring, bezorgd door de vrouw die hij tot in het diepst van haar ziel heeft gekwetst. Payback time, *wraak. Op subtiele wijze. Dat was de insteek, niets meer of minder.*

Het was een impulsieve daad waarover ik me niet eens echt had verkneukeld. 's Avonds op de patio zag ik hem voor me in zijn cel, zijn gezicht verborgen in zijn handen. Aangeslagen en berouwvol. Het drong eindelijk tot hem door dat hij verkeerde keuzes had gemaakt. Mij belazeren was het slechtste wat hij ooit in zijn leven had gedaan.

Ik was inmiddels met andere dingen bezig. Dit was hoogstens de trap na die hij verdiende.

Hoe moet ik verder? Wat moet ik morgenvroeg tegen David zeggen? Moet ik wel wat tegen hem zeggen? Hoe leg ik een jochie van vier uit dat zijn vader dood is? Dat hij zichzelf heeft opgehangen vanwege foto's die ik hem heb toegestuurd? Plaatjes waarop David en ik zichtbaar van het leven genieten.

Zal ik Ana bellen, of juist niet? Na mijn telefoontje onderbreekt ze ongetwijfeld haar trip en komt meteen naar huis. Vanaf het vliegveld zal ze rechtstreeks hiernaartoe rijden. Als voogd van David is ze verplicht om David tegen slechte invloeden van buitenaf te beschermen. Dit zou kunnen inhouden dat ik David voorlopig niet meer zal zien. Misschien wel nooit meer.

De begrafenis zal ongetwijfeld over enkele dagen plaatsvinden. Wel of niet gaan? Het liefst blijf ik thuis. Tegenover David zo normaal mogelijk doen, hoe moeilijk dat ook wordt.

Even geen beslissing nemen is beter dan de verkeerde beslissing nemen. Als ik David de waarheid vertel, maak ik misschien onbeheersbare krachten los. Het is onmogelijk te voorspellen hoe hij zal reageren. Ik moet het in de hand zien te houden.

David, hij is het belangrijkste. De rest is bijzaak.

47

Op het gezicht van de vrouwelijke arts was geen enkele emotie af te lezen. Ze draaide haar patiënt de rug toe en verliet de ziekenafdeling. 'Roep maar een ambulance op,' gaf ze aan de nachtbewaker door.

'Diagnose is een acute blindedarmontsteking.' Ze sprak tegen de man zonder van haar aantekeningen op te kijken. 'Vermeld erbij dat het hier een eerste diagnose betreft. In het ziekenhuis moet een second opinion volgen. Gezien de symptomen en het gebrek aan faciliteiten hier kan ik geen risico nemen en moet ik haar doorsturen.'

De bewaker knikte. Zoals het merendeel van zijn collega's, had hij een hekel aan deze arts met haar hautaine voorkomen en arrogante gedrag. Hij belde de regionale ambulancedienst. Ze zouden binnen twintig minuten ter plekke zijn. Hij verbrak de verbinding en belde vervolgens het ziekenhuis in Gerona met de mededeling dat over anderhalf uur een ambulance zou arriveren met een patiënt uit de penitentiaire instelling voor vrouwelijke gedetineerden. Hij volgde nauwgezet de procedure door de diagnose en aanvullende informatie van de dienstdoende arts te vermelden. Toen dit achter de rug was, verdiepte hij zich weer in de sportkrant. Het was twee uur 's nachts. Over vier uur zat zijn dienst erop.

Twee bewakers begeleidden de ambulancebroeders naar de ziekenboeg van de vrouwengevangenis. In totaal lagen er drie vrouwen op deze afdeling. De arts die de diagnose had gesteld stond naast het bed van de patiënt die vervoerd moest worden. Ze keek toe hoe het ambulancepersoneel de vrouw voorzichtig op een draagbaar met wieltjes legde. Toen

dit gedaan was, knikte ze het ambulancepersoneel kort toe. Ze negeerde de vriendelijke afscheidsgroet van de bestuurder en liep richting de ingang van de ziekenboeg.
Terwijl de ambulance het gevangenisterrein verliet, ontspanden de broeders zich. Het ophalen van een gevangene maakten ze tenslotte niet elke dag mee. Degene naast de patiënte zag dat ze af en toe haar ogen opende. Ze leek veel pijn te hebben. Hij wilde vragen hoe het met haar ging, maar de regels omtrent contact met een gedetineerde waren streng. Enkel in een noodsituatie mocht hij praten. Hij hield het bij een warme glimlach en een meelevende blik in zijn ogen.
De vrouw was niet geboeid. Uit medische en menselijke overwegingen was het onverantwoord om haar geboeide handen op haar buik te laten rusten. Op haar rug was geen optie en vastgeketend aan haar brancard druiste in tegen de veiligheidsreglementen.
De chauffeur koos voor de snelweg. Omdat er geen acuut levensgevaar dreigde, voerde hij geen zwaailicht of sirene. Door het monotone geluid van de motor, de bijna verlaten weg en het late tijdstip, verslapte zijn aandacht en was hij niet bedacht op wat er komen ging. Om de vrouw in haar waarde te laten, wendde de broeder regelmatig zijn blik af.
Zo zag hij niet hoe ze centimeter voor centimeter haar linkerhand over haar rechter schoof. Haar vingertoppen vonden de opening tussen de knopen. Langzaam schoof haar rechterhand in het uniform. Uit haar slipje haalde ze langzaam het voorwerp dat ze mee had kunnen smokkelen.
Razendsnel kwam ze omhoog. Ze pakte de broeder bij zijn uniform en trok hem naar haar toe. In haar hand hield ze een klein, scherp voorwerp. De punt ervan drukte ze tegen de halsslagader in zijn nek.
Ze stond op. Tot haar genoegen las ze doodsangst in zijn ogen. Hij was weerloos en niet van plan enig verzet te bieden. Ze sleurde hem mee naar de voorkant van de cabine. Terwijl ze de chauffeur tot op een meter was genaderd, zag ze in het achteruitkijkspiegeltje hoe zijn ogen

op haar waren gericht. De blik beviel haar. Ook deze man zou geen heldhaftige stunts uithalen.

'Als je doet wat ik zeg, blijft je collega leven,' sprak ze dreigend. De chauffeur knikte willoos.

48

Het ging zo goed, dacht Heleen. Misschien was het weglopen van de feiten of uitstel van executie, maar tot nu toe werkte de dagelijkse routine rustgevend. Die kalmte was ze nu kwijt. Sterker nog, de zenuwen hadden door haar lichaam gegierd na het telefoontje van Monique.
Na een doorwaakte nacht had ze de knoop doorgehakt. Ze zou zich de komende dagen uitsluitend op David concentreren, hem een heerlijke tijd bezorgen. Als ze hem weer naar Ana terugbracht, zou ze met haar vriendin gaan praten. Dat moment was vroeg genoeg voor een evaluatie van de gebeurtenissen. In het ergste geval ging Ana door het lint, wat het einde van hun vriendschap zou kunnen betekenen. Hoewel ze de kans hierop gering achtte, had ze het toch ingecalculeerd. Gisteren had ze met David door de boomgaard gestruind, dvd's gekeken en kaartspelletjes gespeeld. Laat in de middag had Ana gebeld om te horen of iedereen het nog naar zijn zin had. Toen dit het geval bleek, had ze met haar neefje gesproken. Deze conversatie was geen lang leven beschoren, aangezien David nadrukkelijk meldde dat hij verder wilde met kaartspelletjes. Tegen halfnegen had hij uitgeput in zijn bed gelegen en tot de volgende morgen acht uur geslapen.

Het telefoontje kwam anderhalf uur later. Juan Benitez was een van de rechercheurs uit Blanes die aan haar zaak had gewerkt. Hij vroeg haar om deze ochtend nog op het politiebureau te komen. De resolute ondertoon in zijn vriendelijke stem gaf aan dat het belangrijk was. Ze zegde onmiddellijk toe en verbrak de verbinding.
Vanaf dat moment was het over met de innerlijke rust. De onzekerheid

over het onderwerp dat Benitez met haar wilde bespreken, knaagde aan haar. Het leek niet heel erg waarschijnlijk dat hij haar naar het bureau liet komen om over Franks zelfmoord te praten. En toch was ze bang voor een beschuldiging. Het was aannemelijk dat Frank zich om de foto's had verhangen.

Een officier van justitie zou kunnen beweren dat de foto's door haar waren verzonden met de bedoeling hem diep te kwetsen. Hem in een vlaag van waanzin aan te zetten tot iets onherroepelijks. Een oud gezegde luidde immers: wraak is een gerecht dat koud wordt opgediend. In dat geval kon haar moord met voorbedachten rade ten laste worden gelegd. Ze draafde door. Eerst maar zien wat de politie van haar wilde.

Ze parkeerde de auto voor het politiebureau en haalde David uit zijn stoeltje op de achterbank. Hand in hand liepen ze naar binnen. Zijn zorgeloze glimlach kon de knoop in haar maag niet weghalen. Bij de ingang leek het alsof haar ingewanden waren samengeklonterd tot een blok beton.

Nadat ze zich aan de balie hadden gemeld, namen ze plaats in de wachtkamer. Enkele minuten later verscheen Juan Benitez. Een lange, slanke man van in de veertig. Hij kwam haar vaag bekend voor. De vrouw naast hem stelde zich voor als brigadier Maria Lopez-Pedroga. Tijdens het onderhoud zou zij zich over David ontfermen, zodat zij in alle rust konden praten.

David weigerde echter met de voor hem vreemde vrouw mee te gaan. Hij ging pas akkoord toen Heleen, naast haar overredingskracht, ijs en ander lekkers in de strijd gooide. Met dit prettige vooruitzicht wandelde hij, nog steeds met lichte tegenzin, mee aan de hand van Maria. In de ruime vergaderzaal zat een man die qua uiterlijk de tegenpool van Benitez was. Vanwege zijn brede schouders en dikke stierennek leek zijn donkerblauwe colbertje minstens twee maten te klein. Hij was kaal, klein van stuk en had ogen die recht door je heen keken. Benitez stelde hem voor als Oscar Alderon, een collega met wie hij in deze zaak nauw samenwerkte. Ze schudde zijn hand en nam plaats aan een langwerpige tafel. Benitez opende een koffertje en legde een stapel papieren op tafel. 'Gisternacht is Romina Castellano ontsnapt uit de gevangenis,' opende Benitez. 'Ze fingeerde een acute blindedarmontsteking, waarna de dienstdoende arts een ambulance belde om haar naar het ziekenhuis te laten vervoeren.'

Hij keek Heleen doordringend aan en las de ontsteltenis in haar ogen. 'Onderweg bedreigde Castellano de ziekenbroeder die naast haar zat met een scherp voorwerp dat ze uit haar cel had gesmokkeld. Terwijl ze de man in bedwang hield, dwong ze de chauffeur haar bevelen uit te voeren. In plaats van door te rijden naar het ziekenhuis in Gerona, moest hij de ambulance keren richting Blanes. Ongeveer rond de tijd dat ze in het ziekenhuis werden verwacht, liet ze de chauffeur melding maken van een lekke band en problemen met het gereedschap. Tevens liet ze hem zeggen dat alles goed was met de patiënt, zodat niemand zich zorgen hoefde te maken. Het was niet nodig om een andere ambulance te sturen. Voordat die zou arriveren zouden zij het mankement al lang en breed hebben opgelost.

Ze won hiermee een halfuur, waarin ze de chauffeur naar een afgelegen bospad net buiten Blanes liet rijden en scheurde daar hun kleding in dunne, maar stevige repen. Daarmee bond ze het tweetal vast aan een boom en reed zelf weg met de ambulance. Na zonsopgang werden de mannen gevonden door een vroege wandelaar die zijn hond uitliet.'

Benitez keek naar Heleen en trok beide wenkbrauwen op.

'Ik... ik ben sprakeloos,' hakkelde ze. 'Ontsnappen uit de gevangenis, het ambulancepersoneel vastbinden, er zelf met de auto vandoor gaan... het lijkt wel een film.'

'Een horrorfilm,' reageerde Benitez ad rem. Hij trok een papier uit de stapel, bekeek kort de inhoud en keek haar emotieloos aan. Dit is mijn werk, leken zijn ogen te zeggen. Mensen doen nu eenmaal afschuwelijke dingen.

'Romina Castellano reed naar de kust. Ze parkeerde de ambulance vlak bij een rotsachtig gebied dat bij de lokale bevolking bekend staat als Las

Rocas Rojas, vanwege de rode ochtendgloed van de zon op de kliffen.'
Wat kan mij die natuurschoon nu schelen, dacht Heleen. Er is een gevaarlijke vrouw ontsnapt!
'Deze feiten zijn bevestigd door getuigenverklaringen,' zei Benitez. 'Ook over de ambulance bestaat geen twijfel, die is in Las Rocas Rojas gevonden.'
'En Romina?' vroeg Heleen.
'Dat is weer een ander verhaal,' antwoordde Benitez. Hij haalde uit de stapel papieren een geplastificeerd vel en schoof dit naar haar toe. 'Naar aanleiding van deze brief die we in de ambulance vonden, heeft een rechercheteam de kliffen rond de ambulance afgezocht. De overall van Romina is onder aan een klif gevonden. Gescheurd en bebloed. Haar lichaam is spoorloos. Misschien meegevoerd door de stroming... misschien ook niet.'
Heleen sloeg haar hand voor haar ogen. 'Ze is van een klif afgesprongen,' fluisterde ze. 'Na Frank... O, mijn god wat vreselijk.'
Benitez knikte. 'We hebben inmiddels vernomen over de zelfmoord van uw man. Mijn condoleances.' De neutrale ondertoon symboliseerde zijn kijk op het drama.
'Mijn ex-man,' antwoordde Heleen afwezig. De tweede zelfmoord in een kort tijdsbestek kwam aan als een mokerslag. Natuurlijk haatte ze Romina, maar niet genoeg om haar zo'n verschrikkelijke dood toe te wensen. Daarbij kwam dat ze de moeder van David was. In een paar dagen tijd had hij zijn beide ouders verloren. De vragen die ze zichzelf een paar dagen geleden had gesteld borrelden nu weer op. Wie moest hem dit in hemelsnaam gaan vertellen? Was het überhaupt mogelijk zoiets aan een kind van vier uit te leggen? Zou het wel tot hem doordringen? En wat was het effect van die mededeling op de korte en langere termijn?
'Mevrouw Van Rijnsburg?'
Heleen schrok op uit haar gedachten.
'Sorry, ik liet me meeslepen. Ik moest aan David denken...'

Benitez glimlachte meelevend. 'Het papier is afkomstig uit de gevangenis, Romina heeft het dus onder haar kleding moeten verstoppen. De brief is hoogstwaarschijnlijk voor de ontsnapping geschreven. Het plastic dient ter bescherming van aanwijzingen en bewijslast.' Benitez tikte met zijn vingertop tegen het doorzichtige omhulsel. 'Gaat uw gang. Uw Spaans is uitstekend.'

Heleen trok de brief dichter naar zich toe. De zinnen waren met een blauwe pen geschreven. Het handschrift was verzorgd, sierlijk bijna. Typisch van een vrouw.

Als u dit leest ben ik dood. Hoewel ik nog niet weet welke lichamelijke pijn mij te wachten staat, voelt het nu al als een opluchting. Het gegeven dat iemand deze brief leest geeft aan dat ik ben geslaagd in mijn voornemen. Het is me dus gelukt iets recht te zetten. In te grijpen voordat de laatste en belangrijkste zet door een slecht mens wordt gezet. Hiervoor ben ik bereid met mijn leven te betalen.

Mijn lichaam ligt op de rotsblokken of rust in de armen van de zee. De beslissing om mijn leven te beëindigen is vrijwillig. Niemand heeft mij ertoe gedwongen om te springen. Althans, niet op een directe manier. Na het subtiele spel dat er is gespeeld, zou dat ongepast zijn. Degene die mij via slinkse wegen tot deze daad heeft aangezet, maakt niet zulke fouten. Zij is de meesteres van de manipulatie en misleiding.

Ik wil mijn verhaal kwijt. Het is het laatste wat ik aan deze wereld meld, daarna is het over. De enige man van wie ik heb gehouden, mijn vrijheid en mijn kind. Er is niets meer wat mij nog tegenhoudt om uit het leven te stappen. Het is voorbij.

Om mijn laatste restje waardigheid te behouden, vertrek ik met een schoon geweten. Dit is alleen mogelijk als ik de waarheid vertel. Er zijn nog twee personen over die weten wat zich de afgelopen twee jaar werkelijk heeft afgespeeld. Ik ben er een van. De ander zal haar handen voor altijd in onschuld wassen, zichzelf de slachtofferrol toebedelen. En niemand zal ooit maar het vermoeden hebben dat zij de initiator was van deze fraudezaak die zoveel mensen te veel leed heeft berokkend. Toch komt zij er niet mee weg, want ik heb besloten om tot handelen over te gaan en mijn verhaal te vertellen. Een laatste daad die haar uiteindelijk duur zal komen te staan.

Franks huwelijk was een sleur. Om hieruit te ontsnappen, begon hij een relatie met mij. De eerste maanden hiervan hadden we voornamelijk gepassioneerde seks. Elke kans die we kregen grepen we aan om de liefde te bedrijven. Zo kende hij de liefde niet, vertelde hij me. De seksuele aantrekkingskracht mondde na verloop van tijd uit in echte liefde.

David werd geboren. Een geschenk van God dat onze onvoorwaardelijke liefde bezegelde. Naast de vreugde, bracht zijn geboorte ook een extra probleem met zich mee. Frank en Heleen waren ondanks al hun pogingen om nakomelingen te verwekken kinderloos gebleven. Hierdoor was Heleen in de loop der jaren veranderd in een bittere vrouw. Frank wist zeker dat als zij erachter kwam dat hij vader van een jongen was geworden, de hel los zou breken. Met dit in ons achterhoofd duurde het ruim een jaar voordat wij de definitieve stap durfden te zetten.

Wat Frank had voorspeld, kwam uit. Toen hij haar vertelde over onze verhouding en David, reageerde zij furieus. De daaropvolgende weken bleef ze schelden en dreigen. Ze zwoer dat ze ons kapot zou maken. Om te beginnen met een scheiding, waarbij Frank de grote verliezer zou worden. Daarna de geestelijke terreur. Ze zou alles uit de kast halen om ons gezinnetje zowel financieel als emotioneel te ruïneren.

Ondanks alle verwensingen die hij naar zijn hoofd kreeg geslingerd, bleef Frank met haar praten. In tegenstelling tot zijn vrouw, wilde hij een oplossing waar alle partijen mee konden leven. Zij bleef echter haar medewerking weigeren aan iets anders wat niet tot een definitieve breuk tussen Frank en zijn nieuwe gezin zou leiden.

Terwijl Frank op het punt stond de confrontatie van een publieke breuk met haar aan te gaan, kwam er opeens een voorstel van haar kant. In ruil voor een groot geldbedrag was zij bereid te schikken. Als wij dit op tafel zouden leggen, zou de scheiding geruisloos verlopen en ging ieder zijn eigen weg. Haar eis was echter absurd: om haar af te kopen moesten wij een miljoen euro betalen.

Als we het al zouden willen, was het voor ons onmogelijk om aan zoveel geld te komen. Toen onze verontwaardiging over haar voorstel wegzakte, kwam het besef over onze onmogelijke positie. Ja, ze kon ons kapot maken. En ze zou het ongetwijfeld doen.

Gedreven door angst en wanhoop begonnen we scenario's te bedenken waarmee we ons gezin konden redden. Al snel vielen legale regelingen af. Daarmee konden we nooit zoveel geld in zo'n kort tijdsbestek verdienen.

Wat er daarna heeft plaatsgevonden is voor het overgrote deel bekend. Wat men echter niet weet, is de rol die Heleen in de voorbereiding heeft gespeeld. Vanaf het eerste moment dat de zwendel met verzekeringsgeld ter sprake werd gebracht, was zij hiervan op de hoogte. Wij hebben elke zet met haar doorgenomen. Tot onze grote verbazing werd haar enthousiasme over deze zaak steeds groter. Waar wij ons gezin wilden redden, zag zij voor zichzelf een toekomst in grote weelde.

Afgelopen zomer escaleerde onze gedwongen samenwerking. Heleen stond ineens voor onze deur met de mededeling dat ze een groter percentage van de winst opeiste. Omdat Frank in het bijzijn van David geen scène wilde, nam hij haar mee naar onze boot om het in alle rust uit te praten en tot een oplossing te komen. Eenmaal op zee werd Heleen hysterisch. Vlak bij de kust sprong ze overboord en zwom terug naar de kust. Enkele uren later werden wij gearresteerd.

Tijdens de voorbereiding hebben wij onderling een eed gezworen. Niemand zou de plek waar het geld was verstopt verraden. Hoe bizar het ook zou aflopen, de verblijfplaats van het geld was heilig. Bleef iemand buiten schot, dan nam hij of zij het afgesproken deel en liet het overige met rust, of gaf het uit aan dingen in het voordeel van degene die niet in staat was het op te halen.

Terwijl u dit leest heb ik deze afspraak geschonden. Tenminste, dat hoop ik, want het is hier en nu nog onduidelijk hoeveel geld Heleen inmiddels heeft opgegraven. In de zeer nabije toekomst kom ik dit te weten en zal ik niet aarzelen om te doen wat ik moet doen.

Dat Heleen een smerig spel heeft gespeeld is niet direct de reden van mijn wraakactie. Tenslotte zijn mijn broer Jorge, Frank en ikzelf ook fout geweest. Vincent Gautier was eigenlijk meer slachtoffer dan schuldige. Jorge heeft hem enorm gemanipuleerd.

Na mijn veroordeling heb ik zelfs nog een tijdje met het idee rondgelopen dat Heleen zich aan haar woord zou houden waar het onze eed betrof. Heel naïef, ik weet het. Maar soms doet hoop leven. Helemaal als je een uitzichtloze gevangenisstraf uit moet zitten.

Mijn eerste twijfels rezen na een telefoongesprek met mijn zus Ana. Tot mijn stomme verbazing vertelde ze mij dat ze goed contact had met Heleen. Ook meldde ze dat Heleen het geweldig met David kon vinden. Het uitblijven van elke mogelijke hulp van Heleens kant, versterkte het onaangename gevoel. Toen Franks zus Monique mij op de hoogte stelde van zijn zelfmoord en vertelde over de omstandigheden waardoor hij tot deze daad was gedreven, spatte de zeepbel waarin ik mij bevond uit elkaar. De realiteit drong keihard tot me door. Gedreven door rancune was het voor Heleen niet toereikend dat wij een lange gevangenisstraf uitzaten. Ze wilde ons letterlijk kapotmaken. Frank was de eerste op haar lijstje. Ze dreef hem tot wanhoop door walgelijke foto's te sturen waarop zij en David zogenaamd van het leven genoten. David, de zoon die hij kreeg en weer verloor. Aan haar.

Ik ben de volgende op haar dodenlijst. Ana zal ze langzaam maar zeker inpalmen, dus ik ben de enige die nog tussen haar en David staat. Een leven als miljonair en onze zoon de hare maken is haar ultieme doel. Ik zal daarom datgene vernietigen waar zij het meest om geeft. Hiermee heb ik nog een kans om mijn zoon uit haar handen te redden. Ik weet waar het verzekeringsgeld ligt en ga dit vernietigen. Zonder geld zal haar interesse voor de moederrol snel afzwakken.

Ik neem afscheid van dit leven als een gebroken vrouw. Mijn laatste gedachten zullen bij mijn zoon zijn. Mocht ik niet in mijn opzet slagen, dan kan ik enkel hopen dat Heleen de straf krijgt die ze verdient zodat het recht alsnog zegeviert.

Romina Castellano

Heleen legde de brief neer. Haar hart bonkte in haar borstkas, haar ogen waren wijd opengesperd. Ze duwde haar stoel naar achteren en stond op.

'Dit is een pertinente leugen,' sprak ze met een stem die trilde van verontwaardiging. 'Die vrouw verdraait alles om mij maar in een kwaad daglicht te plaatsen.'

De twee rechercheurs reageerden nauwelijks. Ze keken haar met een neutrale blik aan. Alsof het volledig langs hen heen ging dat zij van de meest vreselijke dingen werd beschuldigd.

'Wat zitten jullie mij nu stom aan te kijken? Dringt het soms niet tot jullie door dat zij iedereen op het verkeerde been probeert te zetten?' Het tweetal was niet onder de indruk van haar uitval. Benitez maakte een sussend handgebaar en maakte haar duidelijk dat ze weer moest gaan zitten.

'Ik begrijp dat u overstuur bent,' sprak hij op lijzige toon. 'Wij vinden het ook een opmerkelijke brief.'

Zijn collega knikte. 'Waarvan de inhoud aan alle kanten rammelt. Het is vreemd dat ze nu met deze verklaring komt, terwijl ze daar eerder alle kans toe heeft gehad. Maar u begrijpt dat we nu opnieuw uw kant van het verhaal zullen moeten horen. We zullen de waarheid boven tafel krijgen. En zolang Romina's lichaam niet is gevonden weten we die nog niet.'

49

Ze was halfwakker. Tussen haar wimpers door zag ze op de display van de wekkerradio hoe er weer een felrode minuut versprong. Het was negen minuten voor twee. Over ongeveer vier uur kwam de zon weer op. Dit was de tweede nacht die ze als een zombie doorbracht. Morgen zou er nog zo'n wake volgen. Als die eenmaal achter de rug was, kon ze David terugbrengen naar Ana. Dan zat haar taak erop. Over die nieuwe situatie wilde ze nu niet nadenken. Dat was aan Ana. Op dit moment had ze haar handen vol aan zichzelf. Ze was doodop en wilde het liefst slapen. Maar dat kon dus niet.

Het huis was gehorig. De muren konden de kakofonie van nieuwe en oude geluiden niet buiten haar slaapkamer houden. Ze hadden haar talloze keren op het verkeerde been gezet. Een korte bonk vanuit de tuin leek op een voetstap, maar bleek het geluid van een rijpe citroen die op de grond viel. Een windvlaag door het geopende raam in de woonkamer leek een insluiper aan te kondigen, maar verdween even snel als hij was gekomen.

Weer deed een ongewoon geluid haar opschrikken. Het leek het piepende scharnier van het raam in de woonkamer, dat ze met een haakje een stukje had opengezet. Een windvlaag? Op wat vertrouwde achtergrondgeluiden na bleef het stil. Heleens spieren spanden zich. Het zou iemand kunnen zijn. Doe alsof je slaapt. Ze ademde diep, maar zo rustig mogelijk door haar neus in en langzaam door haar mond uit. Scherpe concentratie, ontspannen lijf. Speel je rol zo natuurlijk mogelijk!

De slaapkamerdeur ging traag open. Uit haar ooghoeken zag ze hoe een schaduw naderde. Stap voor stap kwam de onbekende dichterbij.

Haar hart ging tekeer, haar oren suisden. De schaduw van een arm gleed voorbij. Plotseling was de kamer verlicht. Instinctief kneep Heleen haar ogen dicht.

'Opstaan, kreng. Als je schreeuwt, schiet ik je dood.'

Heleen knipperde heftig en keek verschrikt op. Ze keek recht in de loop van een pistool.

'Opstaan en aankleden,' siste Romina. 'Tempo!'

Trillend op haar benen liep ze naar haar kledingkast. De pyjamabroek verwisselde ze voor een spijkerbroek. Ze hield haar hesje aan en schoot in een blouse. Hierna stapte ze in een paar teenslippers en keek Romina vragend aan.

'We gaan David halen.'

Met het pistool op haar gericht, liep Heleen naar de kinderkamer. De deur stond op een kier. Naast Davids bedje brandde een zwak lichtje. Zoals veel kinderen vond hij het eng om in het donker te slapen.

'Haal hem voorzichtig uit bed,' fluisterde Romina. 'En denk erom dat je hem niet wakker maakt,' voegde ze er dreigend aan toe.

David lag op zijn rug. Zijn handen omarmden knuffelbeer Oso. Heleen boog zich voorover en nam de jongen in haar armen. Oso drukte nu tegen haar borst.

'Naar de tuin.' Ze deed wat haar werd opgedragen. Tot haar verwondering en opluchting sliep David gewoon door. Terwijl ze de afstand naar de patio overbrugden, probeerde ze contact tussen David en haar bovenlichaam te vermijden, waardoor hij zo weinig mogelijk merkte van de wandeling.

Romina opende de deur naar de patio en beval Heleen met een ongeduldige knik naar buiten te komen. Eenmaal buiten dirigeerde ze Heleen over de patio en door de boomgaard. Omdat Romina achter haar liep, had ze geen enkele kans om te vluchten. Zeker niet als ze daarbij David in gevaar zou brengen. De ruimte tussen haar en Romina werd nooit groter dan twee meter. Ze voelde de priemende blik van de Spaanse in haar rug.

Een wolk die voor de maan schoof belemmerde het uitzicht op het hek achter de boomgaard. Op die plek moest Romina de tuin zijn binnengekomen.

Het gebrek aan maanlicht was voor Heleen geen belemmering. Ze kende elk hoekje en gaatje van de boomgaard uit haar hoofd. Op gevoel liep ze naar het hek. Onderweg brak er tot tweemaal toe met een macaber geluid een twijg onder haar slipper. Toen ze het hek bereikten, kwam de maan weer tevoorschijn. Het schijnsel weerkaatste op een geparkeerde auto. Romina was allesbehalve dom, dacht Heleen. Tussen haar boomgaard en die van de overbuurman liep een onverharde weg die soms door tractoren werd gebruikt. Via een bospad was het mogelijk weer op de verharde weg te komen. Romina had haar huiswerk gedaan. Een beangstigende gedachte.

'Leg David op de achterbank en ga zelf achter het stuur zitten.'

Romina opende het achterportier. Ze nam plaats op de achterbank en gaf Heleen de contactsleutel.

'Rijden. Als we weer in de bewoonde wereld zijn hoor je wel waarheen.'

De auto was een oude Opel. Het schakelen ging lastig. Omdat stuurbekrachtiging ontbrak, moest Heleen hard werken om kuilen en andere obstakels te ontwijken. Zo voorzichtig mogelijk probeerde ze de tweebaansweg te bereiken.

Toen ze het asfalt opreed, keek Romina omzichtig in de rondte. Ze waren de enige weggebruikers. Een triomfantelijke grijns gleed over het gezicht van de Spaanse.

'Het lijkt er verdacht veel op dat jouw politievriendjes je vannacht in de steek laten, trut.'

50

'Ze bevinden zich twee kilometer voor ons,' zei Juan Benitez. Hij keek onafgebroken op het beeldscherm van de laptop.

'Ik kan me niet voorstellen dat ze naar Blanes rijden,' antwoordde chauffeur Oscar Alderon. 'Ríchting Blanes, oké. Maar het centrum? No way.'

Benitez knikte afwezig. Hij droeg een oortje waarmee hij in verbinding stond met de bestelbus die vlak achter hen reed. Hierin zaten twee rechercheurs die hem op de hoogte hielden van het gesprek tussen Heleen en Romina. Een piepkleine microfoon registreerde elk geluid dat in de door hen gevolgde auto werd gemaakt.

'Ze moet ergens een afslag nemen,' bromde Alderon. Af en toe keek hij vanuit zijn ooghoeken mee naar het stipje op het beeldscherm dat traag bewoog. De gps-ontvanger gaf tot op de meter nauwkeurig aan waar hun prooi zich bevond.

'Binnen nu en pakweg tien minuten,' beaamde Benitez. 'Anders wordt de afstand tot Las Rocas Rojas te groot.'

Alderon knikte. 'In theorie, ja. Misschien heeft ze die nacht wel een lift gekregen. In dat geval kan het geld zomaar dertig kilometer verderop liggen.'

Benitez gromde binnensmonds. Het benoemen en inschatten van externe factoren was onderdeel van hun vak. De realiteit leerde dat bij een moord op een welgestelde vrouw niet de tuinman, maar de echtgenoot haar had omgebracht. Niet vanwege het geld, maar in een vlaag van waanzin. Gepleegd met een voorwerp dat op dat moment voorhanden was. Een keukenmes, glasscherf of baksteen.

Het hoogste aantal zware misdrijven vond plaats in de relationele sfeer.

Statistieken wezen uit dat bij een halsmisdrijf in ruim tachtig procent van de gevallen een van de partners een rol speelde. Als uitvoerder of opdrachtgever. In de twintig jaar dat hij bij de politie was, waren er slechts twee grote zaken geweest waarbij het om een dader ging die geheel buiten deze categorie viel. Een zware mishandeling van een jonge vrouw in haar eigen huis die een agressieve junk betrapte en een diefstal op klaarlichte dag van een juwelencollectie uit een bewaakte villa. Tijdens dit laatste onderzoek was hij ervan overtuigd geweest dat het een verzekeringszwendel betrof, omdat de eigenaar financiële problemen had. Maar daar had hij zich in vergist, want de recherche had in Barcelona een bende op heterdaad betrapt toen ze de ontvreemde juwelen bij helers aanboden.

Meestal waren de zaken die hij kreeg, terug te brengen tot de drie G's: geld, genot en gekte. Gepleegd door personen die dicht bij het slachtoffer stonden.

Ondanks de merkwaardige voorgeschiedenis, behandelden ze deze zaak ook vanuit dit perspectief. Romina Castellano was veroordeeld voor haar misdaden. De bewijslast bleek voldoende om elke twijfel over haar rol naar het rijk der fabelen te verwijzen. Deze bewijzen, een gedegen analyse van de brief en het verhaal van Heleen van Rijnsburg, waren voldoende om de conclusie te trekken dat Castellano hen om de tuin had proberen te leiden. Om voor zichzelf speelruimte te creëren, stelde ze Heleen van Rijnsburg met valse aantijgingen in een kwaad daglicht. Ze wilde zelf met de verborgen buit en haar zoon verdwijnen.

Met deze insteek hadden ze geprobeerd de nacht van de ontsnapping te reconstrueren. Tot op het moment dat Romina het personeel vastbond om met de ambulance in de nacht te verdwijnen, lukte dit nauwkeurig. Wat zich daarna had afgespeeld, liet zich raden. De ambulance werd gevonden bij Las Rocas Rojas, en op de klippen lag haar overall met bloed, dat na een snelle DNA-test overeen bleek te komen met dat van Romina Castellano. Maar ze was niet van de rotsen gesprongen en zeker niet dood.

Tijdens hun reconstructie namen ze aan dat Romina geen willekeurige plek had uitgezocht voor haar gefingeerde zelfmoord. In de gevangenis had ze voldoende tijd gehad om over de details na te denken. Omdat het hier om veel contant geld ging dat daadwerkelijk was verdwenen, lag het voor de hand dat ze in buurt van Las Rocas Rojas een deel van de buit had verstopt als vluchtgeld.

Voordat de zon opkwam en de autoriteiten een veel groter gebied konden bestrijken, moest zij minstens twee klussen zien te klaren. Het geld ophalen en een veilige schuilplaats vinden.

Tot nu toe liep de operatie volgens schema. Romina was gekomen om haar kind en 'zondebok' Van Rijnsburg te halen. Nu het geld nog. Als dit achter de rug was, moesten ze direct ingrijpen. Het leven van Heleen van Rijnsburg liep dan serieus gevaar.

Onder de collega's die aan dit project meewerkten bestond groot respect voor deze Hollandse vrouw. Nadat ze haar op het bureau hun visie hadden voorgelegd, aarzelde ze geen moment. Ze zou meewerken aan het definitief oplossen van de verzekeringszwendel. Ook toen ze haar nadrukkelijk op de risico's wezen, bleef ze bij dit besluit.

'Snelheid minderen,' zei Benitez. Hij zag dat het stipje op zijn beeldscherm duidelijk vertraagde en van richting veranderde. 'Ze zijn afgeslagen. Ze rijden nu op het Hoerenpad.'

'Eindelijk opwinding,' antwoordde Alderon droog. Daarna trapte hij het gaspedaal in.

51

Het Hoerenpad was een kronkelige verbindingsweg die tussen de buitenwijk van Blanes en de autoweg liep. Evenals vele kleine wegen in het noordoosten van Spanje, deed het Hoerenpad dienst als tippelzone. Het overgrote deel van de prostituees was afkomstig uit landen van het voormalige Oostblok. Ook in de late uurtjes werd hier volop zaken gedaan.

Heleen paste haar snelheid aan. Vergeleken met de betrekkelijke stilte op de autoweg was ze nu in druk verkeer beland. De bestuurders hier namen het niet zo nauw met de verkeersregels. Sinds ze deze weg was opgedraaid, had ze al twee keer hard moeten remmen nadat een prostituee in de koplampen van een voorganger was verschenen en de bestuurder drastisch vaart had geminderd. Wonder boven wonder sliep David gewoon door. Hij lag op de achterbank met zijn knuffelbeer Oso tegen zijn borst geklemd. Romina zat naast hem en hield haar pistool op Heleen gericht. Haar andere hand rustte op de harde leuning van het linkerachterportier. Het enige fysieke contact met haar zoon bestond uit een toevallige aanraking van haar been met zijn voetje.

'Als je toch eens wist wat die meiden allemaal voor geld doen,' zei Romina zelfingenomen. 'Net als jij, nietwaar?'

'Daar kan ik me wel iets bij voorstellen.'

De Spaanse lachte schamper.

'Jij kunt je helemaal niets voorstellen, burgertrut. Ik heb het niet over seks, maar over hebzucht en handel. Die meiden kennen werkelijk iedereen en doen bijna alles voor geld.'

Heleen bleef recht vooruit kijken. De opmerking gleed langs haar heen.

De prostituees interesseerden haar nauwelijks. Ze dacht aan iets anders. 'Ik begrijp het niet,' sprak ze aarzelend. 'Hoe kom jij hier?'

Romina reageerde met een schamper lachje, maar haar ego was gestreeld.

'Dat zou jij wel willen weten, hè? Nou ja, je zult het waarschijnlijk toch niet kunnen navertellen, dus waarom ook niet. Nadat ik de ambulance bij Las Rocas Rojas had geparkeerd, trok ik mijn overall uit, sneed mezelf, smeerde wat bloed op de mouwen en wierp dat gevangenisvod over de rand. Omdat ik die omgeving goed ken, wist ik dat het op de klippen zou blijven hangen.'

Heleen zag in haar achteruitkijkspiegel dat Romina haar doordringend aankeek. Ze dwong zichzelf tot een zo ontspannen mogelijke houding. Ze ontweek de priemende blik en keek opzichtig naar Romina's kleding. De Spaanse droeg een zwart jack en een donkere joggingbroek. Heleen probeerde verwonderd te kijken.

'Wat zit je me nou stom aan te kijken?' bitste Romina. 'Je hebt die brief toch gelezen?'

Heleen trok een verbaasd gezicht.

'Waar heb je het over? Welke brief?'

Romina keek haar geringschattend aan. 'In de ambulance liet ik een afscheidsbrief achter. Daarin stond dat ik zelfmoord ging plegen. Daarmee wilde ik wat tijd winnen. Als ze denken dat je dood bent, is de kans op een massale zoekactie kleiner, nietwaar?'

Heleen knikte tam. Het kostte haar moeite om haar zenuwen in bedwang te houden. 'Afijn, vlakbij de plek van de ambulance groef ik een zak geld op die we daar maanden geleden hadden begraven. In totaal vijftigduizend euro, alleen te gebruiken in geval van nood. Dit leek me exact het juiste moment om hiervan gebruik te maken.'

Ze lachte hees om haar eigen grap.

'In mijn cel had ik onder mijn overall een joggingpak aangetrokken. Door de bossen is het van Las Rocas Rojas naar het Hoerenpad ongeveer twee uur lopen. Ik ben gaan rennen en kwam hier voor zonsopkomst aan. In het uitgaansleven van Blanes had ik ooit wat gedronken met een paar van die tippelmeiden. Eentje daarvan was aan het werk. Ik sprak haar aan en vroeg om een lift. Bij haar appartement bood ik haar vijfduizend euro cash voor een week onderdak. Voor iemand die meer dan de helft van haar verdiensten aan een pooier af moet staan een waanzinnig hoog bedrag, dus hapte ze meteen toe.

De volgende morgen zette ik haar aan het werk. Met nogmaals vijfduizend euro in het vooruitzicht regelde ze kleren, een pistool en een auto van een vriendin die ik mocht gebruiken. Dit lukte dezelfde dag nog. Toen heb ik haar voor nog een bonus op pad gestuurd. Vermomd met pet en zonnebril begon ik zelf aan een verkenningstocht rond jouw huis.'

'Hoe wist jij dat David bij mij logeerde?'

'Van mijn geliefde zus Ana,' antwoordde Romina spottend. 'Voordat ze naar Madrid vertrok belde ze me met de mededeling dat David een tijdje bij jou ging logeren. Waarom ze dit deed is me niet helemaal duidelijk. Ze hoefde het niet te doen, bedoel ik. De voogdij over David is mij immers afgenomen. Ik begreep uit haar verhaal dat ze wilde dat ik wist waar hij was. Voor het geval haar iets zou overkomen. Tenslotte blijf ik wel zijn moeder.'

Heleen was nu oprecht verbaasd, omdat Ana haar hierover niets had verteld. Aan de andere kant kon ze het telefoontje begrijpen. Het was ongeveer zoals Romina het al had geformuleerd, ondanks alles bleef ze wel Davids moeder.

'Dus werd je woedend en besloot te ontsnappen.'

Romina schudde ontkennend met haar hoofd.

'Niet echt. Ik nam het voor kennisgeving aan. Zag het als een mogelijkheid om meerdere vliegen in één klap te slaan. Mijn woestheid kwam later, toen ik hoorde dat Frank zelfmoord had gepleegd vanwege de foto's die jij had gestuurd. Die woede kon ik overigens snel beheersen, omdat er door al deze gebeurtenissen een unieke kans voor mij ontstond.'

Heleen zocht oogcontact via het achteruitkijkspiegeltje.
'Die foto's... Het is nooit mijn bedoeling geweest...'
Met een tik van de pistoolloop tegen de hoofdsteun kapte Romina haar af.
'Je begrijpt er inderdaad niets van, Hollandse boerentrien. Frank beschreef je altijd als een naïef mensje dat heilig geloofde in begrippen als liefde en onvoorwaardelijke trouw. Hij had gelijk, je behoort tot een uitstervend ras.'
Heleen slikte haar trots weg en concentreerde zich op haar opdracht. 'Je bent ontsnapt en David ligt naast je. Waarom moet ik mee? Wat heeft dit voor zin?'
Romina reageerde zoals ze hoopte en verwachtte.
'Ik zei toch dat ik alles ging realiseren? Zelfs zo'n domme koe als jij kan toch bedenken wat er nog ontbreekt?'
'Het geld.'
'Het Grote Geld,' verbeterde Romina. 'Die vijftigduizend was speelgeld voor barre tijden. De echte buit ligt ergens anders verborgen.'
Het ging goed, dacht Heleen. Alles werd opgenomen door de politie die haar op afstand volgde. Op het moment dat ze wisten waar Romina het geld had verstopt, zouden ze ingrijpen. Nu het onderwerp was aangeroerd en Romina zich superieur waande, moest ze haar verder uit haar tent lokken. Het was beter om de informatie hier los te peuteren, dan het op een confrontatie aan te laten komen in een onbekend gebied waar het geld lag.
'Ik kan maar niet begrijpen hoe jullie het geld hier hebben gekregen. Het was toch op de bankrekening van Vincent Gautier gestort?'
Wederom klonk een denigrerend lachje vanaf de achterbank.
'Je zou kunnen stellen dat we tweemaal hetzelfde trucje hebben uitgehaald. Toen het geld eenmaal op de rekening van Gautier stond, speelde hij de rol van miljonair. Voor de buitenwereld smeet hij met geld, maar in werkelijkheid moest hij zich aan een beperkt budget houden. Twee keer per week nam hij bij de bank een fors bedrag cash op, tussen

de 100.000 en 200.000 euro. Met een deel hiervan, tien- tot twintigduizend euro, hing hij in bars en casino's de grote meneer uit. Het opgespaarde cashgeld dat wij hadden witgewassen, maakte hetzelfde rondje als jullie huwelijksreis. Mijn broer Jorge smokkelde het in Nice gewoon in zijn koffer aan boord. Bij aankomst in Barcelona droeg hij onder zijn kleding een geprepareerd vest waarin het geld verborgen zat. Hij ging tijdens de bevoorrading van het schip van boord en overhandigde mij het vest. Op het moment dat jij bij ons huis verscheen, was de hele buit al binnen. We stonden op het punt om te verdwijnen.'

'Waarom moest Gautier sterven?'

Romina boog iets naar voren. Ze keek geconcentreerd naar de weg voor haar. De vraag leek haar nauwelijks te interesseren.

'Die Gautier was smoorverliefd op Jorge. Om hem voor ons plan te paaien, speelde mijn broer het spel mee. Toen het eind in zicht kwam, werd die oude nicht vervelend, stelde eisen, chanteerde Jorge om hem aan zich te binden. We besloten dat het beter was als Jorge hem een overdosis zou geven. Probleem opgelost.'

'Maar...'

Romina tikte weer met de loop van het pistool tegen de hoofdsteun.

'Niets te maren, nu moet jij heel goed opletten, oké?'

Geschrokken hield Heleen haar mond.

'Ongeveer driehonderd meter verderop is een parkeerplaats. Minder je snelheid en sla daar af. Rij rustig die parkeerplaats op want het zit er vol met hobbels.'

Heleen deed wat haar werd bevolen. In de tweede versnelling reed ze de onverlichte parkeerplaats op. Het licht van haar koplampen gleed over de achterkant van vier auto's.

'Afwerkplek,' zei Romina. 'Parkeer dit wrak links, naast die zwarte Seat. Dat is de bonus waarover ik het daarnet had.'

Heleen reed de auto naar de aangewezen plek. Ze draaide het contactsleuteltje om en wachtte op instructies.

'Uitstappen, de sleutels liggen onder de wagen naast de linkerachterband. Linkerportier openen, zelf achter het stuur gaan zitten en de auto starten.'

Terwijl Heleen de opdracht uitvoerde, tilde Romina David van de achterbank. Ze hield het pistool in haar hand, zodat haar handelwijze werd beperkt tot het noodzakelijke. Omdat voor subtiliteit geen plaats was, waren haar bewegingen schokkerig. David kreunde. Hij opende zijn ogen en keek haar lodderig aan.

'Rustig maar,' fluisterde Romina terwijl ze naar de zwarte Seat liep. 'Mama is bij je, alles komt goed.'

Ze legde David op de achterbank en ging naast hem zitten.

'Rijden,' beval ze. Heleen reed achteruit.

'Oso,' zei David.

'Dat is zijn beertje,' meldde Heleen tijdens de draai die ze de auto liet maken.

'Hou je bek,' snauwde Romina. Voor de eerste maal bekeek ze het pluchen beest nauwkeurig. Afkeurend.

'Wat is dit voor een vod?' Het was meer een vaststelling dan een vraag.

'Zijn knuffeldier,' antwoordde Heleen terwijl ze de verharde weg weer opreed.

'Zonder dat beest kan hij niet slapen.'

'Oso, hier,' mompelde David. Hij duwde de beer tegen zijn borst. Heleen keek over haar schouder hoe hij weer in slaap sukkelde. Ze glimlachte vertederd.

'Zorg dat Oso 's avonds altijd bij hem in de buurt is. Anders raakt hij...'

'Kijk uit!' Door Romina's schreeuw keek ze verschrikt voor zich uit. Recht voor haar gloeiden remlichten op. Ze trapte hard op het rempedaal. Maar ze was te laat om de auto voor haar nog te ontwijken. De bumper van de Seat deelde een stevige tik uit aan de achterkant van de blauwe Peugeot voor haar. Daardoor sloeg de achterkant weg en verloor de bestuurder de macht over het stuur. De auto gleed van de weg en kwam tussen de bomen tot stilstand.

'Jezus!' schreeuwde Heleen.

‘Doorrijden!’ gilde Romina. Door de klap was ze naar voren geschoten. Ze zat in een vreemde houding met haar rechterschouder tussen de voorstoelen geklemd.
‘Doorrijden!’ brulde ze hysterisch en bevrijdde zichzelf uit de benarde positie.
‘Dat kan toch niet!’ antwoordde Heleen. Ze trilde over haar hele lichaam. Zonder te twijfelen zette Romina de loop van het pistool op haar slaap. Ze negeerde het angstige geschreeuw van David die op de bodem tussen de voorstoel en de achterbank was beland.
‘Als je nu geen gas geeft, schiet ik.’ Heleen wist dat Romina, die nu echt opgefokt werd, haar dreigement waar zou maken. Ze startte de afgeslagen motor en reed weg.
‘Oso!’ gilde David paniekerig terwijl hij omhoog probeerde te kruipen. Romina pakte het knuffelbeest en legde het op haar schoot. Tijdens deze onverschillige handeling hield ze haar ogen op Heleen gericht. David greep de arm van de beer en trok het knuffelbeest naar zich toe. In haar gespannen toestand had Romina onbewust haar vingers om het lijf van Oso geklemd. Er klonk een scherp geluid, waarna David de afgerukte arm van zijn knuffelbeest vasthield. Zijn reactie deed pijn aan Heleens oren en ziel.
Romina vloekte. De adrenaline snelde door haar aderen. Ze tilde de mismaakte knuffel op en wilde het uit machteloze woede naar David smijten. Het licht van een straatlantaarn zorgde voor een merkwaardige twinkeling in het opengescheurde, pluchen beest. Haar beweging verstarde. Ze hield de knuffel recht voor haar gezicht en keek verbaasd.
‘Wat is dit?’ Ze peuterde in de borst van de beer.
‘Doe het binnenlicht aan.’
Tussen haar vingers hield ze een klein, rond metalen voorwerp. Ze fronste haar wenkbrauwen. Ze had nog nooit een gps-zender gezien, maar was intelligent en wantrouwig genoeg om te beseffen dat zulk materiaal niet in kinderspeelgoed werd verwerkt. Haar hersens schakelden razendsnel om. Deze miezerige knikker kon een gigantische

bom bevatten, ging het door haar heen.
'Knoop je blouse los.'
'Wat?'
'Zet de auto aan de kant en knoop je blouse los.'
'Waar slaat dit...'
'Nu!'
Heleen parkeerde de auto in de berm. Ze wist dat protesteren zinloos was. Het enige wat ze kon bedenken was een vertragingstactiek. De politie was inmiddels op de hoogte van de hachelijke situatie waarin zij zich bevond en zou ongetwijfeld ingrijpen. Het was nu aan haar om tijd te winnen, zodat zij hun plan konden uitvoeren.
Onhandig frommelde ze aan het bovenste knoopje van haar blouse. Haar vingertoppen gleden zogenaamd steeds weg van het gladde knoopje. Nadat ze met veel theater toch het bovenste knoopje had losgekregen en aan de volgende wilde beginnen, greep Romina in. Ze trok een paar keer hard aan de blouse waardoor de knopen los werden gerukt. Haar hand gleed onder het pyjamahesje en betastte Heleens lichaam.
Het zendertje paste precies in het kuiltje van haar navel. Een doorzichtig stuk tape hield de zender op z'n plek. Romina trok de tape van haar huid en bekeek het hightech microfoontje.
'Open het raam,' siste ze. Met een agressieve armbeweging gooide ze beide zenders naar buiten.
'Rijden, kreng. En bid maar dat jouw politievriendjes ons niet te pakken krijgen. Dan ben jij de eerste die het niet meer kan navertellen. Dat is een belofte.'

52

Juan Benitez sloeg gefrustreerd met zijn handpalm tegen het dashboard. De bizarre loop van omstandigheden had hun operatie ontmanteld. Nu Romina de microfoon en het zendertje had ontdekt, konden ze hen niet meer op veilige afstand volgen.
Hoe verzin je het? Dit was voer voor de 'sterke verhalen' tijdens de nieuwjaarsborrel van de recherche, een opmerkelijke anekdote voor de kleinkinderen op een gure winteravond. Als dit tenminste goed af zou lopen.
De wisseling van auto's was vooraf ingecalculeerd. Romina was ontegenzeglijk een vrouw met ideeën, dus ze waren er al vanuit gegaan dat zij voor zichzelf een back-up had geregeld. Met het gps-systeem was dit voor hen echter geen probleem. Zolang Oso maar naast David lag, wisten ze tot op de meter waar ze zich bevonden.
Ze wisten in elk geval zeker in welk type auto ze nu reden. Na de overstap leek er niets aan de hand. Omdat het redelijk druk was op het Hoerenpad, hadden ze de afstand verkleind tot een kilometer. Tijdens de switch van auto's, hadden ze voor even hun wagens in de berm geparkeerd. Toen het stipje weer vaart begon te maken, waren zij ook weer in beweging gekomen.
Een van Benitez' collega's bracht hem via het oortje op de hoogte van de actuele gebeurtenissen. Op het moment dat Romina het zendertje vond dat in de knuffelbeer zat verborgen, had hij nog hoop gehad. Er bestond altijd een kans dat zij het aanzag voor een onderdeel of iets anders, want wie dacht er nu aan een gps-zender bij een pluchen beest? Toen zij Heleen dwong haar blouse los te maken, wist hij dat ze in de

problemen zaten. Hij had snel gereageerd met een blokkade ter hoogte van de afslag naar de snelweg door paraat staande surveillancewagens. Ook liet hij het Hoerenpad richting Blanes afsluiten. Hierdoor werd het onmogelijk om via de reguliere weg te ontkomen.

'Klootzak,' gromde Benitez.

'Bedankt,' antwoordde Alderon stoïcijns.

'Dat sloeg op mij.'

'Ook goed.'

Automatisch keek Benitez naar elke auto die hen vanuit de tegenovergestelde richting passeerde. Er was geen zwarte Seat voorbijgekomen. Ze waren dus niet gekeerd.

Op het punt van de aanrijding was een kleine samenscholing ontstaan. Zijn ervaren politieblik signaleerde drie geparkeerde auto's, acht mannen en twee vrouwen. Hoerenlopers, op sensatie beluste stappers na een avondje uit en prostituees. Wie precies aan welk signalement voldeed interesseerde hem niet. Er stond geen zwarte Seat langs de weg.

Alderon reed door. Benitez keek achterom en zag dat zijn collega's volgden. Hij draaide zich weer om en zag op het beeldscherm dat ze de gps-zender snel naderden. Toen ze die plek bereikten zag hij geen oplichtend metaal in het licht van een straatlantaarn, geen onverwachte aanwijzing, geen geluid dat duidde op enige activiteit… geen zwarte Seat.

'Ze kunnen nooit ver weg zijn,' doorbrak Benitez de stilte. Ondanks de zelfverzekerde toon kon hij niet verhinderen dat er twijfel in zijn stem doorklonk.

Alderon knikte.

'In theorie niet.'

53

'Rustig aan,' siste Romina. Nadat ze de afluisterapparatuur had gevonden was haar humeur nog slechter geworden. 'Over honderd meter zie je een ophoging naast de weg. Ga veertig kilometer per uur rijden en als ik het zeg stuur je naar rechts en omhoog. Er is daar een opening tussen de bomen waar de auto makkelijk doorheen kan.'

Heleen knikte. Ze hield de snelheid aan die Romina verlangde en probeerde gelijktijdig een inschatting van de nieuwe situatie te maken. Die leek hopeloos.

'Afremmen en... nu naar rechts.'

Met het angstzweet in haar handen stuurde Heleen de Seat van de verharde weg af. De bundels van de koplampen verlichtten een heuvel met bomen. Het liep redelijk steil naar boven. In al haar angst zag ze zelfs voor een fietser te weinig ruimte om het donkere bos binnen te dringen. In haar ooghoek zag ze een schim. Het was de loop van Romina's pistool waarmee ze de juiste route aanwees.

'Daar moet je doorheen. Bij die...'

Met de moed der wanhoop gaf Heleen gas. Haar snelheid was inmiddels gedaald tot een wandeltempo. Midden op de helling schokte de auto waarna de motor afsloeg. Ze trapte op de rem en trok instinctief aan de handrem.

'Eerste versnelling, sufferd!' gilde Romina. 'Start de motor en rij in de eerste versnelling die heuvel op!'

Zachte ondergrond stoof onder de banden vandaan toen Heleen de wagen liet optrekken. Omdat de grip minimaal was, begon de achterkant van de auto heen en weer te bewegen. Ze drukte het gaspedaal die-

per in. Door het hoge toerental brulde de motor toen ze bijna het hoogste punt van de heuvel bereikten.
'Naar rechts!'
Heleen zag de opening en trok hard aan het stuur. De achterkant van de auto gleed naar links. Haar poging om te corrigeren was nutteloos. Terwijl de voorkant tussen de bomen gleed, knalde de achterkant tegen een boom. Het geluid van de klap maakte duidelijk dat het linkerachterlicht was verbrijzeld.
'Langzaam... Stoppen en het licht uitzetten.'
Heleen slaakte een zucht van opluchting en wachtte Romina's volgende bevel af. In een poging haar angst te onderdrukken, legde ze haar handen in haar schoot. Het was beter om die trillende handen uit haar eigen zicht te houden, dacht ze. Ze mocht nu niet angstig of zwak overkomen.
Romina had haar aandacht intussen op David gericht, die de afgelopen minuten muisstil was geweest en haar met wijd opengesperde ogen aankeek. Ze aaide hem lieflijk over zijn bol. Daarna trok ze hem naar zich toe en kuste hem teder op beide wangen.
'Jij bent een grote jongen. Mama is trots op je. Als jij samen met Oso nog een paar minuutjes heel stil in de auto blijft zitten, krijg je straks een heleboel lekkers van me. Afgesproken?'
Romina liet hem los. Met zachte hand duwde ze hem terug in liggende positie. Ze drukte Oso stevig tegen zijn borst.
'Mijn lieve ventje.' Ze glimlachte hem liefdevol toe. 'Ik ga even iets uit het bos pakken en ben zo weer terug.'
David reageerde heftig. De situatie was verwarrend voor hem. Hij was de afgelopen maanden meer aan Ana en Heleen gewend geraakt en nu dook deze vrouw weer op. Hij kwam razendsnel omhoog en glipte langs Romina. Zijn gestrekte armen omklemden Heleens hoofd.
'Niet weggaan! Tante Elena blijf bij mij!'
Romina had de grootste moeite om haar natuurlijke reactie te onderdrukken.

'Tante Elena?' vroeg ze zoetgevooisd. 'Die moet mama helpen met dragen. Blijf jij nou maar rustig zitten, dan is het zo gebeurd.'
Ze legde de tegenstribbelende David weer op de achterbank.
IJzig zei ze tegen Heleen: 'Wil jij de kofferbak openen en uitstappen, tante Elena?' Ze drukte op het knopje van de kofferbak, die meteen van de vergrendeling sprong, en stapte uit.
Romina deed de achterdeuren op het kinderslot. Ze liep naar de kofferbak en kwam terug met een schep en een zaklantaarn.
'Sleutels.' Heleen overhandigde het bosje en Romina sloot de auto af. David brulde van angst en verdriet. Hij sloeg met zijn handpalmen tegen de zijruit. Heleen probeerde haar medelijden weg te slikken. Davids gejammer was moeilijk te negeren.
'Lopen.' Met een korte hoofdknik gaf Romina de richting aan. Heleen had nog geen drie stappen gedaan of ze kreeg al een por met de schep. Gehoorzaam versnelde Heleen haar pas. Haar blik was voornamelijk gericht op de lichtbundel uit Romina's zaklantaarn. Het droge hout kraakte onder haar voeten. Op open plekken reikte het maanlicht tot de grond, terwijl op dichtbegroeide plekken het licht gefilterd werd. Die afwisseling gaf het bos iets spookachtigs.
'Stop.'
Romina liet het kunstlicht over een boomstam glijden. In het midden van de stam was een hartje gekerfd. De letters F en R waren duidelijk leesbaar.
'Zo romantisch,' grijnsde ze.
Met een gebaar van haar rechterhand, waarin ze haar pistool hield, maakte ze Heleen duidelijk dat ze ruimte moest maken. Zelf ging ze met haar rug tegen de stam staan. Ze hield de zaklamp in haar linkerhand en klemde de schep onder haar linkeroksel. Ze mat uiterst zorgvuldig drie gelijke passen af. Op die plek bleef ze staan. De schep liet ze op de grond vallen.
'Graven, tante Elena.'

54

Oscar Alderon reed met groot licht. De omgeving ging traag aan hen voorbij. Benitez speurde de rechterkant af, terwijl Alderon de andere zijde scherp in de gaten hield. Ze zochten naar een kleine aanwijzing die hun vermoeden zou bevestigen.

Van verscheidene collega's had Benitez vernomen dat de zwarte Seat nog niet was gesignaleerd. Ze moesten dus ergens zijn afgeslagen. Het Hoerenpad kende echter geen afslagen.

Nadat Romina de afluisterapparatuur had gevonden en verwijderd, had ze Heleen letterlijk de auto het bos in laten sturen. Dat kon bijna niet anders, dacht Benitez. Met normale snelheid zouden ze inmiddels op een wegversperring zijn gestuit.

Ze bereikten het gedeelte waar de weg aan de rechterkant werd geflankeerd door een heuvel. Vanaf deze natuurlijke ophoging weerkaatste een rode flits in het licht van de koplampen. Het was hetzelfde effect als van de reflectoren die op verkeerspaaltjes langs provinciale wegen stonden.

'Stop,' zei Benitez.

Hij stapte uit en scheen met de bundel van zijn zaklamp over het laagste deel van de heuvel. Het bandenspoor tekende zich duidelijk af. Tegen de heuvelrug aan was een waaier waarneembaar. Hier was de auto geslipt.

Benitez liep naar boven. Vlak voordat hij het hoogste punt had bereikt, schakelde hij zijn lamp uit. Hij vertraagde zijn pas en overbrugde het laatste stukje op handen en voeten. Voorzichtig stak hij zijn hoofd boven de heuvel uit. Hij zag de zwarte Seat tussen de bomen staan. Hij liet zich terugzakken en pakte een portofoon uit zijn jaszak.

‘Kom hierheen,’ fluisterde hij. ‘Geen geluid.’

Voor iemand met zijn postuur was Alderon opmerkelijk lenig. De rechercheur stapte uit de auto en sloop als een roofdier naar boven. Hij ging op zijn hurken naast zijn collega zitten en trok zijn wenkbrauwen op.

Nadat Benitez met handgebaren de situatie en zijn plan had uitgelegd, gingen ze meteen tot actie over. Ze tijgerden naar de auto. Benitez posteerde zich naast het linkerachterportier, terwijl Alderon naar de rechterkant ging. Zoals afgesproken nam Benitez het voortouw. Behoedzaam kwam hij overeind. Zijn pistool was gericht op het linkerachterraam. Zijn wijsvinger lag op de trekker.

Een doodsbang jongetje keek in de loop van het geladen pistool.

55

De schep gleed eenvoudig door het mulle zand. De rugzak lag op nauwelijks een meter diepte en de draagbanden ervan waren inmiddels blootgelegd. Heleens vertragingspogingen hadden niets uitgehaald. Romina kende de ondergrond en bij elke zogenaamde verslapping porde ze Heleen met de loop van het pistool in haar rug.

Heleen boog voorover, trok de rugzak omhoog en legde deze aan Romina's voeten.

'De tweede ligt een halve meter naar rechts. Ga in het gat staan en graaf verder.'

Heleen deed wat haar werd opgedragen. Tijdens haar werkzaamheden had ze overwogen om met de schep naar Romina uit te halen. Door vlak achter haar te blijven staan, had de Spaanse haar deze mogelijkheid ontnomen.

Ze stak de schep schuin vooruit. De grond zakte naar beneden. Als een volleerd hovenier legde ze dit hoopje op het metaal en gooide het naast de kuil. Toen ze de schep weer in de grond stak, voelde ze weerstand. Als dit de tweede rugzak was, dan was het afgelopen. Heleen voelde haar wanhoop groeien.

Het uitzichtloze van haar positie was pas echt tot haar doorgedrongen toen Romina David in de auto achterliet. Totaal harteloos. Welke moeder liet haar doodsbange kind alleen achter in een afgesloten auto terwijl de duisternis van het bos hem bij de keel greep? Wat was je dan als ouder waard?

Toen ze begonnen was met graven, werd haar duidelijk waarom Romina haar zoon niet had meegenomen. De ontvoering en de autorit waren

kinderspel vergeleken bij datgene wat nog komen moest. Dit afschuwelijke tafereel wilde ze David besparen. Zelfs de meest doortrapte moeder nam haar kind niet mee naar een executie. Af en toe had het zelfs aantrekkelijk geleken in de kuil te knielen en Romina te vragen om er een einde aan te maken. Dan was het lijden definitief over. Hoefde ze zich eindelijk nergens meer zorgen over te maken.
Tijdens het graven had ze zich voorgenomen om niet op te geven. Ze moest tijd zien te winnen. De politie zat tenslotte niet stil. Zij waren op de hoogte van de ontwikkelingen en deden alles wat in hun mogelijkheden lag om het tij alsnog te keren. Daar moest ze vanuit gaan. Tijd, daar ging het nu om. Elke seconde was er één. Maar nu voelde ze de tweede zak geld al.
Ze stopte met graven en rechtte haar rug.
'Die brief... dat begrijp ik dus niet. Wat wilde je daarmee bereiken?'
Romina tikte met de loop van het pistool tegen haar achterhoofd.
'Graven.'
Zo traag als Romina het toeliet, boog ze weer voorover. Dit had haar een paar seconden opgeleverd. Niet echt wat ze voor ogen had gehad.
'Die brief was een afleidingsmanoeuvre,' sprak Romina opeens. Ze lachte hees. 'Ik schreef die brief vanuit mijn cel. Daar is het inschatten van de situatie lastiger dan op het moment dat je daadwerkelijk buiten loopt.'
Heleen duwde de schep weer in de grond. Tot haar schrik maakte deze beweging aarde los. Een stuk van de tweede rugzak werd zichtbaar.
'Als mijn ontsnappingspoging zou lukken, kreeg ik binnen enkele uren iedere beschikbare politieman op mijn nek. Die brief zou voor tweespalt zorgen. Naar aanleiding van de verlaten ambulance en de bebloede overall, zouden er ongetwijfeld opsporingsambtenaren zijn die het willen afdoen als zelfmoord. Spijtoptant breekt uit, vernietigt het overgebleven deel van de buit en slaat de hand aan zichzelf. *Shit happens*, zaak gesloten. Vooral geen kostbare manuren meer aan besteden.'
De lichtbundel gleed over de tweede rugzak waarvan intussen al de

helft zichtbaar was. Hoewel ze wist dat een paar ferme rukken voldoende waren om de zak uit de bodem te trekken, stak Heleen nogmaals de schep in de grond. Tijd winnen.
De rugzak was los. Heleen wist dat haar eind nu snel in zicht kwam. Als ze deze zak met geld naast de kuil zou zetten, was het een kwestie van seconden voordat Romina datgene zou doen wat David niet mocht zien.
Haar hand omklemde het hengsel. Met beleid trok ze de rugzak uit de aarde. Haar bovenlichaam kwam omhoog. Ze bleef rechtop staan. Haar rechterarm hing slapjes langs haar lijf, zodat de rugzak in de kuil bleef. Ze keek recht vooruit in het duister. Achter haar ademde Romina zwaar van opwinding.
'Dat je met die brief verwarring wilde zaaien is me duidelijk,' zei Heleen. Hoewel de angst door haar lichaam gierde, probeerde ze haar stem ontspannen te laten klinken.
'Maar wat wilde je eigenlijk bereiken door mij in een kwaad daglicht te stellen? Dat sloeg toch nergens op?'
Het was de laatste strohalm, wist Heleen. Romina's bedoelingen waren overduidelijk. Maar ze moest voor uitstel zorgen. Het zou haar verbazen als de Spaanse het spelletje tot het laatst meespeelde en haar een antwoord gaf. Ze sloot haar ogen. Niemand kwam haar meer redden.
'Dat is voor jou een vraag en voor mij een weet, tante Elena.'
Gelijktijdig met haar bijtende woorden sloeg Romina de pistoolkolf neer op Heleens slaap. Zonder een kik te geven zakte ze door haar knieën.

56

Dansen op de vulkaan, dacht Benitez. Dat is precies waarmee je nu bezig bent. Je loopt met halfgesloten ogen op een rand zonder zijwegen. Elke beslissing is nu cruciaal en kan fataal zijn.

Het doodsbange gezicht van kleine David stond op zijn netvlies gegraveerd. De jongen wilde bevrijd worden, zijn lichaamstaal vertelde dat het hem niet uitmaakte wie de deur opende. Als iemand het maar deed...

Met pijn in zijn hart had hij besloten om David te laten zitten, gebarend dat hij stil moest zijn en nog even moest wachten. Het forceren van het slot was een kleinigheid, daar ging het niet om, maar het was te riskant. Als het alarm afging, waar hij vanuit moest gaan, werd de boel extra op scherp gezet. Hierdoor ontstond een situatie die onoverzichtelijker en gevaarlijker was dan de huidige.

De twee collega's uit de volgwagen hadden zich op tactische posities ten opzichte van de auto opgesteld. Ze stonden achter bomen en hadden vrij uitzicht op het portier linksvoor. Romina zou nooit zonder haar zoon vertrekken en moest dus wel terug bij de auto komen.

Hopelijk kwam het niet zover, dacht Benitez. Een schietpartij was het laatste wat ze wilden. Uiteindelijk leverde dat slechts verliezers op. Hij hield de bundel van zijn zaklamp vlak voor zijn voeten. Om de vijf meter stond hij stil en liet zijn blik door de duisternis glijden.

Ze waren inmiddels een kleine vijftig meter van de auto verwijderd. Rechtdoor, of licht afbuigen? Omdat voetsporen ontbraken, moesten ze afgaan op hun intuïtie.

Ze hadden besloten om op te splitsen. Twee individuen maakten nu

meer kans dan één team. Alderon was naar links afgeslagen. Zonder hierbij een geluid te maken was hij tussen de bomen verdwenen.
Benitez stond weer stil. Elke vezel in zijn lichaam drong aan op snel handelen, maar hij nam de tijd zodat hij geen fouten zou maken. Traag bewoog hij alleen zijn hoofd van rechts naar links.
Vanuit zijn rechterooghoek zag hij een flauw schijnsel. Hij schatte de afstand tot dat punt en liep behoedzaam in die richting.

Romina keek naar de bewusteloze Heleen en haalde haar schouders op. Kon iemand werkelijk zo naïef zijn? Natuurlijk niet. Met haar gespeelde argeloosheid had ze louter en alleen tijd proberen te winnen. Tot het laatste moment had die zweem van onschuld als een misplaatst aura om haar heen gecirkeld. Zelfs toen haar smerige spelletje was ontdekt, had ze zich op een bepaalde manier van den domme weten te houden. Eigenlijk was dat heel knap.
Ze opende een rugzak en haalde er een stapeltje bankbiljetten uit. Met snelle bewegingen scheurde ze deze in kleine stukken en verspreidde de snippers over de kuil en de directe omgeving. Het volgende bundeltje stak ze met een aansteker in de brand. Toen de biljetten dusdanig waren verminkt dat ze geen wettig betaalmiddel meer leken, doofde ze de vlam en strooide de smeulende resten in de rondte. Met tegenzin pakte ze een derde bundel en veranderde ook deze in papiersnippers.
Zonde van het geld, dacht ze. Hoe essentieel deze stap ook voor haar plan was, het bleef hartverscheurend om geld te vernietigen. Helemaal als het je eigen geld betrof.
Het scenario dat ze had geschreven klopte zo nog steeds. Volgens de brief had ze het geld van de verzekeringszwendel vernietigd. De aanwezigheid van Heleens stoffelijke overschot zou na verloop van tijd worden verklaard zoals zij bedacht had. Het verhaal dat naar buiten zou komen zou ongeveer zo gaan: een wanhopige Romina Castellano was uit de gevangenis ontsnapt. In haar cel had ze een brief geschreven waarin ze spijt betuigde over haar aandeel in de verzekeringsfraude. Ze ver-

meldde de betrokkenheid van Heleen van Rijnsburg bij deze zaak. Voordat Romina zelfmoord pleegde, had zij het overgebleven deel van het geld vernietigd. Hiermee strafte ze Heleen van Rijnsburg voor haar verraad en haar poging om Romina's zoon David op slinkse wijze aan de ouderlijke macht van haar zuster Ana te onttrekken. Heleen van Rijnsburg verliet 's nachts samen met David haar huis, nadat ze door de politie met de brief geconfronteerd was. Geschrokken van Romina's bewering dat zij het geld had vernietigd, reed ze naar de plek waar het verborgen lag. Eenmaal op die plaats aangekomen, in een bos aan de rand van Blanes, werd zij geconfronteerd met verbrande en verscheurde bankbiljetten. In een vlaag van woede doodde ze de kleine David en begroef hem op een voor justitie nog onbekende plek. Toen ze na deze verschrikkelijke daad enigszins bij haar positieven kwam, zette ze een pistool tegen haar slaap en benam ze zichzelf het leven.
Ik ben geniaal, dacht Romina. Voldaan over haar aanpak deed ze een rugzak om. De andere zou ze dragen. Ze pakte het pistool en knielde in de kuil. Het meest onaangename deel van de avond was aangebroken. Alleen met de vermeende zelfmoord van Heleen zou haar plan werken. Haar levenloze lichaam was voor de politie de belangrijkste schakel om tot een verklaring te komen.
Ze pakte Heleens hand. Ze legde de kolf van het pistool in haar handpalm. Op het moment dat ze de wijsvinger van de Hollandse op de trekker wilde plaatsen, gleed een lichtbundel over de kuil.
'Politie. Verroer je niet!' beval een zware mannenstem.
Romina handelde in een reflex. Ze pakte het pistool, draaide zich in de richting van het licht en schoot. In dezelfde beweging stapte ze naar achteren de kuil uit. Ze hoorde een harde knal en voelde een scherpe steek in haar linkerarm. Ze negeerde de plotselinge pijn en zette het op een lopen.

Juan Benitez zat op de grond. Verbazing, woede, pijn en ontzetting gingen door hem heen. Met wijd opengesperde ogen zag hij hoe Romina razendsnel uit zijn blikveld verdween.

De geschiedenis had zich herhaald, ging het door hem heen. Het onmogelijke had weer plaatsgevonden. Terwijl ze door hem, een rechercheur, onder schot werd gehouden had Romina zich na een gelukstreffer uit de voeten weten te maken. Hoeveel beschermengeltjes had die vrouw? Of liever gezegd, hoeveel had ze er nog over?

Achter hem klonk het snerpende geluid van brekende takken. Alderon had de schoten gehoord en kwam naar de plek gesneld.

'Hier,' riep Benitez met een verbeten gezicht van pijn en schaamte. De kogel uit Romina's wapen had meer schade aan zijn ego dan aan zijn schouder veroorzaakt. Dit had hem nooit mogen overkomen. Niet met zo'n staat van dienst.

'Gaat het?' vroeg Oscar Alderon terwijl hij naast hem op een knie zakte.

'Een lullige vleeswond,' loog Benitez. Hij was blij dat het zo donker was, waardoor Alderon zijn van pijn vertrokken gezicht niet kon zien. 'Romina is kansloos,' zei hij zelfverzekerd. 'De jongens wachten haar op bij de Seat.'

Alderon ging staan. Hij pakte zijn portofoon om een ambulance op te roepen. Benitez liet het niet zover komen.

'Even wachten. Ik wil nu geen berichten over het kanaal. Daarmee kunnen we de positie van onze collega's verraden.'

Alderon stopte de portofoon in zijn zak, boog zich voorover en strekte zijn arm.

'Ik help je overeind.'

Benitez schudde ontkennend zijn hoofd.

'Ik zit hier prima. Ga jij maar bij Heleen kijken. Ik heb geen idee hoe zij eraan toe is.'

Romina's arm gloeide. Doordat het bloed bleef stromen, was de mouw van haar jack tegen haar trui geplakt. Het voelde kleverig aan, vies. Alsof ze zich dagenlang niet had gewassen. Ze bleef rennen. De auto was dichtbij.

Deze onverwachte tegenslag kende ook een andere kant. De adrenaline die nu door haar lijf ging maakte haar gretiger dan ooit om haar doel te bereiken. Ze realiseerde zich nu dat het einde dat zij bedacht had, waarin alles op z'n plek viel, onmogelijk was. Maar ze kon nog steeds vluchten. In haar rugzak zat een miljoen euro en David wachtte in de auto. Starten, wegrijden en onderduiken. Als de heftigste storm was gaan liggen zouden ze met een andere identiteit het land verlaten. In Zuid-Amerika kon je van een miljoen prima leven. En ze spraken er ook Spaans.

Toen er meer ruimte tussen de bomen kwam en ze vlak bij de plek was waar de auto stond, hield ze haar pas in. Ze bleef doodstil staan, was alert op ongewone geluiden en zocht naar schaduwen die niet tot het bos behoorden. Haar eerste indruk was geruststellend: in de directe omgeving van de auto was niemand.

De haast joeg haar naar de auto. Ze drukte op het knopje van de afstandsbediening waarmee de deuren automatisch werden geopend. In dezelfde beweging slingerde ze de rugzak naar voren, zodat deze aan haar arm kwam te hangen. In een flits zag ze hoe David zijn gezicht tegen de zijruit had gedrukt.

'Politie. Geen beweging!'

Twee felle stralen beschenen opeens haar lichaam. De plotselinge schrik kon haar echter niet stoppen. Zonder zich te bedenken vuurde ze in de richting van het licht en liep door. Het ging allemaal wat ongecontroleerd met die tas aan haar arm, verblind door het licht. In het bos klonken de geweersalvo's als kanonschoten. Voor even leek haar wereld een uitspatting van gigantisch lawaai dat al het andere wegvaagde. Tijdens dit moment van totale desoriëntatie werd ze door iets in haar been geraakt waardoor ze viel. Ze stond zo snel mogelijk op, bleef vuren, opende het portier en smeet de rugzak op de passagiersstoel.

Eenmaal in de auto verstomde het geluid dat rechtstreeks vanuit de hel leek te komen. David, flitste het door haar heen. Ze durven niet op de auto te schieten uit angst hem te raken. De intense pijn die nu door haar been stroomde verjoeg deze gedachte onmiddellijk. Ze slaakte een rau-

we kreet, startte de motor, ramde de versnellingspook in zijn achteruit en gaf gas.
In de halve draai achterwaarts schuurde de zijkant van de auto tweemaal langs een boomstronk. Het snerpende geluid drong niet tot Romina door. Op de heuvelrug draaide ze met veel moeite haar stuur naar rechts. De donkere wereld om haar heen vervaagde tot een mistig landschap zonder structuren. Ze knipperde hevig met haar oogleden om scherp beeld te krijgen. Toen dit niet lukte, trapte haar rechtervoet met de moed der wanhoop op het gaspedaal.

Oscar Alderon knielde naast Heleen, die langzamerhand weer bij bewustzijn kwam. Hij ondersteunde haar toen ze opstond.
'Gaat het?'
Ze knikte automatisch. Meteen voelde ze steken in haar achterhoofd. Ze voelde met haar hand op de beurse plek.
'Waar is Romina?' vroeg ze duizelig.
'Die wordt door mijn collega's opgewacht bij de auto.' Zijn blik was vriendelijk en geruststellend.
'Haar spel is uit. Ze mag de rest van haar leven in een streng bewaakte gevangenis doorbrengen.'
Hij pakte de rugzak en gooide deze over zijn schouder.
'Kom, we gaan...' Zijn woorden werden afgekapt door het geluid van schoten. Heleen bleef als aan de grond genageld staan. Ze hoorde verderop in het bos een enorme klap. Het schuren van metaal. Een motor begon te loeien. Slippende banden knarsten over de bosgrond. Heleen voelde een enorme angst voor wat er komen ging.
Drie hartslagen hield de natuur haar adem in. De intensiteit van de klap die volgde raasde langs de bomen. De verschrikkelijke echo van gesprongen glas, verwrongen metaal en totale destructie kwam hard aan. Ze wankelde, het bloed trok uit haar gezicht.
De schreeuw kwam uit het diepst van haar ziel.
'David!!!'

Epiloog

Tien jaar later

Twee parasols zorgden voor bescherming, het gebied rond hun strandstoelen werd hierdoor een oase van schaduw. Naast en achter hen stelden met zonnecrème ingesmeerde toeristen zich vrijwillig bloot aan ultraviolette stralen. Ze lagen op handdoeken, luchtbedden of in strandstoelen. Een licht briesje vanaf zee zorgde ervoor dat de temperatuur aangenaam voelde, waardoor het gevaar om te verbranden nog groter was.

Achter haar zonnebril keek Heleen loom naar het spelletje dat zich in de branding afspeelde. David was in gesprek geraakt met twee Nederlandse meisjes. Langzaam maar zeker mondde de conversatie uit in stuntelig geflirt van beide kanten. David wist zich geen raad met zijn houding. Nonchalant en stoer gedrag ging gepaard met het natspatten van de blondines. Die reageerden hierop bijna hysterisch, maakten overdreven vrouwelijke pasjes waardoor het koddig overkwam, maar bleven toch in de buurt van de aantrekkelijke Spaanse jongen die vloeiend Nederlands sprak.

De groeiende aantrekkingskracht voor het andere geslacht, hormonen, snel wisselende stemmingen, sterke veranderingen aan het uiterlijk. Heleen werd weer geconfronteerd met een nieuwe fase in Davids leven. Ondanks de mindere kanten die de puberteit soms met zich meebracht,

probeerde ze van elk moment te genieten. 'Er is een echte rokkenjager opgestaan,' giechelde Etienne.
Christian bromde binnensmonds, waarna zijn levensgezel hem speels aanstootte.
'Gelukkig valt hij op meisjes. Al dat gedoe over "uit de kast komen" en "acceptatie van de familie" blijft hem mooi bespaard.'
Christian zuchtte diep. Hierna sloeg hij zijn ogen ten hemel. 'Hoe heb ik het toch zo lang met die vent kunnen uithouden?'
Heleen glimlachte. In al die jaren waren die twee geen steek veranderd. Altijd met elkaar aan het bekvechten, maar ondertussen... Echte liefde bestond.
Christian en Etienne waren haar vrienden. Echte vrienden, mensen op wie je kon bouwen, die altijd voor je klaarstonden. Zonder hen had ze het ook wel gered, zo eerlijk moest ze zijn, maar was het een stuk lastiger geweest.
Na die verschrikkelijke nacht in de bossen van Blanes waren zij direct vanuit Nice overgevlogen. Schijnbaar moeiteloos namen ze de taken op zich van huishouder, kok, chauffeur en adviseur.
Na het drama moest ze haar wonden likken. Omdat haar twee vrienden haar werkelijk alles uit handen namen, kreeg ze alle ruimte om dit op haar eigen wijze in te vullen. Toen ze over haar eerste aarzelingen heen was gestapt, vertelde ze hen in tranen over de doodsangsten die ze die nacht had doorstaan. De klap, de beelden die op haar netvlies waren verschenen. Het zelfverwijt dat haar binnenste wegvrat, de misselijkmakende angst over het verlies van datgene waarvan ze het meest hield. Door eigen toedoen was ze bijna het allerdierbaarste kwijtgeraakt.
Tijdens haar spurt naar de weg had ze zich de vreselijkste scenario's voorgesteld. Zo hard als ze kon rende ze richting de plek waar de klap was geweest. Ze dacht niet na over haar eigen veiligheid. Ze moest en zou David zien. Eenmaal bij de heuvelrug aangekomen, werd haar nachtmerrie werkelijkheid. De zwarte Seat had een dodelijk parcours afgelegd. Na een zweefduik was de auto met de voorkant op de weg

geklapt. Rechercheurs bogen zich inmiddels over het ontzielde lichaam van Romina. In haar haast had ze geen gordel omgedaan en was dwars door de voorruit geslagen.

In paniek zocht ze met haar ogen verder. Ze zag twee agenten in uniform. Tussen hen in stond David. Gek van geluk rende ze naar beneden. Wonderen bestaan. Op wat blauwe plekken na mankeerde David niets.

'Hallo, dromertje.' De stem van Christian bracht haar terug in het heden. 'Wat dacht je van een fatsoenlijk antwoord?'

Ze knipperde verdwaasd met haar oogleden.

'Sorry?'

'Wij gaan wat te drinken halen, wil jij ook wat?'

Heleen grijnsde verontschuldigend.

'Doe maar een mineraalwater... en voor David een cola.'

Etienne stak zijn duim op.

'Dan mag je nu weer verder dromen van gespierde mannen in spannende tanga's.'

Christian gaf hem een vriendschappelijke duw. 'Lopen, aansteller.'

Ze keek haar vrienden na en richtte haar blik weer op David. Het spel met de meiden was nog in volle gang. Een van de blondines maakte een opmerking, waarop David zijn hoofd in zijn nek legde en uitgelaten lachte.

Hoe flexibel is een mens? Die vraag had ze zich al zo vaak gesteld. Meestal met betrekking tot David, soms tot zichzelf. Het was nauwelijks voorstelbaar wat hij in zijn jonge leven had meegemaakt. Want het was niet bij de dood van zijn ouders en die verschrikkelijke angstige nacht gebleven. Een paar jaar later volgde nog een tegenslag. Ditmaal werd hij opnieuw recht in zijn hart getroffen.

De donderdagmorgen waarop de telefoon ging, herinnerde ze zich als de dag van gisteren. Aan Ana's toon hoorde ze dat het fout zat. Na het korte gesprek stapte ze direct in haar auto en reed naar het huis van haar hartsvriendin.

De foto's in het ziekenhuis boden helaas geen ruimte voor enige twijfel. Wat begon als een knobbeltje in haar lies, bleek een klein onderdeel van de verschrikkelijke ziekte die reeds door haar hele lichaam was uitgezaaid. De artsen gaven haar nog zes maanden, het werden er uiteindelijk acht.

Omdat ze er op elk moment van de dag voor Ana en David wilde zijn, trok ze bij hen in. Ze nam een gedeelte van de huishoudelijke taken over en voerde met Ana lange gesprekken die vaak tot diep in de nacht duurden. Hierin spraken ze meestal over Davids toekomst.

Hoewel ze met chemokuren tegen haar ziekte vocht, wist Ana dat ze een ongelijke strijd voerde. Tijdens de periodes dat ze zich redelijk voelde, nam ze besluiten over het leven na haar dood. Het meest belangrijke was de overdracht van Davids voogdij aan haar beste vriendin. Haar huis zou moeten worden verkocht en de opbrengst zou worden gestort op een rekening waarover alleen David na zijn 21e verjaardag kon beschikken.

Zo snel als ze eruit waren geweest dat Heleen voor David zou gaan zorgen, zo langzaam was de uitvoering van dit plan gegaan. Het was een moeizaam traject waarbij de bureaucratische regelgevingen hen regelmatig in de weg zaten. Om tot Davids voogd te worden benoemd, ging zij door een administratieve molen, waarbij elk onderdeel van haar verleden en huidige leven onder de loep werd genomen. Uiteindelijk werd ze eind maart aangesteld als tijdelijke voogd van David. Een status die in de toekomst omgezet kon worden tot het definitieve voogdijschap. De ambtenaar die haar op de hoogte stelde van het besluit, verzekerde haar plechtig dat het ministerie vanwege de bijzondere omstandigheden een uitzondering had gemaakt. In praktisch alle gevallen duurde het jaren voordat het voogdijschap werd toegekend aan een persoon die geen deel uitmaakte van de familie.

Ana stierf in april. Heleen voerde de wensen van haar vriendin uit door de rest van het schooljaar in het knusse huisje te blijven wonen. De daaropvolgende zomer vertrokken ze naar haar eigen huis en werd

Ana's woning verkocht. In september ging David naar zijn nieuwe school in Blanes. Vlak voor de kerstvakantie kreeg zij bericht vanuit Madrid. Zij was officieel benoemd tot voogd van David.

In de jaren daarna werd haar duidelijk dat de geestelijke flexibiliteit van een kind voor een aanzienlijk deel afhankelijk is van de leefomgeving. Hij groeide na deze drama's in een beschermde omgeving op, zonder noemenswaardige incidenten. Ondanks de drama's kreeg hij bij Heleen de kans om kind te zijn.

De eerste maanden na Ana's dood vroeg hij regelmatig naar haar. Ze legde zo begrijpelijk mogelijk uit dat Ana niet meer op deze wereld was. Ze voegde eraan toe dat ze zeker wist dat Ana het fijn vond als hij het goed deed op school en veel plezier maakte met zijn vriendjes. Hij accepteerde de uitleg. Over de angstige nacht in de bossen van Blanes repte hij met geen woord. Ze kon slechts hopen dat hij deze gebeurtenis op de een of andere wijze voorgoed uit zijn systeem had gewist dan wel een plek had kunnen geven.

Toen was er eindelijk rust in hun bestaan gekomen. David deed het prima op school, hij ging naar het voortgezet onderwijs, kreeg een heus vriendinnetje en kampte met de eerste lichamelijke en geestelijke problemen die de puberteit nu eenmaal met zich meebracht. Kortom, hij was een normaal kind. Precies wat Ana, zijzelf en wellicht Romina hadden gewild dat hij zou worden.

Naast de opvoeding van David, hield ze tijd over voor haar eigen project. Eindelijk kon ze aan de slag met haar lang gekoesterde wens: een opvangtehuis voor minder bedeelde kinderen. Met de ervaring van de voogdijzaak, besloot ze vanaf het begin beslagen ten ijs te komen. Ze huurde een *gestoria* in, een administratiekantoor dat haar moest adviseren bij het opzetten van het opvangtehuis.

Spoedig bleek dat de administratieve rompslomp waarmee ze in de voogdijzaak was geconfronteerd kinderspel was in vergelijking met de regelgeving die gold voor dit project. Toen de *gestor* haar voorlegde welke vergunningen en aanpassingen in het huis nodig waren om in aan-

merking te komen voor een openingslicentie, duizelde het haar. De conclusie was dat het minstens drie jaar zou duren voordat zij deze papierwinkel in orde had en een aanvraag kon doen.
Omdat zij toch 'iets met kinderen' wilde, besloot zij het in de particuliere sector te proberen. De regels voor deze specifieke opvang waren stukken soepeler. In feite werd er van haar kant verwacht dat de omgeving kindveilig was en de kleintjes vakkundig werden begeleid.
Uiteindelijk besloot ze om het van alle kanten low budget te houden. Een keuze waarmee ze toch haar droom realiseerde. Het werd een soort crèche. Een opvangcentrum voor kinderen van alleenstaande, werkende moeders. Ze nam hooguit drie kinderen per dag in huis, zodat ze iedereen voldoende aandacht kon geven. De prijs die ze rekende was kostendekkend, meer had ze, gezien haar financiële situatie, niet nodig. Het werk gaf voldoening en ze genoot van het zorgen voor de kleintjes.

De afgelopen tien jaar waren de mooiste van haar leven geweest, dacht Heleen. De opvoeding van David en het opzetten van de crèche hadden veel aandacht opgeëist, maar haar deur stond altijd open voor haar vrienden en familie. Soms was het een drukte van belang, soms keken ze met z'n tweetjes avondenlang naar de televisie of lazen een boek op de patio.
De relatie die ze hadden opgebouwd deed niet onder voor de traditionele bloedband. Ze waren moeder en zoon en straalden dit ook uit. Afgezien van de ontbrekende uiterlijke overeenkomsten, zou niemand dit in twijfel trekken. Onafscheidelijk was een groot woord, maar het kwam dicht in de buurt.
Ze realiseerde zich terdege dat ook dit een periode was. Als David eenmaal achttien was, misschien eerder of later, zou hij zijn eigen weg kiezen. Het was onvermijdelijk dat ze hem dan op een bepaalde manier moest loslaten. Hopelijk zou hun band sterk genoeg zijn om in de toekomst stand te houden.
David kwam naar haar toe lopen. Het was aandoenlijk om te zien hoe

hij zich een stoer loopje aanmat, terwijl hij tegelijkertijd zo snel mogelijk de afstand wilde overbruggen. Hij boog voorover en ging op één knie tegenover haar zitten.

'Vanavond is op de camping van die meiden een feest.' Zijn ogen glansden van opwinding.

'Hoe laat is het afgelopen?'

'Weet ik niet precies. Ik denk om een uur of twaalf.'

Heleen keek bedachtzaam. Ze had het niet zo op feestjes die op een wildvreemde camping werden gehouden. Ze keek langs David heen en zag hoe de meiden stonden te smoezen. Ook zij waren net zo nerveus als haar zoon. Ze zuchtte theatraal en haalde haar schouders op. Hij was tenslotte bijna vijftien, dacht ze.

'Ik reken erop dat je uiterlijk om halfeen thuis bent,' antwoordde ze met een toegeeflijke glimlach.

Omdat hij zich net op tijd realiseerde dat de twee meisjes hem in de gaten hielden, onderdrukte David een spontane reactie. In plaats daarvan stond hij langzaam op, stak quasi-nonchalant zijn duim op en gaf haar een knipoog.

'Bedankt, ma.'

Dankwoord

Juliette van Wersch vervulde een belangrijke rol bij het tot stand komen van dit boek.
Mijn dank is groot.

De auteur

Lees nu ook alvast een fragment uit

Goudkust

van Suzanne Vermeer

Verschijnt op 27 mei 2014

ISBN paperback: 978 94 005 0469 1
ISBN e-book: 978 90 449 7276 4

Ze slikte hoorbaar toen de man op haar afkwam.
'Jij gaat dit net zo lekker vinden als ik,' lispelde hij. Ze stapte naar achteren maar de muur achter haar hield haar tegen. Ze zat klem en kon geen kant meer op. De man zette weer een stap in haar richting. Ze huiverde bij de gedachte dat hij binnen afzienbare tijd tegen haar aan stond. Zijn dikkige, zweterige lichaam op het hare. Zijn korte worstvingers met rouwranden onder de nagels knijpend en tastend. Een zurige zweetgeur drong haar neus binnen toen hij nog dichterbij kwam. De bescheiden maaltijd die ze vanavond had genuttigd kwam omhoog. Speeksel liep haar mond in en het klamme zweet brak haar uit. Ze slikte paniekerig om de brok in haar keel een halt toe te roepen. Ze mocht niet overgeven. Ze sloot haar ogen en dacht aan geld. Ze kon dit. In de spoelkeuken werken was erger en slecht voor haar handen. Vingers knepen hard en onhandig in haar borsten. Ze opende haar ogen en kreunde van schrik. De man vatte het op als een aanmoediging.
'Ja, dit is fijn, hè?' hijgde hij in haar nek. Ruwe stoppels schuurden tegen haar huid en hij beet zachtjes in haar oorlel. Zijn zoute zweet liep via haar hals naar beneden. Ineens pakte hij haar op en smeet haar ruw op het bed met rode satijnen lakens. Ze slaakte een kreet van ontzetting. Beelden van een periode in haar leven waar ze liever niet aan herinnerd werd, drongen zich op. De omgeving vervaagde en ze was terug in de tijd.

Reggies grote bruine ogen waren onophoudelijk op haar gericht. Ze probeerde zijn blik te beantwoorden en haar zwakte te verbergen. Ze hield het niet lang vol. Hij won. Reggie won altijd. Hij liep naar haar toe en streek een lok uit haar gezicht. Ze staarde naar de grond. 'Ik kom echt in de problemen, Fleur, als je me niet helpt. Je wilt toch niet dat me iets overkomt? Je houdt toch van me?' Hij pakte haar zachtjes bij haar

kin en tilde haar hoofd op. 'Hé, kijk me eens aan.' Ze keek met haar betraande ogen in die van hem. Er schoten vlinders door haar buik, ze had er geen controle over. Hij was zo knap. Was hij verdorie maar niet zo mooi. 'Kun je met jezelf leven als mij iets overkomt, terwijl je weet dat je het had kunnen voorkomen? Kun je dat?' Weer die doordringende blik. 'Kun je dat?' herhaalde hij.
Verslagen schudde ze haar hoofd en fluisterde het antwoord dat hij al kende. 'Nee. Je weet dat ik dat niet kan.'
'Dus je helpt me?'
Ze knikte terwijl de tranen over haar wangen stroomden. Hij veegde ze liefdevol weg met zijn duimen. '*That's my girl.* Ik hou van je, dat weet je, hè? Ik vind dit net zo verschrikkelijk als jij. Als ik het op een andere manier kon oplossen dan deed ik dat.'
Ze keek hem aan. 'Wanneer?'
'Vanavond. Om acht uur breng ik je naar Igor toe. Ik wacht buiten in de auto op je tot je klaar bent.'
Ze streelde de roségouden naamketting die ze van Reggie had gekregen. Ze droeg hem alleen als ze bij hem was. De rest van de tijd lag hij zorgvuldig opgeborgen in een la van haar bureau, waar alleen zij de sleutel van had. Haar naam in goud. Ze had gehuild toen hij de ketting aan haar gaf. Het was het mooiste cadeau dat iemand ooit voor haar gekocht had. Nu wilde ze dat ze het nooit had aangenomen. Het was het begin van alle ellende.

Een paar stevige meppen tegen haar wang brachten haar weer bij de les. Ze stak haar armen voor zich uit in een afwerend gebaar.
'Hé, een beetje je best doen graag. Als je daar zo lamlendig voor je uit ligt te staren is er geen lol aan; dan kan ik net zo goed op mijn opblaaspop duiken.'
Een knop ging om in haar hoofd. Werk, dit was gewoon een zakelijke deal en in deze kamer had zij de touwtjes in handen. Dat buiten deze kamer iemand anders de touwtjes in handen had, probeerde ze te vergeten. Ontsnappen was onmogelijk, dat had ze al eerder aan den lijve ondervonden. Er het beste van maken was het enige wat ze kon doen.
Ze kwam overeind. Duwde de man van zich af en ging verleidelijk bovenop hem

zitten voordat hij kon protesteren. 'Dus jij wilt actie?' Ze liet haar wijsvinger met lange, roze gelakte nagel plagerig over zijn lippen gaan. Nu slikte hij hoorbaar. Geroutineerd knoopte ze zijn blouse met zweetplekken los en kneep hard in zijn gezwollen tepels. Liet haar nagels als een kat over zijn huid gaan. Hij likte over zijn lippen toen ze rode striemen in zijn borst kerfde. 'Dus jij wilt actie?' vroeg ze nogmaals met een zwoele stem.

Hij knikte als een klein jochie dat bedelde om een snoepje. Ze greep hem vol in zijn kruis.

'Oké, dan krijg je actie.'

1

Fleur de Wit stond op het balkon dat grensde aan haar slaapkamer. Dromerig keek ze naar de azuurblauwe zee. De temperatuur had de dertig graden alweer gepasseerd. Dat was een van de dingen die ze zo fijn vond aan Kroatië: het stabiele weer. De zon scheen nagenoeg altijd en de warmte was droog en aangenaam. Niet te vergelijken met de broeierige klefheid in Nederland, áls het daar al eens mooi weer was.

De diamanten in haar verlovingsring schitterden in het zonlicht. Ze keek er tevreden naar. Haar vriendin Noa zou het protserig vinden, maar zij was dol op *bling bling*. Nog een paar uur en dan zouden haar vriendinnen landen op het vliegveld van Zagreb. De komende dagen zou ze met hen de laatste dagen van haar vrijgezellenbestaan vieren om vervolgens in het huwelijk te treden met Tibor.

In tegenstelling tot Nederland had ze haar vriendinnen wél ontzettend gemist. Verstandige en sportieve Noa, emotionele en mollige Sanne die elke gelegenheid aangreep om te kunnen troosteten en daarin absoluut geen maat wist te houden en wispelturige en kleine Milou, die zichzelf steeds weer verloor in een andere alternatieve cursus om 'dichter bij zichzelf te komen'.

'Dichter bij de nullijn op je bankrekening,' pareerde Noa dan. 'Dat newagegedoe kost een hoop geld.' Waarop Milou weer reageerde dat geld maar materie was en niet opwoog tegen de schat aan innerlijke wijsheid waarmee ze verrijkt werd. Fleur was benieuwd in welke materie Milou zich op dit moment verdiepte. De laatste keer dat ze haar uitgebreid sprak was ze helemaal into mindfulness geweest en overwoog ze deel te nemen aan een mindfulnessweekend op de Veluwe om aan haar 'bewustwording' te werken. Maar dat was al weer drie weken geleden. In drie weken tijd kon Milous wereld er weer compleet anders uitzien, wist Fleur inmiddels. Hoe dan ook, ze was op alle drie haar vriendinnen even dol, ook al waren ze alle vier totaal verschillende types. Dat was hun zwakte, maar ook hun kracht. Ze konden af en toe het bloed onder elkaars nagels vandaan halen, maar vulden elkaar ook feilloos aan. Zo werd haar eigen impulsiviteit die haar weleens in de problemen bracht door Noa's doordachtheid vaak in goede banen geleid. Vaak, maar niet altijd, want het was Noa niet gelukt haar van haar verhuizing naar Kroatië af te houden. De ongedwongen Sanne had genieten van het leven tot een kunst verheven en leerde Noa op dat gebied nog weleens een lesje. Noa gaf Sanne op haar beurt weer voedings- en bewegingsadviezen in haar eigen sportschool als de weegschaal echt te veel doorsloeg. Milou had door haar kleine postuur en grote ogen waarmee ze naïef de wereld inkeek een hoog knuffelgehalte dat bij de anderen appelleerden aan hun moedergevoelens. Milou wilde je beschermen tegen de grote boze buitenwereld omdat ze ontzettend beïnvloedbaar was en volledig door kon slaan als ze weer eens een nieuw 'doel' in haar leven had gevonden. Soms was ze ook onuitstaanbaar. Ze kon soms behoorlijk betweterig en eigenwijs zijn. Maar als ze je dan weer aankeek met die grote puppy-ogen, verdween alle irritatie als sneeuw voor de zon.

Ze waren als kind alle vier opgegroeid in dezelfde straat in Den Haag en waren dagelijks buiten te vinden op het speelpleintje om de hoek. Hun jeugd hadden ze volop skeelerend, touwtje springend en knikkerend doorgebracht. Sanne die toen nog een normaal postuur had, kon toen prima meekomen met al het geren en gevlieg. Feest was het als Milous vader hen op winderige dagen allemaal meenam in zijn oude stationwagen naar het Scheveningse strand om te gaan vliegeren. Fleur kon uren kijken naar de kleurige breedstaartvlieger die alle kleuren van de regenboog had. Later als ze groot was, wilde ze net zo vrij en zorgeloos zijn als die vlieger die sierlijk danste op de wind. Noa refereerde nog wel eens aan hun vliegermomenten als Milou weer in een alternatieve bui was. 'Op dat Scheveningse strand is de basis gelegd voor je zweverigheid, Lou, ik zweer het je.'

Toen Fleur zestien was kreeg haar vader een baan in het zuiden van het land en verruilden ze Den Haag voor Geleen. Ze was ontroostbaar geweest dat ze zonder overleg uit haar vertrouwde omgeving en bij haar vriendinnen werd weggerukt. Ze kon niet aarden in Geleen, ze haatte het. Ze was eenzaam en hoorde nergens bij. In het begin belde ze dagelijks met haar vriendinnen, totdat haar ouders haar een belverbod oplegden wegens de peperdure telefoonrekeningen. Ze ging over tot het schrijven van brieven tot ze er schrijfkramp van kreeg. Noa, Sanne en Milou correspondeerden trouw terug en bewezen dat uit het oog niet uit het hart was. Hun enthousiaste verhalen over dagelijkse beslommeringen en gezamenlijke uitstapjes maakten het gemis nog groter. Ze trok zich nog verder in zichzelf terug en het contact met haar ouders verslechterde. En toen was daar Reggie met zijn charmante lach. Hij zag haar, deed moeite voor haar en overlaadde haar met complimentjes. Hij gaf haar het gevoel dat ze mooi en bijzonder was. Het was onmogelijk om niet smoorverliefd op hem te worden. Toen ze net met hem scharrelde had ze haar vriendinnen enthousiast over hem geschreven, maar ze hadden hem nooit ontmoet. Dolgraag wilden ze een foto van hem zien, maar Reggie wilde niet op de gevoelige plaat worden vastgelegd.

'Maak maar een mooi plaatje van me in je hoofd en in je hart,' was zijn reactie als ze hem vroeg om met haar op de foto te gaan. Op een gegeven moment was ze gestopt het hem te vragen. Haar vriendinnen moesten het voorlopig doen met een omschrijving van haar vriendje. Als het echt serieus werd, zouden ze hem vanzelf een keer ontmoeten. Ook op de uitnodigingen van haar ouders om hem mee naar huis te nemen zodat ze konden zien met wie hun dochter zoveel tijd doorbracht, weigerde Reggie stelselmatig. 'Ik heb niks te maken met je ouders of wie dan ook. Het gaat om jou en mij, schatje, dat is alles wat telt. Qualitytime, weet je.'

Haar ouders waren allerminst gelukkig met zijn weigering zich aan hen voor te stellen en verboden haar nog langer met hem om te gaan. Hevige ruzies waren het gevolg en ze weigerde het contact met Reggie te stoppen. In de weekenden klom ze rond middernacht, als haar ouders sliepen, uit haar slaapkamerraam via het schuurtje met het platte dak naar beneden. Zo snel ze kon haastte ze zich een paar straten verder waar Reggie haar in zijn snelle Volkswagen Golf stond op te wachten. Meestal nam hij haar mee naar een discotheek waar ze de hele nacht dansten en veel te veel dronken. Haar schoolprestaties verslechterden dramatisch, maar het deerde haar niet. Ze had Reggie en meer had ze niet nodig.

De kloof tussen haar en haar ouders werd groter en groter en toen Reggie haar op een gegeven moment vroeg om bij hem te komen wonen, pakte ze haar biezen en vertrok.

'Als je nu die deur achter je dicht gooit, hoef je niet meer terug te komen!' had haar vader gewaarschuwd. Ze had de deur dicht gegooid. Ergens had ze nog wel gehoopt dat haar vader haar achterna zou komen om haar tegen te houden, maar hij was net zo koppig als zij. Ze was bij Reggie in de auto gestapt en had niet meer achterom-gekeken.

De hoeveelheid bezorgde telefoontjes en sms'jes van haar vriendinnen deed vermoeden dat haar moeder hen had gebeld. Ze liet hen standaard weten dat ze gelukkig was en dat het goed met haar ging. Dat was ook zo, tot die bewuste dag. Toen was Reggie met zijn voorstel gekomen en was de boel zo uit de hand gelopen dat er geen uitweg leek te zijn. Het werd van kwaad tot erger en voor ze het goed en wel doorhad, werkte ze in de avonduren en in de weekenden als callgirl en veranderde Reggie van haar vriendje in haar pooier.

Haar vriendinnen hadden er alles aan gedaan om het contact met haar in stand te houden en waren haar ondanks de summiere reacties van haar kant altijd trouw gebleven. Toen ze naar Reggie vroegen, zei ze dat de relatie over was en hij geen deel meer uitmaakte van haar leven. De waarheid durfde ze niet te vertellen. Ze schaamde zich te veel om haar vriendinnen deelgenoot te maken van de vreselijke tijd waar ze doorheen ging en ze geneerde zich voor wat ze was geworden. Een hoer tegen wil en dank. Contact met haar ouders was er nooit meer geweest. Maar toen was daar Tibor en die had alles wat krom was in haar leven rechtgebreid. Ze was tweeëntwintig toen

hij in haar leven kwam en ze waren nu zeven jaar samen. Ze had hem in een club leren kennen en was als een blok voor hem gevallen, althans dat was wat ze haar vriendinnen had wijsgemaakt. Dat ze hem eeuwig dankbaar was omdat hij haar had bevrijd van Reggie had ze hen niet verteld. Zij wisten niet beter dan dat er al tijden geen Reggie meer in haar leven was.
Vanaf het moment dat ze een relatie kreeg met Tibor en weer eigen woonruimte had, haalde ze de band met haar vriendinnen aan. In de jaren dat Reggie haar domineerde en gebruikte voor zijn eigen gewin, had ze geen sociale contacten gehad, laat staan nieuwe vrienden gemaakt. Noa, Milou en Sanne waren het enige wat ze had. Ze zocht zelf weer regelmatig contact met hen en stelde voor elkaar vaker te zien. Het werd een heilige afspraak om elkaar in elk geval vier keer per jaar te ontmoeten. Ieder van hen organiseerde een keer per jaar een etentje waarbij ze ouderwets konden bijpraten. *Men not allowed.* Dat hadden ze al die jaren volgehouden totdat Fleur twee jaar geleden de code brak. Na vijf jaar voelde ze zich veilig en zeker genoeg om de grote sprong te wagen om bij Tibor te gaan wonen. Ze vertrok naar Kroatië. Op dat moment hadden haar vriendinnen hem één keer kort ontmoet.

Het leven met Tibor beviel Fleur goed. Ze vond hem knap, stoer en spannend. Hield van zijn strakke kaaklijn en zijn gemillimeterde haar. Ze keek graag in zijn mysterieuze donkere ogen die nooit te veel prijsgaven. Als op iemand de term pokerface van toepassing was, dan was het wel op Tibor. Het had haar jaren gekost voordat ze hem een beetje kon 'lezen'. Hij was als een puzzel waar ze telkens weer een stukje verder mee kwam. Zijn dominante, jaloerse trekjes en bezitterigheid, waar veel vrouwen juist een hekel aan zouden hebben, vond zij prettig. Het gaf haar het gevoel dat ze bijzonder en onmisbaar was, een gevoel waar ze haar hele leven al naar op zoek was. Reggie had haar dat gevoel in het begin ook gegeven, maar dat was allemaal berekenend en vooropgezet geweest om haar zover te krijgen hem te 'helpen'. Bij Tibor lag het anders, hij was oprecht. Als Tibor zijn gespierde armen om haar heen sloeg verdween de wereld om haar heen met al haar problemen in het niets. Dan was ze veilig en kon haar niets gebeuren. Bijkomend voordeel was Tibors ruime portemonnee die het mogelijk maakte om zich in de mooiste kleren te hullen en de nieuwste gadgets aan te schaffen. Ze wist natuurlijk dat geld niet het belangrijkste was in het leven, maar het was wel verdomde handig en maakte het dagelijkse bestaan een stuk aangenamer.

Ze leefde in een soort gouden kooi en accepteerde dat. Het was de prijs die ze betaalde als ze onderdeel van Tibors leven wilde uitmaken. De eenzaamheid die dat met zich meebracht, nam ze op de koop toe. Tibor probeerde zo veel mogelijk bij haar te zijn als hij niet in Club Boa of cocktailbar Jungle was voor zaken. Deze populaire uitgaansgelegenheden op het eiland Krk waren sinds vijf jaar zijn eigendom. Ze kwam er graag en kon niet wachten om haar vriendinnen er mee naartoe te nemen en los te gaan op de dansvloer.

Een halfjaar geleden had Tibor haar onverwachts ten huwelijk gevraagd op de meest romantische manier die ze kon verzinnen. Hij had haar meegevoerd naar zijn luxe jachtcruiser en ze waren naar een van de tientallen onbewoonde eilandjes gevaren dat onderdeel uitmaakte van Nationaal Park Kornati. Het was gelegen in de Adriatische Zee voor de kust van centraal Dalmatië, ten zuiden van de stad Zadar. Tibors 'klusjesmannen' Dorba en Branco bestuurden de boot en zorgden dat ze niets te kort kwamen. Ze was het inmiddels gewend dat de mannen Tibor als een schaduw volgden en had zich erbij neergelegd.

Vlak voor het eiland waren drie dolfijnen opgedoken die met grote snelheid voor de boot uitzwommen richting de kust. Fleur had haar ogen uitgekeken. Aangekomen bij het eiland hadden Dorba en Branco de boot afgemeerd en hen aan wal geholpen. Vervolgens hadden ze zich discreet teruggetrokken op het jacht, terwijl zij met Tibor hand in hand het eiland op liep. Na een korte wandeling had ze een kreet geslaakt van verbazing. Midden tussen de kleurrijke bloemen stond een met roze rozen behangen prieeltje met daarin een gedekte tafel voor twee personen. Roze was van kinds af aan al haar lieve-

lingskleur geweest. Een ober in een wit pak stond klaar met een fles roze champagne en op een teken van Tibor schonk hij de glazen vol.
'Wat is dit nou?' had ze gestameld. Tibor had mysterieus geglimlacht en haar begeleid naar haar stoel. Hij pakte beide gevulde glazen en gaf er een aan haar. Hij tikte zijn glas tegen het hare en nam een slok. Ze volgde zijn voorbeeld terwijl ze hem verwachtingsvol aankeek. Nog steeds had hij geen woord gezegd. Weer een hoofdknik naar de ober en de man zette een royale inktvissalade en een mandje brood op tafel. Hij schepte hen beiden een portie op en trok zich weer terug.
'Tib, wat is dit allemaal?'
'Eet,' was het enige wat hij zei. 'En geniet.'
Ze gehoorzaamde en nam tussendoor een paar flinke slokken van haar champagne. Ook bij het hoofdgerecht bleef het stil. Ze begon wat geïrriteerd te raken. Ze hield niet van lange stiltes. Dat vond ze ongemakkelijk.
Het toetje bestond uit een flensje met Nutella, een nagerecht dat je overal in Kroatië kon krijgen en dat een van haar favorieten was geworden. Ze sneed een stuk van de opgerolde pannenkoek af en stopte het in haar mond. Toen ze begon met kauwen beet ze haar tanden bijna stuk op iets hards. 'Shit,' riep ze uit terwijl ze de hap op haar bord spuugde. Tibor had nog steeds die stomme grijns op zijn gezicht. 'Wat lach je nou, ik bijt mijn gebit bijna in tweeën!'
'Waarop dan?' was zijn enige reactie. Ze schoof haar bord van zich af. 'Weet ik veel.'
'Kijk eens goed.' Ze trok het bord weer naar zich toe en viel even volledig stil. In de uitgespuugde hap zat een ring. Tibor wenkte de ober die de ring schoonpoetste en hem aan Tibor gaf. Nu pas zag ze hoe mooi hij was. De ring was van rosé goud en ingelegd met drie grote diamanten. Het ding moest een fortuin gekost hebben. Tibor ging door zijn knieën en pakte haar hand. Zijn normaal zo droge huid, voelde wat vochtig aan en zijn stem trilde licht. 'Lieve Fleur, wil je met me trouwen?' Geen ellenlange teksten maar lekker *to the point* zoals Tibor was. Hij keek haar gespannen aan. Haar ogen sprongen vol tranen.

'Oh, Tibor. Ja, ik wil heel graag met je trouwen.' Voorzichtig schoof hij de ring aan haar vinger en kwam overeind. Tibor trok haar van haar stoel en sloeg zijn armen om haar heen. Ze beantwoordde zijn omhelzing en duwde zichzelf stevig tegen hem aan. Ze waande zich in een special van *All You Need Is Love.*
Weer zwegen ze allebei, maar deze keer was de stilte anders. Woorden zouden afbreuk doen aan het gelukzalige moment waar ze allebei in opgingen. Al was het jammer dat Tibor de laatste tijd wat meer gespannen leek en minder vaak thuis was.

Fleur staakte haar mijmeringen en keek op haar nieuwe stalen Rolex met roze wijzerplaat. Ze was zo blij geweest toen Tibor hem vorige week aan haar cadeau gaf. Er ging een zenuwkriebel door haar buik. Over twintig minuten zouden haar vriendinnen op Schiphol de lucht in gaan en na een kleine twee uur vliegen op Zagreb landen. Dorba en Branco zouden nu toch echt moeten vertrekken om ze op tijd op te halen in Zagreb. Het was toch nog ruim twee uur rijden naar de luchthaven. Tot haar opluchting hoorde ze beneden op het terrein rond de villa een motor van een auto starten. Aan het zware geluid te horen was het de Mercedes 4x4 die Tibor pas had gekocht. Haar vermoeden werd al snel bevestigd toen de robuuste zwarte auto door het elektrische toegangshek schoot en het terrein verliet.
Ze draaide zich om en liep naar binnen. Ze had nog ruim de tijd voor een uitgebreide badsessie met bijbehorende scrubbeurt. Maar eerst zou ze een bezoekje brengen aan haar walk-in closet die vele malen groter was dan de slaapkamer die ze als kind had gehad. De gedachte aan haar kinderkamer bracht herinneringen boven aan haar ouders met wie ze geen contact meer had en flarden uit haar puberteit schoten door haar hoofd. Ze probeerde ze te verdringen. Maar de pijn van gebeurtenissen die levensbepalend waren geweest en haar wegen op hadden geduwd die ze eigenlijk nooit had willen bewandelen, liet zich niet zomaar wegsturen. Het had haar een onverschilligheid gegeven die ze nooit had gehad. Ze legde haar hand op haar maag in de hoop dat de knoop die zich daar had gevormd zou ver-

dwijnen. Vroeger was een gepasseerd station. Ze concentreerde zich op de overvloed aan jurken die geselecteerd op kleur aan hangers hingen. Ze moest er straks perfect uitzien, zodat haar vriendinnen zouden zien hoe gelukkig ze was. Want dat was ze, volmaakt gelukkig met haar aanstaande man en haar nieuwe thuisland waar de zon altijd scheen.

2

'Kom, ik neem je koffer wel want volgens mij heb jij genoeg aan je eigen gewicht.' Noa nam Sannes bagage die dankbaar knikte. In haar hand had ze een waaier die ze in hoog tempo op en neer bewoog om haar verhitte gezicht wat af te koelen. Milou liep lichtvoetig langs hen heen naar de uitgang van de luchthaven, de mensen omzeilend die in de rij stonden bij een van de vele balies van autoverhuurbedrijven. Eenmaal buiten speurden ze de omgeving af. Noa's oog viel op twee breedgeschouderde mannen met gemillimeterd haar die tegen een zwarte auto aan hingen. Hun ogen verscholen achter donkere zonnebrillen. 'Zouden dat Fleurs lakeien zijn?' vroeg Noa zich hardop af. Ze bekeek de mannen nog eens goed en zocht oogcontact. Door hun ondoordringbare brillenglazen kon ze niet inschatten of ze haar gezien hadden. 'Had Fleur jou niet een kenteken ge-sms't, Milou?'

'Ja, ik geloof het wel. Wacht even.'

Noa checkte het kenteken dat Milou even later opdreunde met dat van de auto van de kleerkasten. 'Bingo.' Voortvarend liep ze naar de mannen toe en stak haar hand uit.

'*Dobar dan*,' groette ze hem in het Kroatisch. In het Engels vervolgde ze: 'Hi, I'm Noa, one of Fleurs best friends.' De kleinste van de twee pakte haar hand en stelde zich voor als Dorba, maar de andere kerel draaide zich om en ging zonder iets te zeggen achter het stuur van de zespersoons auto zitten. Noa had meteen een hekel aan hem. Onbeschofte hork. Ze hield sowieso niet van het stoere patserige type man. Ook Tibor viel binnen die categorie en ze begreep eerlijk gezegd niet wat Fleur in hem zag. Op het gebied van de liefde zouden zij en Fleur nooit elkaars concurrenten worden.

‘Branco is wat knorrig,’ verontschuldigde Dorba zich voor het lompe gedrag van zijn collega. ‘Kan ik jullie bagage aannemen?’
Noa gaf hem haar koffer en die van Sanne en opende de autodeur voordat Dorba daar de kans toe kreeg. ‘Ik kan heel goed voor mezelf zorgen,’ liet ze hem pinnig weten.
‘Humeurtje, Noa? Gaat je emancipatie-gen weer met je op de loop? Hier, ik zal je wat koelte toewuiven.’ Sanne nestelde zich naast haar en zwaaide haar waaier wild voor Noa’s gezicht heen en weer. Noa ontdooide weer een beetje.
‘Dank je wel, schat, dat helpt.’
Milou kroop op de leren stoel achter hen en gluurde geïnteresseerd naar Branco. Noa keek haar waarschuwend aan. ‘Laat dat maar uit je hoofd, één vriendin met zo’n kleerkast is genoeg.’
‘Maar hij is zo knap.’
‘Knap? Hou toch op. En vriendelijk is ie ook niet.’
‘Maar dat vind ik juist wel spannend...’
‘Bakvis.’
Dorba stapte in de auto en voordat hij goed en wel zat, gaf Branco gas. Noa controleerde haar gordel. Ze ging ervan uit dat het geen rustig ritje zou worden, gezien het voortvarende vertrek.

Tot Noa’s opluchting zette Dorba al snel de radio hard aan. Moderne platen, afgewisseld door krakers uit de jaren negentig schalden uit de boxen en maakte conversatie met de voorhoede onmogelijk. Noa was er niet rouwig om, ze was niet zo goed in nietszeggende geforceerde gesprekken met mensen met wie ze niets had. Haar vriendinnen verweten haar weleens dat ze te serieus was en zich wat losser moest gedragen, maar zo zat ze nou eenmaal niet in elkaar. Ze vond het heerlijk om zich af en toe even helemaal terug te trekken in haar eigen wereldje en ze keek graag de kat uit de boom. Maar, voor de mensen die het tot haar ‘*innercircle*’ hadden geschopt, ging ze door het vuur.
Ze leunde loom achterover in haar comfortabele stoel en glimlachte om het valse geblèr van Sanne en Milou die enthousiast op hun stoelen bewogen op het ritme van de muziek. Soms was ze weleens ja-

loers op hun ongedwongenheid. Het maakte het leven ook wel een stuk makkelijker. Ze verheugde zich enorm op het weerzien met Fleur en hoopte dat ze daarna haar zorgen om haar aan de kant kon schuiven. Hoewel Fleur te pas en te onpas beweerde dat het goed met haar ging en dat ze zo gelukkig was, had Noa haar twijfels. Ze wilde het eerst met eigen ogen zien. Fleur zei zo vaak dat ze gelukkig was, dat het leek alsof haar vriendin niet alleen haar maar ook zichzelf ervan probeerde te overtuigen.

Ze staarde naar buiten en genoot van het mooie landschap. Voordat ze een voet op Kroatische grond zette, had ze in gedachten een somber beeld van het land gevormd. Ze associeerde het met oorlog en ellende en in haar beleving was alles er grijs. Het zonnige ongerepte en tropische karakter van het landschap waar ze nu op uitkeek, bewees het tegendeel. De talloze stalletjes langs de weg waar fruit, groente, honing en kaas te koop waren, zagen er fris en aantrekkelijk uit. Bij het zien van de grote watermeloenen en glimmend rode tomaten liep het water haar in de mond. Wat konden vooroordelen toch een hoop kapot maken. Als ze naar haar eigen gevoel had geluisterd, dan was ze nooit naar dit land toegegaan en zou ze al dit moois gemist hebben. In dat opzicht moest ze Fleur maar dankbaar zijn dat ze het in haar hoofd had gehaald om te gaan trouwen met een Kroaat.

Het was rustig op de weg en daarom viel het haar des te meer op dat er al vanaf de luchthaven een witte auto achter hen reed. Branco gaf wat gas bij en haalde de auto die voor hen reed in. De witte auto volgde en kwam weer achter hen rijden. Noa draaide zich om in haar stoel en probeerde een blik op te vangen van de chauffeur. Het was eenzelfde type als Dorba en Branco, breedgeschouderd, gemillimeterd haar en een grote donkere zonnebril die zijn ogen verborg. De bijrijder was bijna een kopie van de chauffeur. Hadden ze hier geen normale mannen?